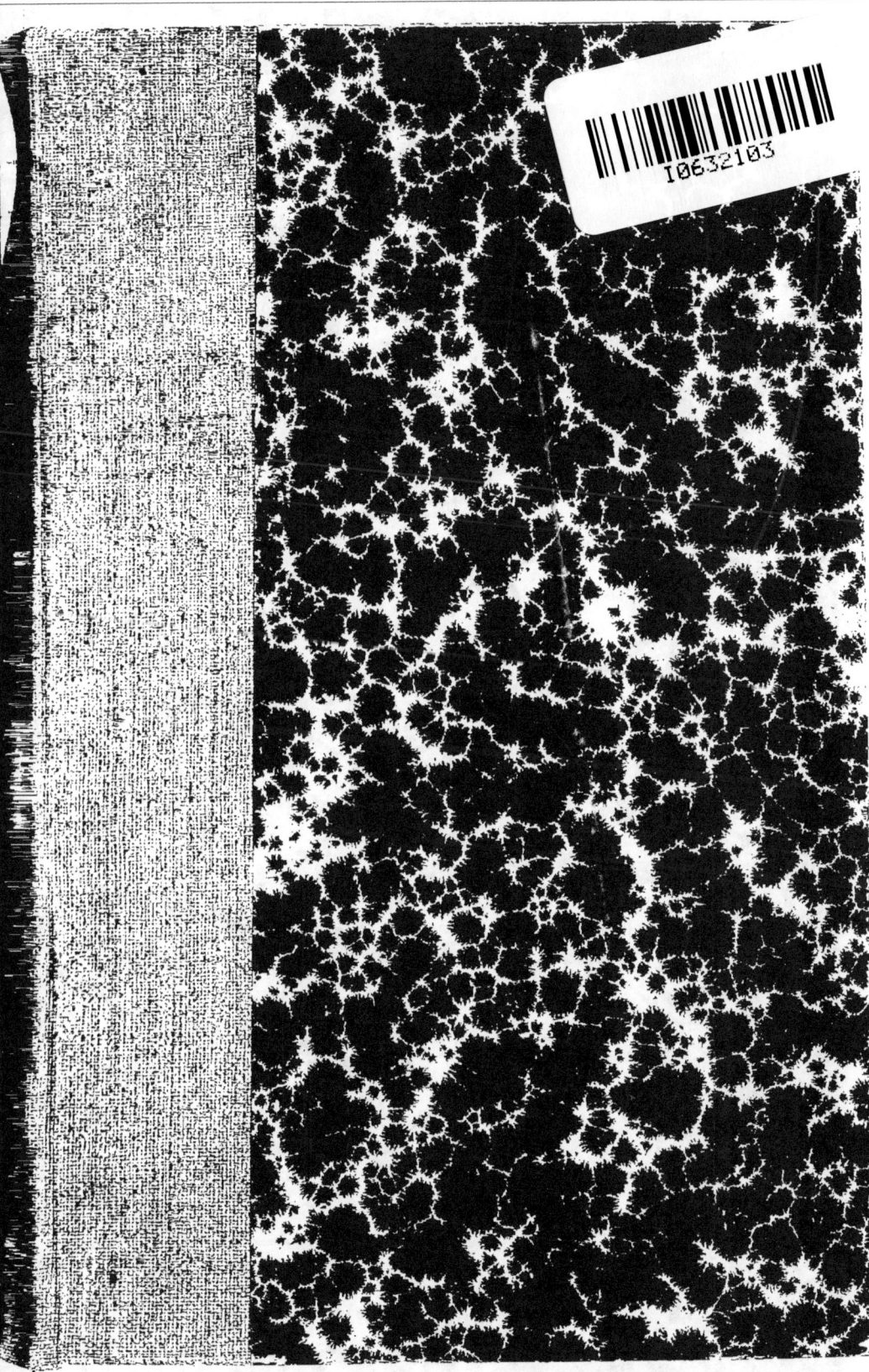

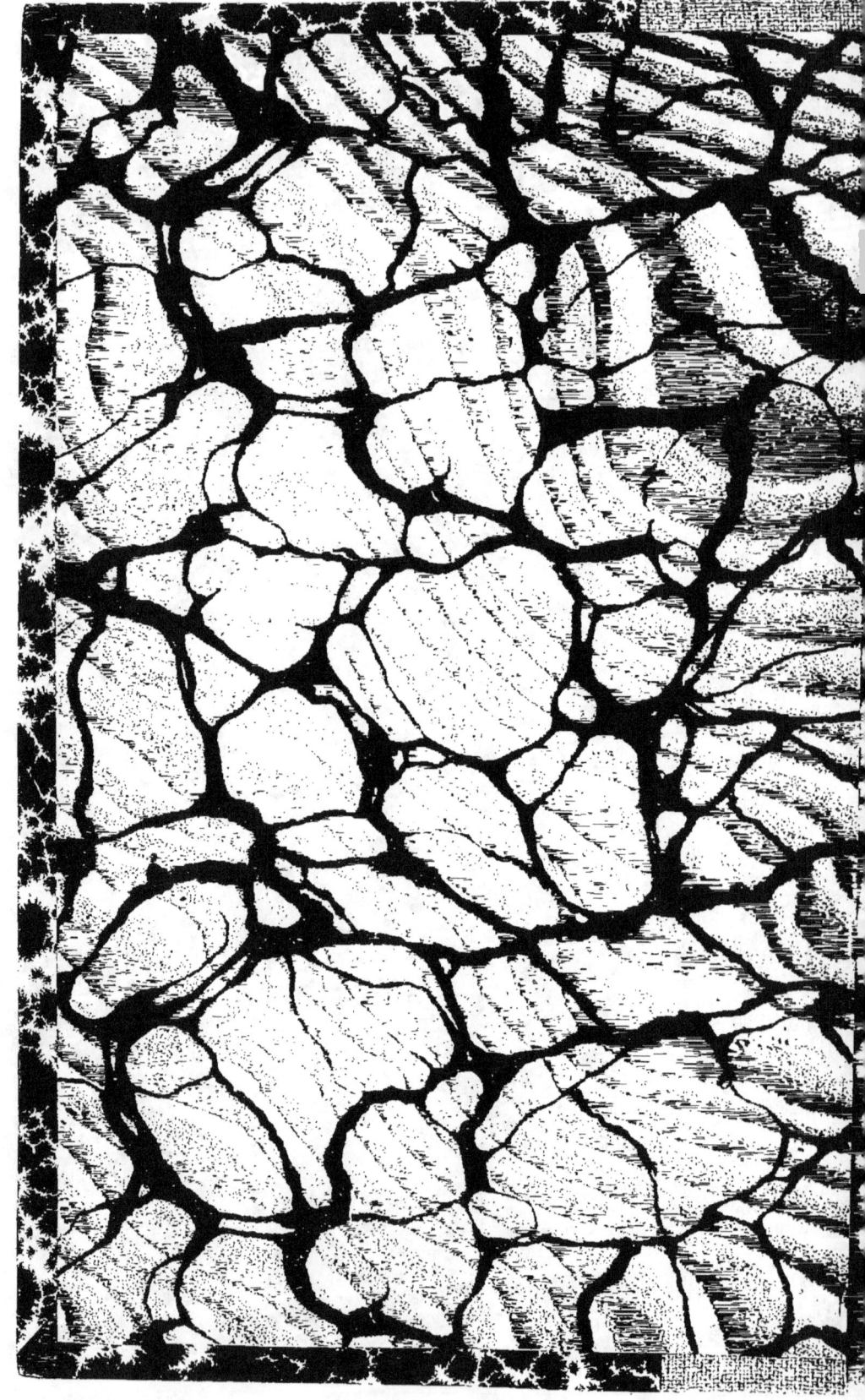

LE CRIME

DE

JEAN MALORY

PAR

ERNEST DAUDET

PARIS

E. DENTU, ÉDITEUR

Libraire de la Société des Gens de Lettres

PALAIS-ROYAL, 15-17-19, GALERIE D'ORLÉANS

y 2

LE CRIME

DE

JEAN MALORY

DU MÊME AUTEUR

F. AUREAU. — Imprimerie de Lagny.

LE CRIME

DE

JEAN MALORY

PAR

ERNEST DAUDET

PARIS

E. DENTU, ÉDITEUR

LIBRAIRE DE LA SOCIÉTÉ DES GENS DE LETTRES

PALAIS-ROYAL, 15-17-19, GALERIE D'ORLÉANS

—

1877

LE CRIME

DE

JEAN MALORY

PREMIÈRE PARTIE

LES DEGRÉS DU CRIME

Le 8 septembre 1855, les armées alliées de la France, de l'Angleterre, de la Turquie et du Piémont, qui depuis un an environ, foulaient le sol de la Crimée, s'emparèrent de Sébastopol, après un siège héroïque. L'assaut avait commencé à midi. A trois heures, la tour Malakoff était à nous. Quelques instants avant la chute du jour, l'armée russe, débordée de toutes parts, opérait sa retraite et nous laissait maîtres de la place.

La nuit qui suivit le combat ne fut pas moins terrible que lui. Le canon ne grondait plus, mais l'air retentissait d'épouvantables bruits. En abandonnant

1

la ville si longtemps et si vaillamment défendue par
eux, les vaincus, comme leurs ancêtres à Moscou,
avaient allumé un formidable incendie, afin de com-
pléter l'œuvre dévastatrice de la mitraille qui, depuis
onze mois, pleuvait quotidiennement sur leurs têtes,
crachée par huit cents bouches à feu, et de ne laisser aux vainqueurs que la possession d'un amas
de ruines. A chaque instant des explosions se faisaient entendre. Le ciel se colorait de sinistres lueurs.
Des gerbes enflammées s'élevaient dans les nues
obscures, au milieu de la fumée et des débris de
toutes sortes. Les maisons s'effondraient. En maints
endroits, le sol miné par les assiégeants, remué par
les secousses du combat, s'entr'ouvrait béant. A ces
détonations, qui se succédaient sans relâche depuis
plusieurs heures, se joignaient les cris des blessés
couchés parmi les morts, les hennissements des chevaux agonisants, le bruit de la marche pesante des
bataillons qui prenaient position pour la nuit, l'entrée dans la ville conquise ne devant s'opérer que le
lendemain matin. Des soldats, brisés par la fatigue,
dormaient pour la plupart sur la terre nue, sous l'œil
des sentinelles. Les plus robustes, résistant au sommeil, parlaient entre eux à voix basse. Çà et là, on
voyait des groupes d'officiers de tous grades qui
s'entretenaient des violentes péripéties de la journée,
de son heureux résultat. Tous les hommes étaient
graves, ainsi qu'il convient de l'être après l'accomplissement d'un grand et périlleux devoir. Les visages

exprimaient la tristesse. Dans bien des yeux roulaient des larmes. Les ivresses de la victoire ont de cruels lendemains. A la joie du succès se mêlaient les regrets amers qu'éveillait dans tous les cœurs le spectacle de ce vaste champ de bataille, couvert de guerriers fauchés par la mort. A de fréquents intervalles, passaient des corvées portant les blessés sur des brancards et se dirigeant vers les ambulances. Les fronts se découvraient; les vivants envoyaient aux victimes un hommage suprême dans un dernier adieu. Rien de plus lugubre et de plus grand à la fois que ce spectacle.

A quatre heures, les allées et les venues devinrent moins fréquentes. Bientôt elles cessèrent tout à fait. Dans les tranchées, au pied des bastions démolis, on n'entendait plus ni cris, ni gémissements. Il n'y restait plus que les morts qui devaient être enterrés plus tard. Alors, chacun de ceux qui étaient demeurés debout s'arrangea le mieux qu'il put, pour goûter un court repos jusqu'au moment où le jour paraîtrait. Ce fut une minute de répit dans le drame tumultueux et sanglant qui se déroulait en cet endroit depuis seize heures. Tout à coup, d'un groupe de soldats endormis dans la tranchée la plus rapprochée des remparts, un homme se leva lentement. Il jeta un regard autour de lui, puis il se mit à marcher à petits pas, tournant le dos à la ville, dans la direction du camp français, situé à quelque distance du champ de bataille. Déjà des lueurs indécises, avant-cour-

rières du jour, blanchissaient le ciel, faisaient pâlir
les étoiles. Une brise fraîche soufflait du côté de la
mer, balayait les nuages. Il devenait possible, bien
que la nuit fût encore assez profonde, de distinguer
les objets autour de soi. L'homme dont nous parlons
fut reconnu par trois factionnaires devant lesquels il
passa. L'un d'eux dit à ses camarades :

— C'est le capitaine Malory.

— Il a eu du bonheur, répondit l'autre. Il a été
exposé au feu sans interruption et n'a pas même une
égratignure.

Le capitaine Malory allait lentement, les mains
derrière le dos, comme un homme qui marche au
hasard. Ne pouvant dormir, il n'avait eu d'autre dessein, en s'éloignant de ses soldats, que de respirer un
air plus pur que celui du champ de bataille. Il portait
l'uniforme de l'infanterie de ligne ; ses épaulettes
d'or révélaient son grade. A juger de son âge par sa
physionomie, il pouvait avoir quarante-cinq ans. Sa
moustache et ses cheveux étaient d'un blond ardent
tirant sur le roux ; ses yeux bleus, un peu étroits,
manquaient d'expression. Au total, physionomie
commune, mais martiale, qui s'alliait bien à une haute
taille et à une carrure de géant. Ayant marché pendant vingt minutes environ, le capitaine Malory s'arrêta sur une éminence d'où il embrassait une grande
étendue de pays. Il regarda attentivement le spectacle qui se déroulait sous ses yeux. Autour de lui,
presque sous ses pieds, il y avait une centaine de

cadavres. C'étaient des malheureux foudroyés par
l'artillerie russe au moment où ils traversaient la
plaine pour monter à l'assaut. Tous étaient horrible-
ment défigurés, couchés là, dans la position où la
mort les avait surpris, les uns ayant encore les yeux
ouverts, les mains crispées autour de leur arme ; les
autres étendus sur le ventre, semblant vouloir déchirer avec leurs ongles le sol que leur sang inondait.
Depuis plusieurs heures, le capitaine Malory avait
raffermi son âme contre les émotions que peut inspirer une telle vue. Aussi ne prêta-t-il aux morts qu'une
attention secondaire ; il porta ses regards au loin. Aux
premières clartés du crépuscule, il voyait à sa droite
la longue ligne des camps des armées alliées ; à sa
gauche, la rade de Sébastopol, dans les eaux de laquelle il n'y avait plus que des navires coulés bas,
qui laissaient apparaître seulement l'extrémité de
leurs mâtures ; devant lui, la ville ravagée, dévastée
par le fer, par le feu, abandonnée par ses derniers
défenseurs qu'on apercevait au delà des maisons en
ruines, gravissant des collines derrière lesquelles ils
devaient trouver un refuge. Il suffit au capitaine Malory d'un rapide coup d'œil pour juger que l'armée
russe ne pourrait se relever du coup qu'elle venait
de recevoir. Lorsqu'il eut acquis cette conviction, ses
traits, attristés, s'assombrirent. Son pied droit frappa
le sol avec colère ; ces mots s'échappèrent de sa bouche :

— Misère ! la campagne est finie ! Je suis venu

capitaine et capitaine je partirai. Je n'aurai même pas la croix! Et cependant, je me suis vaillamment battu! Ah! si ce n'était pour ma femme et pour ma fille, ajouta-t-il, je donnerais sur-le-champ ma démission.

Soudain, derrière lui, un bruit se fit entendre, — le bruit d'un fusil tombant sur la terre durcie. — Il se retourna brusquement, croyant que, parmi les cadavres qui l'entouraient, un blessé avait été oublié. Dans l'ombre, un homme était accroupi. Le capitaine s'élança vers lui.

— Qui es-tu, toi?

— Pitié, mon officier, ne me faites pas de mal, répondit une voix tremblante avec un accent étranger.

D'un bras vigoureux, le capitaine obligea l'individu à se redresser et à se tenir debout. A son costume, à son visage, il reconnut un Russe de la classe inférieure.

— Qui es-tu? demanda-t-il de nouveau.

— Ivan Goubine, d'Eupatoria. J'ai voulu connaître le résultat de la bataille et je me suis égaré.

— Tu mens!

— Par mon saint patron!...

Le Russe ne put achever. Le capitaine l'interrompit. Il venait de concevoir un soupçon, en se rappelant qu'il avait surpris l'inconnu penché sur un cadavre. Soudain Goubine fit un effort pour fuir. Le soupçon du capitaine devint alors une réalité.

— Misérable! s'écria-t-il, tu dépouilles les morts!

En même temps, il prit un pistolet passé à sa ceinture ; il en appuya l'extrémité sur la poitrine d'Ivan Goubine, qui tomba à genoux :

— Mon officier, murmura-t-il affolé de terreur, ne me tuez pas. Je vous donnerai la moitié de mon gain.

— Quel est-il, ton gain ? demanda durement Malory, dont une pensée cupide mordit le cœur.

— Tenez ! ce diamant d'abord !

Et Goubine montrait un brillant de la plus belle eau, enchâssé dans une bague massive.

— Une fortune ! pensa Malory. Puis il reprit tout haut :

— Est-ce tout ?

— Ce médaillon est-il de votre goût ?

Le malheureux Russe, décidé à payer sa vie par l'abandon de quelques-unes de ses richesses, se releva, présenta au capitaine, en essayant de sourire, une petite boîte plate et ronde, qu'il ouvrit en la lui offrant. Dans la boîte, il y avait un portrait de femme peint sur émail. Malory y jeta les yeux et fut attendri, en pensant que celle dont il voyait les traits pour la première fois, était désormais vouée au deuil et aux larmes, par la mort de l'homme à qui elle avait donné ce portrait ; le souvenir de sa femme se présenta à sa mémoire. Il fut pris du désir soudain de connaître le malheureux auquel le médaillon avait été dérobé ; de se mettre à sa disposition, s'il n'était pas mort, pour transmettre à qui de droit, ses dernières volontés. S'adressant à Ivan Goubine :

— Ce médaillon, où l'as-tu pris ?

Goubine recula épouvanté.

— N'aie donc pas peur ! Je ne veux te faire aucun mal. En quel endroit as-tu trouvé ce médaillon ?

— A deux pas d'ici, sur un de ces morts. Mais je ne savais pas...

— Si tu me montres celui sur lequel tu l'as trouvé, je te permets de dépouiller tous les autres et de t'enfuir ensuite.

— Venez par ici, mon officier, répondit vivement Goubine, auquel la promesse de **Malory** rendait son sang-froid et son agilité.

En même temps il se dirigea vers un ravin à quelques pas de là. Malory le suivit. Ivan Goubine avait trente ans. Il était coiffé d'un bonnet en peau de renard ; vêtu d'une tunique en laine bleue, serrée à la taille par une courroie, de culottes bouffantes, et chaussé de bottes en cuir mou. Petit, maigre, avec un visage au nez épaté, aux pommettes saillantes, des yeux gris brillants comme ceux d'un chat, il était un pur échantillon de ce type tartare si commun en Crimée. Il avait été pendant longtemps au service d'un grand seigneur russe qui résidait tantôt en France, tantôt à Saint-Pétersbourg. C'est ainsi qu'il était arrivé à parler la langue française. Plus tard, ayant quitté son maître, il était venu s'établir à Eupatoria, sa ville natale, située en Crimée, non loin de la plage d'Old-Fort, où débarquèrent les armées alliées pour aller mettre le siége devant Sébastopol. Comme

la plupart des habitants d'Eupatoria, Ivan Goubine
avait fait bon accueil à l'armée française. Il possédait dans la ville une petite maison ; il y avait offert
l'hospitalité à quelques-uns des soldats du petit corps
qui, sous les ordres du général Yusuf, fut chargé
d'occuper ce point important. Il en était résulté pour
lui la réputation d'ami des alliés, dont il avait pro-
fité pour suivre l'armée jusque sous les murs de Sébastopol, donnant aux généraux des conseils utiles
sur la route à suivre, afin d'arriver sans encombre au
but de l'expédition. Après la bataille de l'Alma, il
s'égara le soir sur le champ de bataille ; le lendemain
il rapportait à Eupatoria une multitude de bijoux,
bagues, montres et une somme assez ronde, le tout
pris par lui sur les cadavres. Dès lors, il n'eut pas
d'autre industrie. Il fut de tous les combats, en ce
sens qu'il les vit de loin ; puis, la nuit venue, alors
que, les blessés étant enlevés, on attendait le jour
pour enterrer les morts, il se glissait à travers ceux-
ci et ne se retirait que les poches pleines de dépouilles
qu'il enfouissait chez lui, attendant la fin de la guerre
pour en faire argent. Ces détails serviront à expliquer comment il se pouvait faire que le capitaine
Malory l'eût rencontré sur son chemin.

D'abord indigné, le capitaine, ainsi qu'on l'a vu,
s'était mis en mesure de le tuer. Mais, Ivan Goubine
lui ayant offert la moitié de ses bénéfices de la nuit,
Malory, soudainement apaisé, allait le laisser fuir
quand la vue du médaillon et du portrait qu'il ren-

1.

fermait l'avait vivement ému. C'est que ce portrait
lui rappelait sa femme, une adorable créature de
vingt-cinq ans, qu'il avait laissée en France, ainsi que
sa fille, fruit d'un mariage que l'amour seul avait fait
sept années auparavant. Malory aimait sa femme ; au
moment de leur séparation, il l'avait tenue dans ses
bras, pâle, désespérée ; leurs adieux avaient été déchirants ; il se croyait aimé. Cette pensée le soutenait au milieu des épreuves et des amertumes de sa
vie. Être aimé ! joie infinie. Cela le rendait patient.
Depuis onze ans, il était capitaine, et, depuis trois
ans, il espérait passer commandant. Tous les camarades l'avaient distancé. Il en avait vu de plus jeunes
que lui monter en grade, et cependant nul n'avait été
meilleur soldat. Il s'était battu en Algérie contre les
Arabes ; en 1848, dans les rues de Paris, contre les
insurgés ; durant toute la campagne de Crimée. Les
prodiges de valeur accomplis par lui ne l'avaient en
rien servi. Par une fatalité incompréhensible, ses
actes d'héroïsme demeuraient ignorés ou inutiles. Il
semblait destiné à vieillir capitaine, ce qui le déses-
pérait, aigrissait son cœur, en y mettant l'amertume
de l'envie, et le disposait au découragement, qui entraîne aux mauvaises actions. A certaines heures,
durant les combats sanglants, pris soudain d'une
rage furieuse, il souhaitait d'être blessé, afin d'o-
bliger les chefs à le distinguer. Mais les balles enne-
mies semblaient prendre un ironique plaisir à l'épargner, bien qu'il se plaçât au premier rang, bien qu'il

en appelât une de tous ses vœux. Il y avait là de
quoi le dégoûter à jamais du service militaire. Toutefois, il tenait bon, car il pensait à sa femme, à
son enfant. Il écrivait à la première des lettres pleines
d'une tendresse exaltée. Il songeait toujours à elle ;
s'il se trouvait avec ses camarades, en compagnie de
créatures jolies et faciles, on eût dit qu'il n'avait pas
des yeux pour les voir. Ainsi, toute sa vie était con-
centrée dans la contemplation de ce qu'il aimait. Le
présent, si triste qu'il fût, ne pouvait le terrasser. Il
pensait à l'avenir, au moment désiré où, après une
année de séparation, il se retrouverait auprès de sa
famille.

— Ah ! si je pouvais gagner d'ici là l'épaulette de
commandant ! pensait-il.

Tous ses vœux eussent été comblés ainsi. On peut
donc comprendre la tristesse qui s'empara de lui
lorsqu'il vit que la prise de Sébastopol terminait la
périlleuse campagne qu'il venait de faire et lui enlevait toute chance d'avancement. C'est dans ces circonstances qu'un portrait de femme venait de l'at-
tendrir et de lui inspirer le désir de connaître
l'homme que cette femme venait de perdre.

Le jour montait joyeusement dans le ciel clair.
Les oiseaux, comme épouvantés par le spectacle
sanglant qui s'offrait à leurs yeux, s'enfuyaient à
tire d'ailes ; la lumière naissante éclairait les bles-
sures hideuses dont étaient couverts les cadavres
convulsés. Ivan Goubine était descendu dans un ravin.

Malory le suivit. Le Russe déplaçait les corps, cherchant à reconnaître celui qu'il voulait retrouver, et
les laissait retomber lourdement. Soudain il s'arrêta
et dit :

— Le voici.

Malory s'avança, regarda dans la direction qu'indiquait le doigt d'Ivan Goubine. Un commandant
d'artillerie était étendu contre le talus intérieur du
ravin. Il paraissait très-jeune. Ses traits étaient déli-
cats, ses mains pâles d'une forme parfaite, ses cheveux bouclés. Sa pose était si naturelle qu'on eût pu
croire qu'il dormait, n'eût été la blessure qui se
voyait sur sa poitrine, un peu au-dessous du sein
droit, et d'où sortait un léger filet de sang qui descendait sur son uniforme.

— Ne te trompes-tu pas ? Est-ce bien sur cet officier que tu as trouvé le médaillon ? demanda Malory
à Ivan Goubine.

— Dans la poche que voici, répondit Ivan Goubine avec assurance.

Et il montrait le parement placé à gauche de l'habit
du commandant. Malory y porta la main et retira de
la poche une carte de visite sur laquelle se trouvait
ce nom : *Jacques de Maldrée.*

— Je ne connais ni le nom, ni la figure, se dit
Malory.

Il avait beau chercher dans ses souvenirs, il ne se
rappelait pas avoir jamais rencontré le commandant de Maldrée. Il s'était agenouillé devant le

corps, quand tout à coup il le vit s'agiter doucement.

— Il n'est pas mort! s'écria-t-il.

— Il n'est pas mort? répéta machinalement Ivan Goubine.

Malory plaça sa tête sur le cœur du commandant. Ce cœur battait faiblement, mais il battait.

— J'ai de l'eau-de-vie, dit timidement Ivan Goubine.

— Donne!

Ivan tendit à Malory une petite gourde; puis il s'éloigna. Le capitaine cessa de faire attention à lui. Il introduisit le goulot de la gourde entre les lèvres décolorées du commandant. Une légère rougeur monta aux joues de celui-ci. Malory se pencha sur lui, attendant anxieusement qu'il ouvrit les yeux. Cinq minutes s'écoulèrent ainsi. Le commandant restait immobile; la vie ne se trahissait sur son visage que par la coloration et la pâleur qui s'y succédaient tour à tour. Mais il ne tarda pas à s'agiter de nouveau, comme galvanisé par la brûlante liqueur que Malory venait de lui faire boire. Ses bras s'étendirent à droite et à gauche. Il ouvrit les yeux en murmurant faiblement :

— Oh! mon Dieu!

— Commandant! pouvez-vous m'entendre? lui demanda vivement Malory.

Le blessé le regarda et fit un signe affirmatif.

— Vous êtes le comte Jacques de Maldrée? reprit Malory.

— Vous me connaissez? demanda le commandant en faisant un effort. Moi, je ne vous connais pas!

— Une carte tombée près de vous m'a appris votre nom. Je me suis penché sur votre poitrine, votre cœur battait encore...

Le commandant interrompit Malory et, comme s'il eût puisé dans la présence du capitaine une force qu'il n'espérait plus, il s'écria avec une joie enthousiaste :

— C'est le ciel qui vous envoie. Je suis tombé à cette place; j'ai perdu connaissance; les hommes chargés de relever les blessés m'ont sans doute cru mort; si un hasard, que je bénis, ne vous avait conduit de ce côté, j'aurais passé de vie à trépas sans pouvoir confier à un ami le soin d'accomplir mes dernières volontés. Vous êtes Français comme moi, officier comme moi. A ce titre, voulez-vous exaucer la prière d'un mourant?

Une âpre curiosité s'empara de Malory.

— Mais vous vivrez, mon commandant, dit-il. Votre état ne me semble pas désespéré.

— Il l'est, cependant, répondit M. de Maldrée d'une voix qui confirmait tristement son assertion. Un éclat d'obus m'a traversé de part en part. Je suis épuisé par la perte de mon sang. Si je vis encore, c'est grâce à un miracle. Dieu n'a pas voulu que je meure sans avoir pu assurer l'avenir de mon fils.

— Vous avez un fils?

— Oui! un enfant de dix ans. Il habite la France.

C'est pour lui que je veux vous parler. Le temps presse. Ne le perdez pas à me donner des soins inutiles, et écoutez-moi...

— Je vous écoute.

M. de Maldrée parut se recueillir, faire appel à sa mémoire et à ses forces, dont il n'avait jamais eu tant besoin. Puis il dit :

— A cinq lieues d'ici, dans la vallée du Belbeck, à côté du château du général Bibikoff, naguère pillé par nos soldats, se trouve une petite villa qu'ils ont constamment respectée. Là habite, seule avec ses domestiques, une jeune femme, Sophie Sterowski. Quand vous m'aurez fermé les yeux, vous vous rendrez auprès d'elle et vous lui annoncerez ma mort. Vous y mettrez les plus grands ménagements...

M. de Maldrée s'interrompit pour reprendre haleine, pour laisser se dissiper l'émotion qui l'oppressait. Bientôt il ajouta :

— Vous comprendrez ma recommandation, lorsque vous saurez que nous nous aimions et que nous devions nous marier après la campagne.

— Je vous croyais marié, objecta Malory. Vous m'aviez dit que vous aviez un fils.

— Je suis veuf depuis sa naissance et j'ai aimé Sophie parce qu'elle ressemblait à la mère de mon enfant. Elle vous dira, s'il lui convient de vous le dire, comment je l'ai connue. C'est son secret non moins que le mien, je ne puis vous le révéler.

— Il n'est pas besoin que je le connaisse, répondit

Malory qui écoutait avec avidité le récit du mourant.

Ce dernier respira fortement. Dans sa poitrine, un sifflement se fit entendre.

— C'est la mort, dit-il, en souriant avec tristesse.

Il s'arrêta encore.

— A boire !

Malory lui offrit la gourde. M. de Maldrée avala une gorgée d'eau-de-vie.

— Cela brûle, fit-il ; mais cela soutient.

Il paraissait, en effet, avoir repris une énergie nouvelle.

— Vous direz à Sophie que je lui recommande mon fils. Sans doute, elle vous répondra qu'elle va partir pour la France, afin de prendre l'enfant sous sa protection. Si, contrairement à mon attente, elle ne pouvait accomplir ce long voyage, vous lui demanderiez le dépôt que je lui ai confié. C'est un titre qui vaut deux cent mille francs, toute la fortune de mon fils. Avec ce titre, vous vous rendrez au Havre. Il y a dans cette ville un notaire nommé Rubentel. Il est chargé de mes intérêts. Vous déposerez le titre entre ses mains. Voilà ce que j'attends de vous. J'espère que toutes ces peines vous seront épargnées, que Sophie pourra faire le voyage de France. Toutefois...

M. de Maldrée s'arrêta. Il était épuisé...

— Je vous ai compris, répondit le capitaine Malory. N'ayez aucune crainte, j'aurai soin de votre enfant comme s'il était le mien.

— Merci. Je n'espérais pas moins de votre cœur. Grâce à vous, je mourrai en repos. Tout ce que vous venez d'apprendre, je l'avais confié à un sergent de ma batterie, brave homme qui m'était dévoué jusqu'à la mort. Malheureusement, je l'ai vu tomber pendant le combat, et, sans vous, je n'aurais pu assurer le sort du petit être que je vais laisser orphelin.

Le commandant poussa un second gémissement. Il devenait livide. La vie l'abandonnait peu à peu.

— Faites de mon fils un honnête homme, murmura-t-il.

— Je vous ai dit d'être sans crainte, mon commandant, répondit Malory.

Il était singulièrement ému par les révélations qui venaient de lui être faites, non moins que par la vue de cet agonisant. Et puis, des pensées singulières traversaient son cerveau. Il se voyait, à quelques jours de là, dépositaire d'une somme énorme, de toute la fortune du fils de M. de Maldrée. Une voix tentatrice disait à son oreille que ce serait là une dot brillante pour sa propre fille. On ne sait tout ce qui peut s'agiter de mauvais dans une âme livrée à l'amertume et à l'envie, qui sont le résultat des ambitions déçues. Pauvre jusqu'à ce jour, il avait suffi des confidences qu'il venait de recevoir pour déchaîner en lui de détestables instincts. Il allait droit au crime, se félicitant d'être seul à entendre, en ce moment, la parole de M. de Maldrée. C'est sous l'empire de ces idées, qui remuaient tout son être, qu'il posa une question à M. de Maldrée.

— Vous disiez tout à l'heure que vous aviez fait connaître vos dernières volontés à un sergent de votre batterie. Le nom de ce sergent?

— Il se nommait Jabin. Il est mort.

— En êtes-vous certain?

— Je l'ai vu tomber à quelques mètres d'ici.

— Je m'informerai de lui, répondit Malory. Mais j'y songe, reprit-il, à quel signe madame Sterowski reconnaîtra-t-elle que je suis envoyé par vous?

— A quel signe? Oui, vous avez raison. Tenez, vous lui remettrez ceci.

En même temps, M. de Maldrée, faisant un héroïque effort, chercha dans la poche de son vêtement. La poche était vide.

— Le médaillon! s'écria-t-il tout à coup. On me l'a pris ou je l'ai perdu.

Et sur son visage se peignit un immense désespoir.

— N'est-ce point là ce que vous cherchez? demanda Malory en plaçant le médaillon sous les yeux du commandant.

Un sourire extatique ranima le visage éteint de ce dernier. D'une voix faible comme un souffle d'enfant, il murmura :

— Ah! ma chère Sophie !

La mort coupa la parole dans sa gorge. Il retomba lourdement, ce n'était plus qu'un cadavre. Malory resta là, courbé sur le corps inanimé. Puis il le repoussa du pied et s'enfuit, en courant, dans la direction de Sébastopol, tandis qu'au loin on entendait le son des clairons et des tambours qui battaient le rappel. Quant à Ivan Goubine, il avait disparu.

Le 9 septembre, l'armée française fit son entrée dans Sébastopol. Retenu par les nécessités de son service, le capitaine Malory ne put se rendre sur-le-champ auprès de madame Sophie Sterowski. Ce ne fut que trois jours après la mort du commandant Jacques de Maldrée qu'il lui fut possible de demander et d'obtenir un congé.

Il quitta le camp français le matin, dès l'aube. Il voyageait seul, car il voulait n'être gêné par aucun témoin. Il portait l'uniforme de son arme et de son grade, allant à cheval, n'ayant d'autres bagages qu'une petite valise jetée en travers de sa selle. Il était dix heures lorsqu'il arriva sur les rives du Belbeck, rivière qui coule au fond d'une admirable vallée à laquelle elle a donné son nom. En cet endroit, le paysage est charmant. De quelque côté que se porte le regard, il embrasse des coteaux fertiles où la vigne pousse avec abondance, des arbres touffus qui se couvrent, au printemps et à l'automne, de fleurs et de fruits, des villas somptueuses appartenant à de grandes familles russes qui viennent y passer la belle saison. En ce moment, par suite de la présence de l'armée française en Crimée, ces propriétés étaient pour la plupart désertes. Quelques-unes même portaient les traces de dévastations récentes.

Les terribles zouaves avaient passé par là. Néanmoins, la végétation robuste qui se montrait de tous
côtés effaçait en quelque sorte ces preuves de leur
passage, ou tout au moins en atténuait l'horreur. Il
n'est pas un soldat ayant fait la terrible campagne
de Sébastopol qui n'ait gardé le souvenir de la
vallée du Belbeck comme d'une des plus riantes qui
soient au monde. Une brise matinale embaumait
l'air. Sur sa route, le capitaine Malory ne rencon-
trait que de rares passants, quelques paysans russes
ou tartares qui, à force de vivre au contact des soldats français et anglais, s'étaient accoutumés à ne
plus les considérer comme des ennemis.

Il se dirigeait du côté de la villa Bibikoff, qui lui
avait été signalée par le commandant de Maldrée
comme voisine de celle de madame Sophie. La maison de plaisance du général Bibikoff était connue de
tous les soldats. C'était la plus belle de celles que le
corps expéditionnaire avait rencontrées sur sa route,
entre la place d'Old-Fort et Sébastopol. De plus, au
lendemain du débarquement, elle avait été pillée par
les zouaves. Le capitaine Malory n'eut donc aucune
peine à trouver son chemin; il n'était plus séparé
que par une distance d'un kilomètre du but de son
voyage, quand soudain une pensée singulière frappa
son esprit. Il se dit que l'uniforme qu'il portait était
compromettant et pouvait, s'il était rencontré dans
le voisinage de la villa Bibikoff, attirer l'attention sur
sa personne. Or, il tenait à ce que sa présence en ces

lieux fût tenue secrète, à n'être reconnu ni dans ce moment ni plus tard, et surtout à garder auprès de madame Sophie le plus strict incognito. Il regretta de n'être pas vêtu d'un costume non militaire qui lui eût permis, s'il était épié, suivi, soupçonné, de déjouer les curiosités déchaînées à sa poursuite. De là à la pensée de se déguiser pour être présenté à madame Sophie, il n'y avait qu'un pas.

Ayant passé devant une maison de paysan, il y entra. Elle était occupée par une famille tartare, dont le chef, qui baragouinait quelques mots de français, comprit, après maints efforts, ce que désirait le capitaine, et lui procura, moyennant la somme de trente francs, un costume à peu près semblable à celui dont était vêtu Ivan Goubine et que nous avons déjà décrit. Le capitaine se garda bien de dire ce qu'il en voulait faire. Après avoir payé, il sortit, remonta à cheval, ne s'arrêta qu'un peu plus loin, où, derrière un buisson, il se transforma en paysan de la contrée. Puis, ayant serré dans sa valise l'uniforme qu'il venait de quitter, il continua son chemin.

Sous ses nouveaux habits, il ne pouvait inspirer de soupçons d'aucune sorte à ceux que le hasard mettrait sur son passage, et ni eux ni madame Sophie n'auraient deviné que cet équipement cachait un capitaine de l'armée française. Si l'on eût, en ce moment, demandé à Malory pour quels motifs il prenait de telles précautions, il eût été fort embarrassé pour répondre. Il n'avait encore aucun projet arrêté. Il obéissait à une sorte de pressentiment qui lui disait qu'il était sage de s'entourer de mystère.

Il ne tarda pas à arriver devant la maison que lui avait désignée M. de Maldrée. C'était une construction élégante, quoique un peu massive, en belles pierres du pays, ayant deux étages et placée sur la lisière d'un parc plus touffu que grand, entouré de grilles et de murs. Au delà d'une pelouse que décoraient quatre corbeilles de fleurs, Malory pouvait voir les degrés d'un large perron qui s'étendait en terrasse sur la façade de l'habitation. Au lieu d'entrer sur-le-champ, il s'arrêta à quelque distance de la grille, mit pied à terre, attacha son cheval à un arbre et se mit à rôder autour de la propriété, comme s'il eût eu quelque intérêt à connaître les lieux. Cette promenade dura peu. Il revint bientôt à l'endroit où il avait attaché son cheval, étonné de ne voir personne, ni maîtres, ni serviteurs, aux abords de cette élégante maison. Il hésitait à entrer. Tout à coup, une femme apparut sur la terrasse, descendit lentement dans l'allée qui conduisait à la grille. Malory la vit venir à sa rencontre et l'attendit. Il venait de reconnaître celle dont le portrait était sous ses yeux.

Elle était jeune, élégante et belle. Elle avait une taille fine, pleine de souplesse, la démarche noble, des pieds et des mains d'enfant, des yeux noirs, largement fendus, et une grâce infinie sur toute sa personne. La blancheur de son teint, la blonde et claire

couleur de ses cheveux abondants, ajoutaient encore
au charme qui se dégageait d'elle. On ne pouvait la
voir sans être frappé par ce qu'il y avait de saisissant
dans son originale beauté. Ce jour-là, elle était vêtue
comme une Parisienne, d'une robe blanche en mous-
seline des Indes, sur les plis de laquelle flottaient les extrémités d'une large ceinture de soie bleue. A l'aspect
de cette créature toute charmante qui s'avançait de
son côté, comme embaumée d'un aristocratique parfum de grâce et de poésie, Malory regretta d'avoir dépouillé son uniforme sous lequel il avait plus fière
mine que sous les habits de paysan dont il s'était
affublé. Il eut presque honte de son déguisement ;
séduit déjà par l'inconnue, bien qu'elle ne lui eût pas
encore parlé, il résolut de l'obliger, à force de prévenances, de respect et de savoir-vivre, à voir qu'elle
n'avait pas affaire au premier venu. Cependant, ayant
levé la tête, elle parut un peu surprise de rencontrer,
en face de soi, de l'autre côté de sa grille, ce paysan qui
tenait par la bride un beau cheval et qui semblait l'attendre au passage. Elle hésita, fit deux pas en avant,
trois en arrière, et finalement se décida à rebrousser
chemin. Le capitaine Malory s'élança vers elle.

— Pardon, madame, dit-il, n'êtes-vous pas madame Sophie Sterowski?

Elle se retourna vivement.

— C'est mon nom, répondit-elle s'exprimant en
français avec la plus grande pureté ; vous me connaissez?

— Je suis chargé d'un message pour vous.

— Un message! Est-ce du commandant de Maldrée? Il est en bonne santé, n'est-ce pas?

Comme, en disant ces mots, elle courait vers la grille, afin de l'ouvrir devant Malory, ce dernier en profita pour ne pas répondre. Il entra dans le jardin. A l'appel de madame Sophie, un domestique prit le cheval afin de le conduire à l'écurie.

— J'attends ce que vous avez à me dire, s'écria avec impatience madame Sophie. M. de Maldrée...

— Où pourrais-je m'entretenir avec vous, madame? interrompit Malory. Les choses que j'ai à vous communiquer ne sont pas sans gravité et ne doivent être entendues que de vous.

A ces mots, madame Sophie le regarda plus attentivement qu'elle n'avait fait jusque-là. La manière dont il s'exprimait, son geste un peu fier, son élégance relative, firent comprendre à la jeune femme que l'homme qu'elle avait sous les yeux pouvait, malgré son costume, traiter avec elle d'égal à égal.

— Veuillez prendre la peine de me suivre, monsieur, dit-elle.

Elle se dirigea vers le perron et s'écarta pour laisser passer Malory. Mais, sur un signe de lui, elle entra la première. Il la suivit. Ils se trouvaient dans un élégant petit salon coquet, où tout semblait arrangé pour le plaisir des yeux.

Elle désigna un siége à Malory, s'assit elle-même en face de lui, et dit :

— Bien que je vive seule ici avec deux serviteurs, dont je n'ai pas lieu de me défier et qui pourraient sans inconvénient entendre tout ce que vous avez à me révéler, nous serons mieux dans ce salon ; vous, pour me parler ; moi, pour vous écouter. Veuillez vous expliquer, monsieur.

Malory demeura fort embarrassé. Il ne savait comment s'y prendre pour faire connaître à madame Sophie l'objet de sa visite. Il y avait tant de sérénité dans le regard de cette femme ; ses yeux, image de son âme, révélaient tant de chaste confiance, qu'en dépit des irritantes convoitises éveillées en lui, il hésitait à briser ce bonheur. Ses hésitations, la tristesse répandue sur ses traits alarmèrent madame Sophie.

— Ce que vous venez m'apprendre est-il donc si terrible ? demanda-t-elle.

— M. de Maldrée m'a chargé...

— Mais dites-moi qu'il vit...

— Je suis chargé de vous transmettre ses derniers désirs.

A ces mots, une pâleur mortelle couvrit le visage de madame Sophie. Sa tête se renversa sur le dossier du fauteuil où elle était assise ; un gémissement douloureux s'échappa de ses lèvres :

— Il est mort ! murmura-t-elle.

— Mort comme un vaillant soldat au champ d'honneur. Sa dernier pensée a été pour vous, madame, pour son fils et pour vous.

Madame Sophie avait la fermeté d'un homme. Elle

2

ne perdit pas connaissance. Mais de grosses larmes roulaient dans ses yeux. Sa blonde tête s'était maintenant penchée sur sa poitrine, et son désespoir ne se manifestait que par des sanglots, par la pâleur dont ses traits étaient envahis. Vingt minutes s'écoulèrent. Le plus profond silence régnait dans le salon, madame Sophie, livrée à sa douleur muette, semblait avoir oublié la présence de Malory.

— Pardonnez-moi, monsieur, dit-elle alors. Le coup qui m'accable est si imprévu ! Je vivais pleine de confiance. Le matin du jour où eut lieu l'assaut de Sébastopol, M. de Maldrée m'avait écrit une longue lettre. Il me disait que son régiment n'était pas désigné pour prendre part à l'action. Il me trompait pour m'éviter de cruelles alarmes. J'aurais dû le deviner. Et moi, qui restais ici livrée à de folles espérances !... Oh ! c'est affreux !

De nouvelles larmes inondèrent son visage.

— Comment est-il mort? demanda-t-elle.

Malory qui ne voulait pas révéler les circonstances dans lesquelles il s'était trouvé auprès du commandant, afin de laisser croire à madame Sophie que de longue date il était son ami, improvisa un récit qui, quoique dénué de vérité, eut le don de satisfaire la pauvre désolée. Elle dit :

— Il était aussi courageux que bon.

Il prit le médaillon dans sa poche, le tendit à madame Sophie, qui l'accepta. Il ajouta :

— M. de Maldrée m'a remis ce bijou auquel il sem-

blait beaucoup tenir, afin qu'il vous fût démontré
que c'est de sa part que je venais vers vous et que
vous pouviez m'accorder votre confiance.

Madame Sophie prit le médaillon, secoua la tête
et retomba dans une torpeur alarmante.

Tout à coup elle se leva et d'une voix suppliante :

— Ne pouvez-vous, demanda-t-elle, rester ici, soit
jusqu'à ce soir, soit jusqu'à demain? Vous êtes l'ami
de M. de Maldrée, et j'aurai besoin de vos conseils,
ajouta-t-elle.

Le capitaine Malory s'inclina. Elle ajouta d'une
voix éteinte :

— J'ai besoin d'être seule, de me recueillir, de
penser à mon pauvre ami. Plus tard, vous me direz
ses derniers désirs. Je crois les connaître déjà ; mais,
quels qu'ils soient, ils seront exaucés. Au revoir,
monsieur. Donnez vos ordres, et veuillez considérer
cette maison comme la vôtre.

Ayant ainsi parlé, elle se retira lentement, retenant
à grand'peine les sanglots qui l'étouffaient, et Malory
resta seul. Quelques instants après, un domestique
venait se mettre à ses ordres et le conduisait dans
une chambre où, sur sa demande, on lui servit à déjeuner.

Le capitaine Malory ne possédait ni la fermeté, ni
la noblesse d'âme qui lui eussent été nécessaires pour
juger sainement et dignement la situation à laquelle
il se trouva tout à coup mêlé. Par suite des dispositions particulières de son esprit, il était, nous l'avons

dit, porté à envier la richesse des autres. Mordu par
les sentiments les plus détestables, son cœur ne contenait en ce moment que des convoitises malsaines.
Jusqu'à ce jour, il avait été honnête par habitude
peut-être, par nécessité assurément, mais non par
principe. L'influence bienfaisante de sa femme n'a-
vait pas peu contribué à le maintenir dans la bonne
voie. Le bonheur intime était résulté pour lui de son
mariage ; la naissance de sa fille avait, si l'on peut
dire ainsi, sanctifié son ambition, fait taire les instincts mauvais qui gisaient au fond de son âme,
prêts à se déchaîner. Mais, maintenant, il était loin
de celle qui, jusqu'à ce jour, avait été pour lui comme
un bon ange. Il se trouvait donc seul, désarmé, en
quelque sorte, en face de ses mauvaises inspirations.
Dans les circonstances qui l'avaient conduit dans la
maison où il était en ce moment, il ne voyait rien
qu'un moyen de s'enrichir placé subitement entre
ses mains par le hasard, et dont il fallait tirer promptement un bon parti. Ce qu'il voulait faire, il n'en
savait rien. Mais il était, sans oser se l'avouer, décidé
à tout pour conquérir la fortune. Il savait que madame Sophie était riche, qu'en outre elle était dépositaire d'un titre de valeur importante constituant
la succession de M. de Maldrée. Entre la richesse et
lui, quel obstacle y avait-il donc ? Aucun, ou plutôt
un seul ; mais celui-là infranchissable pour tout
cœur probe, le crime. Oui, un crime pouvait changer
sa situation ; tout en ce moment le poussait à le com-

mettre : l'irritation de ses ambitions déçues, la certitude que les valeurs, objets de sa convoitise, étaient
à sa portée, aussi bien que la facilité avec laquelle
il pouvait se les approprier.

Telles étaient les dispositions de son esprit quelques heures après avoir quitté madame Sophie. Seul
dans la chambre, il écoutait, à moitié assoupi, les
voix tentatrices qui lui soufflaient des conseils désor-
donnés. Jusqu'à ce jour, il avait vécu presque pauvre,
d'une vie de sacrifices allégée seulement par les ten-
dresses conjugales, mais quelquefois aussi aggravée
par elles, par la pensée qu'il ne pouvait donner à sa
femme ni à sa fille le luxe au sein duquel il eût été
heureux de les aimer. Maintenant, il ne dépendait
que de lui de modifier cet état de choses, d'avoir les
mains pleines d'or, de créer à sa fille une dot opulente, de vivre en grand seigneur. On ne connaîtra
jamais toute l'étendue de la perversité humaine. Il
se disait qu'il aurait parfaitement raison de cette
femme, qui vivait seule avec deux serviteurs âgés. Il
était loin de la France et de la justice. Il pouvait perpétrer son crime secrètement, puis rentrer au camp,
après avoir couvert d'un voile éternel son forfait.

La pendule de sa chambre, sonnant deux heures,
l'arracha à ses rêveries affreuses. Il se leva soudainement, comme pour échapper au cauchemar qui
l'obsédait. La voix de l'honneur parlait encore en
lui. Le parc, dont les arbres montaient au-dessus de
ses croisées, l'invitait à la promenade. Il descendit.

2.

Les arbustes étaient en fleur ; les allées bien sablées, embaumées d'odeurs exquises. Les pelouses vertes frissonnaient au souffle d'une brise légère; des feuillages épais tombaient jusqu'à ses oreilles de mystérieuses mélodies. Pendant quelques minutes, il marcha au hasard, dans cet état d'indolence où le cœur et l'esprit sont également incapables de penser et de sentir. Soudain, au détour d'une allée, il se trouva en face du domestique de madame Sophie, qui, quelques heures auparavant, l'avait servi dans sa chambre. Cet homme qui, depuis vingt ans, vivait dans la maison, était âgé. Mais la vieillesse n'avait en rien diminué le dévouement qu'il portait à sa maîtresse. Il remplissait les fonctions de valet de chambre, de maître-d'hôtel, de jardinier, et, secondé par sa fille, chargée de la cuisine, il suffisait au service de l'habitation. Malory s'avança vers lui avec l'espoir de le faire parler sur les choses qui l'intéressaient. Il se demandait comment il entamerait la conversation, quand soudain le vieux mougik courut à sa rencontre et s'exprimant en mauvais français :

— Est-il vrai, monsieur, comme ma fille me l'assure, que vous ayez apporté à madame la nouvelle de la mort de M. de Maldrée ?

— C'est vrai, répondit Malory.

Le domestique laissa tomber de ses mains tremblantes le sécateur à l'aide duquel il émondait tout à l'heure les arbustes fleuris, et d'une voix affaiblie par l'émotion :

— Dieu veuille avoir pitié de nous !

— Ils s'aimaient donc bien ?

A cette question, Alexis — c'était le nom du mougik — leva les yeux sur Malory.

— S'ils s'aimaient ? s'écria-t-il. De toute la force de leur âme. Ils étaient jeunes encore et si beaux, si bien faits l'un pour l'autre ! Ah ! monsieur, voilà un grand malheur, madame en mourra !

— Se connaissaient-ils depuis longtemps ? demanda encore Malory, qui espérait obtenir d'Alexis les renseignements qu'il n'osait demander à madame Sophie.

— Depuis cinq ans. C'est à Paris, au commencement de 1850, qu'ils se rencontrèrent pour la première fois étant l'un et l'autre sous le coup d'une grande douleur. Neuf mois auparavant, le commandant avait perdu sa femme. Depuis la même époque, madame était veuve d'un mari qu'elle aimait, bien qu'il eût le double de son âge. L'identité de leur peine les rapprocha ; pendant longtemps ils ne cessèrent de se voir. Comment chacun d'eux arriva-t-il à trouver dans l'autre l'équivalent de ce qu'il regrettait ? C'est ce que je ne saurais vous dire. Ils s'aimèrent. Un jour, madame promit de rendre une mère au fils de M. de Maldrée, et le mariage fut décidé. C'est à ce moment que la guerre éclata entre la France et la Russie. M. de Maldrée fut désigné pour partir. La séparation fut déchirante ; madame, qui est d'origine polonaise, resta à Paris et prit auprès d'elle le fils du commandant. Ce n'est que lorsque l'expédition de Crimée fut décidée qu'elle se rappela qu'elle possédait une terre dans ce pays et résolut de venir s'y fixer jusqu'à la fin du siége, afin de se rapprocher de celui qu'elle considérait, que nous considérions comme son mari.

— Et l'enfant? demanda Malory, que ce récit avait vivement intéressé.

— Avant de quitter la France, madame le plaça dans une institution, en le confiant plus particulièrement aux soins du notaire de M. de Maldrée, qui habite le Havre.

— Le notaire Rubentel dont le commandant m'a parlé, pensa Malory.

Et il s'éloigna en proie à un trouble qu'un homme plus perspicace que le vieux mougik aurait deviné facilement. Lorsqu'il fut seul, il s'arrêta à l'ombre d'un bosquet de grands arbres pour mettre un peu d'ordre dans ses esprits.

Après s'être longtemps abandonné à ses réflexions, sans pouvoir prendre aucun parti, Malory se leva pour revenir vers sa chambre. C'est alors qu'il rencontra de nouveau Alexis, qui le cherchait pour lui annoncer que madame Sophie le priait de monter chez elle. Malory s'empressa d'obéir. Guidé par le mougik, il fut introduit dans l'appartement de la jeune femme, situé au premier étage. Il la trouva seule, assise sur un divan, vêtue d'une robe noire, comme si, à peine prévenue de la mort de son fiancé,

elle avait voulu échanger ses habits de fête contre
des habits de deuil. Son visage était toujours pâle et
défait. Mais, à l'expression de son regard, on jugeait
qu'elle était maintenant résignée, et que si sa douleur
devait être éternelle, elle se concentrait tout entière dans son cœur.

— J'ai prié, j'ai pleuré, dit-elle à Malory ; je me
sens plus calme et me voici prête à vous entendre.

— Madame, répondit Malory, j'ai eu le triste bonheur de fermer les yeux au commandant. J'ai recueilli
ses dernières paroles et j'ai pour mission de vous les
transmettre.

— Parlez, monsieur.

— Le commandant place son fils orphelin sous
votre protection. Il est mort avec l'espoir que vous
tiendrez lieu de mère à cet enfant, que vous irez en
France pour remplir vos nouveaux devoirs.

— Son espoir ne sera pas trompé. Son fils deviendra le mien. Il héritera de ma fortune, je m'efforcerai d'en faire un homme digne de son père, digne du
nom qu'il est appelé à porter.

— Puisque telles sont vos décisions, ma mission
se termine ici. Ce n'est qu'au cas où vous auriez refusé de vous rendre en France que j'avais ordre de
vous demander le titre qui constitue la fortune du
fils de M. de Maldrée et de l'apporter chez le notaire
du commandant, M. Rubentel, du Havre.

Ce langage eut pour résultat de laisser croire à
madame Sophie que Malory était depuis longtemps

l'ami de M. de Maldrée et d'accroître la confiance
qu'elle avait déjà dans l'homme qui était venu lui
annoncer la mort de son ami.

— J'accomplirai moi-même la tâche que le commandant m'a confiée, répondit-elle. La fortune de
son fils se compose d'une somme de deux cent mille
francs, représentée par des valeurs au porteur qui
sont entre mes mains, puisqu'il me les avait remises
en dépôt. J'ai une somme égale en billets de la Ban-
que de France dont j'ai le dessein de faire don à l'orphelin, afin que si je venais à mourir avant qu'il ait
atteint sa majorité, il soit en état de tenir son rang
dans le monde.

Si, tandis qu'elle s'exprimait avec tant de confiance, madame Sophie avait conservé le sang-froid
nécessaire pour examiner attentivement l'homme
debout en face d'elle, elle aurait été effrayée de
l'effet que produisait sur lui l'énumération des richesses dont un forfait pouvait tout à coup le rendre
maître. Le sang avait envahi son visage, ses yeux
s'étaient démesurément agrandis, son cœur battait
avec violence. Mais elle était elle-même trop absor-
bée par sa propre douleur et en même temps trop
confiante pour remarquer l'exaltation de Malory.

— M. de Maldrée n'avait-il pas fait un testament?
demanda-t-il en essayant de contenir son émotion.

— Ce n'est pas, à vrai dire, un testament. Avant
de quitter la France, il écrivit à son notaire une lettre
confidentielle, dans laquelle il lui faisait connaître

ses intentions pour le cas où il viendrait à mourir. Il l'avertissait en même temps qu'il me chargeait, n'ayant pas le loisir de le faire lui-même, d'apporter au Havre les valeurs qui constituaient sa fortune. Ces valeurs, j'ai cru pouvoir les garder jusqu'ici. Par un des prochains courriers, je les emporterai moi-même en France et je confierai à M. Rubentel mes dispositions, car j'ai l'espoir de ne pas survivre au malheur qui me frappe.

Un sanglot accompagna ces paroles ; lasse d'avoir tant parlé et des efforts héroïques qu'elle avait faits jusque-là pour contenir sa douleur, madame Sophie perdit connaissance. Malory vit son visage se décomposer et la pauvre créature demeurer immobile, renversée sur le divan où elle était assise. Il courut à elle, alarmé, embarrassé, ne sachant comment il devait s'y prendre pour la ranimer. Puis, ayant vu un cordon de sonnette, il s'y suspendit. En quelques minutes, les serviteurs de madame Sophie furent auprès d'elle. On la transporta sur son lit et la fille d'Alexis s'empressa de lui prodiguer les soins les plus vigilants. Pendant ce temps, debout au milieu de la chambre, affectant une vive tristesse, Malory étudiait à la hâte l'état des lieux. Un plan infernal venait de surgir dans son imagination ; il examinait chaque chose, la disposition de l'appartement, les détails de l'ameublement, les portes, les croisées avec une attention criminelle. Sous l'influence des idées auxquelles il était livré, il s'approcha de la

cheminée et remarqua avec plaisir qu'elle était hermétiquement fermée par une plaque qui interceptait
l'air du dehors. Il s'aperçut également que les croisées et les portes étaient garnies d'épais bourrelets.
Madame Sophie avait passé tout un hiver dans cette
maison et avait pris des précautions minutieuses
pour se garantir contre les froids rigoureux de la
Crimée. Lorsqu'il eut terminé son inspection, il
s'avança vers le lit et, interrogeant à voix basse la
jeune fille qui soignait la malade :

— Se trouve-t-elle mieux ? demanda-t-il.

— Elle se ranime.

Madame Sophie, en effet, revenait à elle. Elle respira
faiblement, ouvrit les yeux, et, voyant le capitaine :

— Ah ! monsieur, murmura-t-elle, ne me quittez
pas encore. Je crains de mourir, et si cela arrivait,
c'est à vous que reviendrait la tâche que M. de Maldrée nous a confiée. Ne partez pas.

— Rassurez-vous, madame, je reste.

— Les valeurs qui doivent être emportées en
France sont contenues dans un coffret, enfermé lui-
même dans cette armoire. Je vous autorise à les
prendre là, s'il y a lieu.

En disant ces mots, madame Sophie désignait un
solide meuble de chêne placé en face de son lit, donnant ainsi à Malory le seul renseignement qui lui
manquât. Un sourire de satisfaction apparut sur le
visage du capitaine.

— Vous vivrez, madame, répondit-il. C'est mon

vœu le plus cher. Mais, si la fatalité voulait qu'il en fût autrement, le fils de M. de Maldrée trouverait en moi un père, vos desseins seraient exécutés.

Ayant dit ces mots, il s'éloigna doucement, sans attendre que madame Sophie lui exprimât sa gratitude.

A dater de ce moment, il pensa et agit sous l'empire d'une idée unique, comme poussé par une puissance supérieure. Son sang-froid ne l'abandonna pas un seul moment. Que si l'on s'étonne de voir un homme, honnête jusqu'à ce jour, devenir tout à coup criminel, nous répondrons qu'il n'avait été honnête qu'à la surface, par nécessité et que, d'ailleurs, il y a commencement à tout. L'âme probe n'est pas celle qui, n'ayant jamais été tentée, ne succombe pas, mais celle qui résiste à la tentation. L'occasion fait le larron ; c'était la première fois qu'elle s'offrait à Malory. Il fut rapidement décidé, n'ayant d'autre souci que de ne pas laisser après soi trace de son passage et de trouver les moyens d'obliger le public à croire que madame Sophie était morte, non victime d'un attentat, mais à la suite d'un accident. Ce fut sous l'influence de cette double préoccupation qu'il arrêta les combinaisons que son mauvais génie lui souffla.

Au mois de septembre, la nuit vient assez rapidement. Vers six heures et demie, au moment où, après avoir dîné, il sortit de table, l'obscurité commençait à être profonde, et n'eût été la blanche clarté de la lune, il lui eût été impossible de se

3

guider dans le parc où il se rendit. Mais, grâce à cette clarté, il put trouver son chemin et s'éloigner rapidement comme pour se livrer aux douceurs de la promenade. Les domestiques étaient diversement occupés. Il ne redoutait donc pas d'être suivi. Au fond du parc, il avait remarqué un amas de branches vertes, provenant d'arbres récemment émondés. Elles avaient été provisoirement déposées en cet endroit pour être ensuite transportées dans un cellier où l'on enfermait les provisions de bois pour l'hiver. Il choisit une vingtaine de ces branches, les plus courtes et les plus grosses ; à l'aide de cordes qu'il s'était procurées, en ayant fait un fagot, il les jeta dans un bassin peu profond, creusé au centre d'une pelouse et d'où il pourrait les retirer à volonté. Cela fait, il revint du côté de la maison, s'assit sur le perron, et ayant allumé un cigare, manifesta à Alexis, qui vint prendre ses ordres, le dessein de passer sa soirée en cet endroit, afin de goûter entièrement le charme d'une belle nuit. Il demeura donc seul, jusqu'à dix heures. A ce moment, Alexis parut de nouveau devant lui.

— Comment est votre maîtresse ? demanda Malory.

— Elle vient de s'endormir. Elle s'est opposée à ce que ma fille veillât auprès d'elle, et nous engage à prendre quelque repos.

— Obéissez-lui, reprit le capitaine. Couchez-vous, mon brave. Invitez votre fille à en faire autant. Moi, je reste ici.

— C'est qu'alors, monsieur, il faudra qu'avant de monter dans votre chambre, vous fermiez la porte.

— Je la fermerai.

— Il suffit de donner deux tours de clef et de pousser les verrous.

Joignant le geste à la parole, Alexis, à côté duquel le capitaine s'était placé, lui montra comment il fallait s'y prendre pour mettre la maison à l'abri des malfaiteurs.

— C'est compris! répliqua Malory. Allez, et fiez-vous sur moi. Je n'ai pas envie plus que vous d'être volé.

Alexis se retira. Malory écouta la pendule du salon, dont la sonnerie arrivait à ses oreilles, répéter les heures qui s'écoulaient trop lentement au gré de ses désirs. Que se passait-il sous son crâne livré depuis le matin à de violentes tempêtes? Qui saurait le dire? Ce que nous pouvons affirmer, c'est qu'il n'eut pas un seul instant la pensée de renoncer à l'atroce plan qu'il méditait, ni la crainte qu'il y eût pour lui, dans de telles infamies, des conséquences fatales. Il n'avait en vue qu'une chose, la fortune. Il se voyait déjà riche, et, loin de ressentir quelque horreur en envisageant les moyens détestables auxquels il allait avoir recours, il formait pour l'avenir mille projets. A minuit, il se leva.

— Le moment est venu, se dit-il.

Il prêta une oreille attentive; par le silence qui régnait dans la maison, par l'obscurité qui l'enveloppait, il jugea que tout était endormi. Au dehors, le

silence n'était pas moindre. On n'entendait que les
bruits mystérieux de la nature qui, elle, ne dort jamais, sourds craquements des arbres, légers tremble-
ments du sol, douces caresses de la brise dans les
feuillages qu'elle agite. Rassuré de ce côté, Malory
s'avança dans le parc jusqu'au bassin dans lequel il
avait plongé le fagot dont nous avons parlé tout à
l'heure. Se penchant sur l'eau, il retira les branches
toutes mouillées et les emporta, non sans peine, jusque dans la maison. Chargé de son fardeau, il monta
au premier étage, le déposa sur le palier, à côté de la
chambre de madame Sophie. Puis, entrant dans la
sienne, il prit sa valise, préparée à l'avance, comme
s'il devait partir, et un paquet de cordes ; il revint auprès des branches qui, imprégnées d'eau, avaient déjà
fait autour d'elles une véritable mare. Alors, il tâta
sa poche pour s'assurer qu'elle contenait un petit
poignard qu'il portait toujours et qui ne devait lui
servir que s'il trouvait madame Sophie réveillée. Il
frappa ensuite légèrement contre la porte de la chambre de celle-ci.

On ne lui répondit pas.

— Elle dort, pensa-t-il.

Il tourna doucement le bouton et entra. La chambre
était faiblement éclairée par la vacillante lueur d'une
veilleuse. On voyait, perdu dans l'ombre des rideaux
qui l'enveloppaient en partie, le lit dans lequel dormait madame Sophie. Malory s'approcha rapidement.
Elle était plongée dans un profond sommeil. Sa res-

piration, bien que difficile, était douce comme celle
d'un enfant. Mais les mouvements nerveux qui parfois la faisaient tressaillir prouvaient que le sentiment de son malheur la poursuivait jusque dans son
repos. Étendue sur le dos, les bras languissamment
jetés sur la couverture, la tête encadrée dans ses cheveux en désordre, elle était adorablement belle. Nul
cœur sensible, la sachant malheureuse, n'eût pu la
voir ainsi sans être pris de pitié ou de désirs. Disons
à la honte et à la louange de Malory qu'il n'éprouva
rien de semblable. En ce moment, ni son cœur ni ses
sens ne pouvaient être émus. Dans ce corps immobile, il ne voyait ni la femme séduisante, ni la veuve
inconsolée, mais l'obstacle qui se dressait entre lui
et la fortune, et qu'il fallait faire disparaître.

Tout à coup, au moment où il se préparait à exécuter le plan qu'il avait conçu, il fut frappé par une
pensée qui, jusque-là, ne s'était pas présentée à son
esprit. Madame Sophie pouvait se réveiller tout à
coup et pousser des cris de détresse. Certes, il avait
la ressource de la poignarder, de l'étrangler, de l'é-
touffer ; mais ces trois moyens lui répugnaient également. Le premier offrait un grand inconvénient.
Il prouverait, si jamais l'on retrouvait le corps de la
victime, qu'elle était morte de mort violente. Quant
aux deux autres, ils pouvaient être longs à éteindre
la vie, peut-être nécessiter une lutte horrible. De
telles perplexités ne devaient pas durer longtemps.
Le temps pressait, Malory eut vite pris son parti. Un

mouchoir était à sa portée sur l'oreiller. Il s'en empara, le roula de façon à en former une sorte de tampon ; puis pressant doucement les narines de madame Sophie pour empêcher la respiration par cette voie, il l'obligea à ouvrir la bouche dans laquelle, d'un seul coup, il introduisit le mouchoir brutalement. La malheureuse femme se trouva soudainement bâillonnée. Elle se réveilla suffoquée ; mais elle n'avait pas encore eu le temps de comprendre ce qui lui arrivait, que le drap qui la couvrait fut jeté sur son visage de façon à lui dérober la vue de l'homme qui la martyrisait ainsi. En même temps elle se sentit entourée des pieds à la tête dans ce même drap, plusieurs fois roulé autour d'elle, liée par-dessus, aux bras et aux jambes, et laissée là, comme une masse inerte, dans l'impossibilité de crier ni de voir le drame qu'il allait s'accomplir.

Alors Malory revint précipitamment au milieu de la chambre, s'agenouilla et, à l'aide de son poignard, il traça un grand rond sur le tapis, en y faisant une incision profonde. Il put ainsi enlever l'étoffe et pratiquer un large trou dont le fond était formé par les dalles blanches qui servaient de plancher. Il courut à la porte, prit au dehors le fagot qu'il y avait laissé, le traîna sur le foyer qu'il venait d'improviser et élevant un bûcher, il y mit le feu à l'aide d'une poignée de paille gardée par lui en réserve à cet effet. La flamme, étouffée en quelque sorte par les branches qu'elle devait consumer, ne tarda pas ce-

pendant à lécher leur écorce qui se couvrit d'une
écume légère et bruyante, causée par l'eau qu'elles
rendaient. En même temps, une épaisse fumée s'é-
leva dans l'air. Ne trouvant pas d'issue, car les portes
et les fenêtres étaient hermétiquement closes, elle se
concentra dans la chambre qui fut, en cinq minutes,
remplie d'un nuage. A moitié asphyxié, les yeux
remplis de larmes, toussant et crachant, Malory se
leva, se dirigea vers l'armoire que madame Sophie
lui avait désignée, et l'ouvrit. Là, sur une étagère,
au milieu de piles de linge, il y avait deux coffrets.
Ne sachant lequel était le bon, Malory les prit l'un et
l'autre, les plaça sous son bras gauche. Puis, repas-
sant devant le bûcher qui commençait à s'allumer,
il saisit une branche, la jeta tout enflammée sur le
lit, et, ouvrant la porte qu'il referma, il enleva
sa valise au passage et descendit en courant. Il
entra dans l'écurie. Son cheval s'y trouvait tout sellé.
Il l'entraîna, le conduisit sur la route, s'élança, et,
quelques instants après, il fuyait à toute vitesse sur
la route de Sébastopol. Dix minutes lui avaient suffi
pour accomplir son crime. A six heures du matin,
son congé étant expiré, il se trouvait au camp et répondit à l'appel de son nom.

Ce fut seulement le soir de ce jour que, se retrou-
vant seul dans la petite chambre qu'il occupait dans
une maison de Sébastopol, fortement endommagée
par les boulets, il put ouvrir les coffrets. L'un contenait des valeurs remboursables au porteur, pour

une somme de quatre cent mille francs ; l'autre renfermait un écrin sur les coussins duquel reposaient d'admirables bijoux, qu'il estima à une somme presque égale. Il serra les titres dans son portefeuille, jeta les diamants au fond d'une de ses malles et brûla les boîtes.

Le lendemain, le bruit se répandit et vint jusqu'à ses oreilles qu'une maison, voisine de la villa Bibikoff, avait été incendiée durant la nuit, et que, dans les ruines fumantes, on avait trouvé trois cadavres carbonisés. Malory respira. Désormais tout était consommé. Il était riche, et de son crime ou de ceux qui auraient pu en être témoins, plus rien ne restait qui eût la possibilité de l'accuser. Peu de jours après, il demanda à rentrer en France. La prise de Sébastopol semblait avoir marqué la fin de la guerre. On croyait à une paix prochaine. On renvoyait en Europe un certain nombre de soldats. Malory avait fait toute la campagne. Il fut désigné parmi ceux auxquels était accordée la faculté de partir.

Toutefois, s'étant rappelé que dans ses dernières confidences, le commandant de Maldrée avait fait allusion à un sergent de son régiment, nommé Jabin, lequel l'avait toujours fidèlement servi, et qui était tombé sous ses yeux sur le champ de bataille, Malory, qui redoutait cet homme sans le connaître, voulut savoir si réellement il était mort. Il procéda à une enquête auprès de l'état-major du général en chef, et là, il apprit que le sergent Jabin avait disparu

le jour du siége. On savait qu'il avait été grièvement
blessé en allant à l'assaut ; mais nul ne pouvait dire
ce qu'il était devenu. Sur les registres de son régiment, à côté de son nom, étaient écrits ces mots :
« Disparu dans la journée du 8 septembre. »

— Il est mort, se dit Malory soulagé par cette
découverte.

Jabin était le seul qui eût, comme lui, connaissance
des dernières volontés de M. de Maldrée ; puisqu'il
n'existait plus, personne ne pouvait savoir que le
commandant portait avec soi une fortune qu'il destinait à son fils et, par conséquent, avoir intérêt à rechercher ce qu'elle était devenue. Ainsi, tout semblait conspirer pour ensevelir à jamais le crime de
Malory. Il avait tué une femme, causé la mort d'un
vieillard et de sa fille, incendié volontairement une
maison habitée, volé le bien d'autrui, dépouillé un
orphelin, et nul ne le soupçonnait.

Cependant il naviguait vers la France, rempli d'une
impatience fébrile, ne voyageant pas assez vite au gré
de ses désirs, ayant hâte de poser le pied sur le sol de
son pays, afin de mettre la mer entre lui et le théâtre
de son crime, et de jouir de ses richesses. Il n'é-
prouvait encore aucun remords. Mais il ne pouvait
écarter de ses yeux l'image de madame Sophie endormie, telle qu'elle était au moment où il l'avait
bâillonnée. Ce souvenir, qui s'imposait impérieusement à lui, était le germe des souffrances que sa mémoire, incapable d'oublier, devait lui faire subir plus

3.

tard. Il ne trouvait quelque apaisement que lorsqu'il songeait à sa femme, et surtout à sa fille. Séparé d'elle depuis quinze mois, il espérait la retrouver grandie, embellie, et goûtait par avance la douceur de ses enfantines caresses.

Telles furent ses préoccupations durant son voyage. Il en était une cependant qui les dominait toutes. Elle avait pour mobile le notaire Rubentel, et la pensée que cet homme était dépositaire d'une lettre de M. de Maldrée équivalente à un testament. Tout est sujet de crainte pour quiconque a un crime sur la conscience. L'inconnu surtout est alarmant. Désireux de détruire tout ce qui pouvait mettre sur la trace de son forfait, Malory ne pouvait s'empêcher de frissonner lorsque le nom de Rubentel venait à sa mémoire.

— Il faudra que j'aille faire la connaissance du bonhomme et savoir de quoi il retourne, se disait-il alors.

Et, se livrant au caprice de son imagination malade, il entrevoyait jusqu'à la possibilité de faire disparaître la lettre de M. de Maldrée. Débarqué à Marseille dans les premiers jours du mois d'octobre, il ne s'y arrêta que le temps de faire viser sa feuille de route à l'intendance militaire, et se dirigea immédiatement sur Lyon. C'est aux environs de cette ville, chez sa belle-mère, qu'habitaient sa femme et sa fille.

Un soir, à la tombée de la nuit, il arriva devant la maisonnette où sa femme avait cherché un asile pendant son absence. Par-dessus une haie vive

qui fermait le jardin du côté de la route, il vit une
fillette de sept ans, vêtue de deuil, et reconnut son
enfant. Son cœur se serra comme à l'approche d'un
malheur, car, en dépit de tout, il n'était pas encore
si complétement endurci qu'il fût insensible à la
perte de quelque chose qu'il avait aimé. Il s'élança
et vint tomber à genoux, aux pieds de sa fille, qui se
mit à pousser de grands cris en l'embrassant. Au
même moment, sa belle-mère accourait. Elle était en
noir comme la petite. En voyant son gendre, elle
fondit en larmes, et, lui ouvrant les bras :

— Ah! mon ami, s'écria-t-elle, quel malheur!

— Quoi? de quel malheur parlez-vous?

— Vous n'avez donc pas reçu ma lettre?

— Quelle lettre?

— Miséricorde! Il ne sait rien. Claire est morte.

— Morte! répéta machinalement le capitaine, qui
fut tout surpris de ne sentir dans son cœur aucun déchirement.

— Oui, subitement, dans la nuit du 11 au 12 septembre.

Il frissonna. Sa femme avait rendu le dernier soupir à l'heure où il assassinait madame Sophie. Une
épouvante indicible s'empara de lui. Afin d'échapper
aux plaintes de sa belle-mère et de rester seul, il feignit un morne désespoir et courut s'enfermer dans la
chambre préparée pour lui. Il passa une nuit affreuse,
plus effrayé de la coïncidence qu'il venait de constater qu'affligé de la mort de sa femme. Le drame qui

se déroula en lui dut être terrible, car, au matin, son
visage portait des traces évidentes de fatigue et
d'insomnie. Néanmoins, il se montra calme ; après
avoir entendu le récit du douloureux événement, il
parut ne vouloir chercher des consolations que dans
les caresses de son enfant. Le lendemain, il annonça
son dessein de partir. Il prit diverses dispositions relatives à sa fille, qu'il comptait laisser durant quelques mois dans cette maison, et promit de revenir
bientôt. A trois jours de là, il arrivait à Londres, où
il espérait se débarrasser des diamants de madame
Sophie, et d'où il devait aller au Havre afin d'y faire
connaissance avec le notaire Rubentel.

A moins d'être un voleur de profession et d'avoir
des relations avec des recéleurs, il n'est pas aussi facile qu'on pourrait le supposer de se défaire de bijoux
volés. A Paris, notamment, les formalités imposées
par la police aux joailliers sont telles, qu'il n'en est
pas un seul qui consente à devenir acquéreur de diamants d'une grande valeur sans s'enquérir du nom,
de l'adresse, de la profession, en un mot de l'état so-
cial de la personne qui les lui propose. A Londres,
les facilités pour le commerce occulte des objets provenant de vols sont beaucoup plus grandes, et c'est
là que la plupart des malfaiteurs vont se débarrasser
du produit de leurs rapines. Malory n'avait pas hésité
à en faire autant. Il cherchait avant tout à entourer
de mystère sa fortune naissante, à éviter de donner
des explications sur la manière dont les diamants de

madame Sophie étaient arrivés dans ses mains. C'est
ce qui le décida à entreprendre le voyage de Londres.
A peine arrivé dans cette ville, où il ne comptait sé-
journer que le temps nécessaire à son opération, il
se mit à la recherche d'un bijoutier complaisant.
Mais il ne connaissait personne qui pût le mettre sur
la trace de ce qu'il désirait trouver. En outre, son
audace n'était pas encore à la hauteur du crime
qu'il avait commis ; il ne savait comment s'y prendre
pour aller proposer ses diamants à un marchand qui,
en appréciant leur valeur, se montrerait peut-être
curieux et voudrait savoir de quelle source ils prove-
naient. Il éprouvait donc le plus grand embarras.
Dans le Strand, il passa et repassa plusieurs fois devant de brillants magasins dans les vitrines desquels
s'étalaient de merveilleuses pierreries. A chaque instant, il se disait :

— J'entre dans celui-ci.

Il s'avançait jusqu'à la porte. Mais, là, il s'arrêtait,
collait son front à la vitre, jetait un regard dans l'intérieur, et soit que le magasin fût rempli d'acheteurs,
soit que Malory manquât d'assurance, soit qu'il ne
trouvât point le visage du patron ou de ses commis à
son gré, il revenait sur ses pas et allait recommencer
le même manége devant une autre boutique. Il était
d'ailleurs en proie à un trouble inexprimable. Il lui
semblait que la preuve de son crime était écrite sur
son front en lettres flamboyantes, et que les passants
se retournaient pour le regarder en face. Au détour

d'une rue, un policeman s'étant dirigé de son côté, il tressaillit, comme s'il eût été sur le point de se voir arrêter.

— Je n'oserai jamais, pensa-t-il.

Et il se mit à marcher au hasard. Il n'entendait rien de ce qui se disait ; il ne comprenait pas l'anglais, les rues de cette immense ville où il venait pour la première fois s'étendaient devant ses pas comme un dédale. C'est ainsi qu'il se trouva sur les bords de la Tamise, non loin des docks, dans le quartier qu'habitent les matelots à terre. Là, de chaque côté des rues qui aboutissent au quai, s'élevaient des cabarets obscurs, semblables à des coupe-gorges, à la vitrine desquels on voyait des modèles de navires et dont la porte était surmontée d'un mât au sommet duquel flottaient des pavillons de toutes les nations. Ces enseignes désignent aux matelots en quête d'un domicile les lieux où, moyennant argent, ils trouveront la table et le lit. Dans ces cabarets, ils rencontrent des complaisances, des facilités qui les séduisent, le crédit, l'argent, des plaisirs à leur portée. On les y exploite de la manière la plus honteuse. On les gruge. On vide leur escarcelle. Malheur à eux si, débiteurs de l'établissement, ils se trouvent dans l'impossibilité d'acquitter leur dette! Ils deviennent alors une marchandise véritable, l'objet d'un marché dégradant, et sont dans la nécessité de contracter un engagement avec le capitaine d'un navire prêt à partir, à un prix souvent infime, dont leur créancier, sous prétexte de se rembourser, touche la meilleure part. Les *lodging-houses* — ainsi se nomment ces cabarets — sont de véritables souricières et l'une des plus hideuses plaies de Londres.

C'est dans le quartier des marins que le hasard avait conduit Malory. Il marchait depuis longtemps, préoccupé, dans des conditions de corps et d'esprit qui doublaient sa fatigue. Il était deux heures de l'après-midi. Il se rappela qu'il était à jeun. Il s'arrêta, regardant à droite et à gauche, cherchant en quel endroit il pourrait prendre un repas dont il avait le plus grand besoin. Il ne vit rien que les cabarets borgnes que nous venons de décrire. Quelque répugnance qu'il éprouvât à pénétrer dans l'un d'eux, la faim parla plus haut. D'un regard il embrassa la longue file de maisons qui s'allongeait devant lui, choisit celle dont l'aspect lui parut le moins sinistre et entra. Il se trouva dans une vaste salle qui n'avait d'autres meubles que des tables, des bancs de bois fixés au plancher et un comptoir chargé de viandes froides, de pots remplis de bière. Çà et là, étaient assis quelques matelots, des filles au visage flétri qui mangeaient et riaient avec eux. Deux garçons servaient les consommateurs, obéissant aux ordres d'un homme assis derrière le comptoir, et qui n'était autre que le patron de l'établissement.

C'est vers cet homme que Malory se dirigea. Il désigna du doigt un rosbeaf saignant, demanda une demi-pinte d'ale, s'assit à une table sur laquelle on

plaça le tout, et se mit à manger avec avidité. Il était
au milieu de son repas. A moitié rassasié, il commençait à observer les individus présents dans la
salle, quand la porte s'ouvrit et livra passage à un
jeune marin au visage énergique, de petite taille,
mais solidement bâti, sur le chapeau duquel était
inscrit le nom d'un bâtiment français. Un garçon
s'élança au-devant de lui; mais le nouveau venu l'é-
carta d'un geste et marcha jusqu'au comptoir. Là,
tirant de son gousset une grosse montre d'argent, il
l'offrit au patron, en disant en français, à voix basse,
mais de telle sorte, cependant, que Malory ne perdit
rien de ses paroles :

— Voulez-vous m'acheter cette montre, Butts ?

— Arrivé d'avant-hier, vous n'avez déjà plus d'argent? s'écria Butts en feignant quelque surprise.

Depuis quarante ans, il logeait des matelots de tous
les pays et parlait tant bien que mal, trois ou quatre
langues.

— Que je sois riche ou ruiné, que vous importe,
vieux marsouin! répondit le marin. Voulez-vous,
oui ou non, me donner trois livres en échange de
cette horloge ?

— Trois livres ! Où avez-vous vu que cela vaille
trois livres?

En disant ces mots, Butts avait pris la montre et
l'examinait en tous sens.

— Peuh! fit-il avec dédain, cela n'a pas de valeur!

— Pas de valeur ! la montre que m'a donnée la mère quand j'ai quitté le pays ! Si ma bourse n'était à sec, Butts, vous n'auriez pas vu ce joujou.

— Je vous la payerai une livre.

— Vingt-cinq francs ! Mais c'est un vol.

— Et ce sera pour vous obliger, ajouta sentencieusement le logeur, car j'aimerais bien mieux ne pas l'acheter. Tenez, gardez, gardez; cela vaudra mieux pour vous et pour moi.

Le marin reprit machinalement sa montre. Tandis que Butts avait cessé de faire attention à lui, il se tenait devant le comptoir, indécis, embarrassé, ne sachant s'il devait s'en aller ou rester. Soudain, Malory lui fit un signe auquel il répondit, en s'approchant de la table où mangeait le capitaine.

— J'ai entendu votre entretien, mon ami, dit ce dernier ; on ne doit pas résister au désir d'obliger un compatriote. Conservez votre montre. Voici trois livres, vous me les rendrez quand vous pourrez.

En même temps, il glissait trois pièces d'or dans la main du matelot stupéfait.

— Vous prêtez cet or sans me connaître ? dit celui-ci, qui hésitait.

— Votre visage est celui d'un honnête garçon.

— Gardez au moins la montre en gage. Si je vis dans un an, je viendrai vous la demander en vous la remboursant.

— Je ne veux pas vous priver d'un souvenir qui vous vient de votre mère.

— Eh bien, j'accepte, monsieur. Mais, foi de Breton ! entre vous et moi, c'est à la vie, à la mort. Je me nomme Bucaille et je sers sur le *Vésuve*. Si jamais vous avez besoin d'un poignet solide, il est à votre service.

Et Bucaille tendit ledit poignet à Malory sous la forme d'une main largement ouverte, que le capitaine serra et retint dans la sienne en disant :

— Asseyez-vous un instant, nous boirons ensemble un coup à nos santés.

Bucaille ne se fit pas prier. Il prit place en face de Malory, et s'adressant à Butts qui, distrait par les clients plus nombreux de minute en minute, n'avait rien entendu de la conversation que nous venons de rapporter, il lui dit :

— Décidément, je garde ma montre. Donnez-nous du gin et du meilleur.

— Voyons, pour vous être agréable, je la payerai une livre et demie, répondit le logeur qui ne voulait pas laisser échapper une bonne affaire et qui renouvela sa proposition, en servant la liqueur demandée.

— A aucun prix je ne veux vendre.

Butts regarda Bucaille avec surprise, puis Malory, et ne comprenant guère pour quelle cause le matelot avait soudainement changé de résolution, il n'insista pas.

— Il achète donc les objets précieux ? demanda Malory à Bucaille, en désignant le logeur qui s'éloignait.

— Lui! il achète tout ce qu'on veut lui vendre,
pourvu qu'on le lui cède à vil prix.

— Il est riche?

— Je ne sais s'il est riche, mais il doit avoir des
associés qui le sont pour lui, car toutes les fois qu'un
pauvre diable comme moi a besoin d'argent, toutes
les fois qu'un filou veut se débarrasser des objets qu'il
a volés, il est certain de trouver ici avec qui traiter.
C'est à croire que le père Butts est le chef d'une
bande de voleurs.

— Mais la police ne soupçonne-t-elle rien?

— Bah! la police est bonne fille. Butts lui a rendu
plus d'un service. Songez donc ! il connaît tous les
équipages des navires qui mouillent dans la Tamise.
Les matelots n'ont pas de secret pour lui, et plus
d'une fois il a mis les magistrats sur la trace des au-
teurs des meurtres qui se commettent fréquemment
en mer. Donc, la police a intérêt à fermer les yeux.
D'ailleurs, il agit dans l'ombre, et sa devise est : discrétion et mystère.

Malory s'intéressait de plus en plus à la conversation de Bucaille. Il y puisait des renseignements
précieux et entrevoyait la possibilité de vendre ses
diamants au logeur ou par son intermédiaire, sans
avoir à subir les questions qu'il redoutait.

— Croyez-vous que Butts soit homme à m'acheter
des bijoux d'un grand prix? demanda-t-il à Bucaille.

— Vous avez des bijoux à vendre? fit ce dernier,
en évitant de répondre directement.

En même temps, il regardait Malory, et son regard disait clairement les soupçons que cette question venait de faire naître dans son esprit. En général, lorsqu'on veut se défaire contre argent d'objets précieux qui vous appartiennent légalement, ce n'est pas dans un bouge qu'on va chercher un acquéreur.

— C'est un voleur ! pensait Bucaille.

Et son attitude se ressentit de la défiance instinctive qu'il éprouvait. Malory devina ses soupçons. C'est dans le but de les dissiper qu'il reprit :

— J'ai été récemment frappé par une catastrophe qui m'a presque ruiné. Pour en conjurer les effets, je me trouve dans la nécessité de vendre des bijoux qui me viennent de ma famille. Je suis à Londres dans ce but, car à Paris, où je suis connu, je n'aurais pu tenir cette vente secrète. Or, j'ai le plus grand intérêt, afin de sauvegarder mon crédit et ma position, à ce qu'on ignore à quels moyens extrêmes je suis obligé d'avoir recours.

Bucaille feignit d'accepter cette explication et il reprit avec froideur :

— Ce sont là vos affaires, monsieur, et non les miennes. Je n'ai pas besoin d'en savoir plus long. Je crois que vous vous entendrez avec le Père Butts. Je vous laisse. Faites-lui vos offres. Je vous le répète, vous vous entendrez à demi-mot. Vous avez voulu me rendre service et je vous devais ce renseignement, nous sommes quittes.

Ayant prononcé ces paroles, il se leva, salua, et

avant que Malory eût pu le retenir, il s'éloigna rapidement. Malory, stupéfait, le vit traverser le cabaret,
ouvrir la porte et disparaître.

— Qu'a-t-il donc? se demanda-il avec inquiétude.

En même temps, il baissa les yeux. Il ne put retenir
une exclamation. Les trois pièces d'or qu'il avait
données à Bucaille, et que celui-ci avait acceptées,
étaient sur la table. Le brave garçon venait, en se re-
tirant, de les déposer contre l'assiette du capitaine,
comme s'il eût voulu lui prouver que ce n'était point
par oubli qu'il les laissait là, mais parce qu'il ne
voulait pas de son argent. Une rougeur subite monta
au front de Malory.

— Le sot! murmura-t-il.

Il resta une minute immobile et rêveur. Puis, il
leva les épaules, prit les pièces d'or, les mit dans sa
poche et fit signe au logeur. Celui-ci accourut.

— Monsieur Butts, dit Malory, je veux vous vendre de beaux diamants.

— La somme est-elle considérable? dit Butts sans
laisser paraître la moindre surprise et comme s'il
eût trouvé la proposition toute simple.

— En France, on les a estimés quatre cent mille
francs!

— Seize mille livres! Je ne fais pas d'affaires aussi
considérables.

— Celle-là est fort avantageuse. J'ai besoin d'argent et je ne serai point exigeant.

Butts réfléchit un moment. Puis il dit:

— Eh bien soit! j'emprunterai ; où sont vos pierreries?

— A mon hôtel.

— J'irai les voir aujourd'hui accompagné d'un expert.

— Non ! non ! s'écria vivement Malory. Je vous les
apporterai ici. Donnez-moi votre heure. Je vous préviens seulement que je veux en recevoir le prix ce
soir même.

— Venez à neuf heures, monsieur, répondit Butts.
L'expert sera ici et nous verrons à traiter.

Sur ces mots, et sans demander d'autres renseignements, il reprit sa place à son comptoir. Malory
lui ayant remis le montant de sa dépense, s'éloigna
aussitôt. Il rôda dans Londres toute la journée. Le
soir venu, il rentra à son hôtel, se chargea d'une
petite valise qui contenait les diamants, glissa dans
sa poche, par prudence, un revolver. Puis il sortit,
monta dans un cab et se fit conduire à la taverne du
père Butts, où il entra au moment où neuf heures
sonnaient. La salle était remplie de matelots et de
filles. La fumée des cigares et des pipes était si
épaisse, le tumulte si grand que Malory put aller
jusqu'au comptoir sans être remarqué. Butts, en le
voyant venir, se leva et, ayant ouvert une porte, il
l'introduisit dans une sorte de cabinet qu'éclairait en
ce moment deux bougies. Un homme qui attendait
seul dans ce cabinet se leva.

— C'est un de mes amis qui se connaît en pierreries, dit Butts à Malory ; je l'ai mandé afin qu'il me donnât son avis. Veuillez montrer ce que vous avez à vendre.

Pâle, tremblant, en dépit des efforts qu'il faisait pour conserver son sang-froid, Malory déposa sur la table son sac de nuit, et, l'ayant ouvert, il eut bientôt mis à jour les diamants de madame Sophie. Il y avait un collier de perles fines, composé de trois rangs superposés, attachés par quatre camées antiques d'un admirable travail ; des boucles d'oreilles en brillants, une parure complète en émeraudes, une grande chaîne formée de pierres vertes taillées en scarabées, des bracelets, des bagues et un diadème au centre duquel une pierre brillait de mille feux.

A l'aspect de ces richesses, les deux hommes ne purent retenir un mouvement d'admiration, et l'expression d'envie que prit leur regard fut telle, que Malory porta instinctivement la main sur le revolver dont il s'était muni et le serra convulsivement. Il pouvait croire Butts et l'individu qu'on présentait comme expert capables de l'assassiner. Mais telle n'était point l'intention de ceux-ci. L'expert s'assit, se mit à examiner les diamants l'un après l'autre. Il n'employa pas moins d'une heure à ce travail, que Butts, penché sur lui, suivait d'un œil attentif, tandis que Malory, assis à l'écart, en attendait avec impatience le résultat. Alors l'expert, qui jusqu'à ce moment, avait gardé le plus profond silence, adressa quelques mots en anglais à Butts, et celui-ci, s'adressant à son tour à Malory, lui dit :

— Douze mille livres sterling, cela vous va-t-il ?

— Je vous ai dit, ce matin, seize mille, répondit Malory. Cela vaut au moins cinq cent mille francs.

— Je n'en donnerai que le prix que vient de me fixer l'expert.

— Il se trompe.

— C'est possible. Mais, remarquez que je ne vous demande pas d'où vous viennent ces diamants, et que le marché restera secret.

Malory eut une exclamation de colère. On pouvait croire qu'il allait énergiquement protester, mais il s'apaisa presque aussitôt et, d'une voix étranglée par l'émotion, il balbutia ces mots :

— Où est l'argent

Butts échangea un coup d'œil avec son complice et disparut par un petit escalier en spirale qui montait à l'étage supérieur. Il revint bientôt avec une liasse de bank-notes qu'il remit à Malory. Celui-ci compta billet par billet. Il y avait douze mille livres sterling.

— Vous avez votre compte, n'est-ce pas? demanda Butts.

Malory répondit d'une manière affirmative, serra les bank-notes dans la poche de son paletot qu'il boutonna soigneusement. Alors, Butts prit les bijoux, commença à les enfermer dans un petit coffre en fer, scellé dans la muraille, au fond d'une armoire. C'était sa caisse. Il n'avait pas terminé ce travail et le collier de perles fines était encore sur la table, quand sondain la porte s'ouvrit brusquement.

— Qui va là? s'écria Butts en se retournant.

Malory s'était vivement rejeté en arrière et se trouvait maintenant à moitié caché dans la partie du cabinet restée dans l'ombre.

— Ce n'est que moi, Butts, dit en anglais une voix fluette.

En même temps, un jeune homme, correctement vêtu de noir, au visage rougeaud qu'encadraient de longs favoris blonds, entra, suivi d'un vieillard non moins correctement vêtu que lui.

— Que souhaitez-vous, Edgard Powel? demanda Butts au jeune homme. Si vous venez me parler de nos affaires, le moment est mal choisi, je vous en préviens.

— Non, Butts, non. Ce n'est pas le clerc de votre notaire qui vient vous voir à cette heure, c'est votre ami Powel qui vient vous demander un renseignement.

— Quel renseignement? demanda Butts, pressé de renvoyer ses visiteurs.

— Monsieur se nomme Rubentel. Il est notaire au Havre, continua Edgard Powel en désignant le vieillard qui l'accompagnait.

Dans le coin où il était caché, Malory tressaillit. De la phrase qui venait d'être prononcée, il n'avait compris que deux mots : Rubentel et le Havre. Mais c'é-

tait assez pour attirer son attention. Il regarda le
notaire et vit un homme de soixante ans environ,
grand, fort, lequel n'avait d'un vieillard que les
cheveux blancs, longs et bouclés, qui donnaient à sa
physionomie un caractère patriarcal. Cependant Edgard Powel continuait :

— M. Rubentel est à la recherche d'un jeune matelot français nommé Bucaille.

— Il était ici ce matin ! s'écria Butts. Il est engagé
à bord du *Vésuve*, qui mouille dans la Tamise, et
doit reprendre la mer prochainement.

— J'arrive à temps pour l'empêcher de partir, dit
Rubentel qui parlait assez purement l'anglais.

— Vous voulez l'empêcher de partir ? demanda
Butts.

— Il est riche désormais. Un de ses oncles, dont
j'étais le notaire, vient de mourir et lui lègue sa fortune qui est considérable. On m'avait dit que je trou-
verais l'héritier à Londres. J'ai fait le voyage pour
me mettre à sa recherche, afin de lui annoncer au
plus vite cette bonne nouvelle.

Tandis que Rubentel parlait ainsi, ses regards s'arrêtèrent tout à coup sur le collier de perles fines que
Butts n'avait pas eu le temps de faire disparaître et
qui, resté sur la table, brillait d'un splendide éclat.
Il fit un pas en avant, en laissant échapper un geste
de surprise. Butts vit ce geste et s'avança comme s'il
eût craint que Rubentel n'enlevât le collier.

— C'est vraiment étrange, dit ce dernier.

— Qu'est-ce donc? demanda Butts avec inquiétude.

— Ce collier est tout pareil à celui d'une jeune
dame, ma cliente, qui habite l'Orient en ce moment.
La ressemblance est frappante, et voici des camées
que je jurerais avoir vus sur son cou.

— On fabrique plus d'un bijou sur le même modèle,
voilà tout ce que cela prouve. Il y a bien des mois que
ce collier m'a été remis comme nantissement d'une
somme que j'ai prêtée.

Ayant dit ces mots avec le plus grand sang-froid,
Butts prit le collier et le fit disparaître dans sa caisse,
tandis que Rubentel essayait de se convaincre qu'il
s'était trompé. Le sens des gestes que Malory voyait
et des paroles qu'il entendait lui échappait complè-
tement. Mais cette conversation, de laquelle il n'avait
pu retenir que des noms qui lui étaient connus, l'a-
larmait de plus en plus. Aussi, n'ayant plus rien à
faire dans cette maison, il profita de ce que nul ne
prêtait attention à sa personne pour gagner la porte,
en se glissant discrètement le long des murs. Il s'é-
chappa ainsi sans être vu, remonta dans le cab qui
l'avait amené et rentra à son hôtel. Il était onze
heures environ. Il se coucha et, brisé par l'émotion
autant que par la fatigue de la journée, il dormit jusqu'au lendemain midi.

A son réveil, il était reposé, soulagé comme un
homme qui a franchi un mauvais pas. Mais, loin
d'être calme, il éprouvait les plus vives inquiétudes

en se rappelant ce qui s'était passé la veille dans la taverne de Butts. L'arrivée du notaire Rubentel, au moment où lui-même vendait les diamants de ma_ dame Sophie, était-elle un pur effet du hasard? Se rattachait-elle au contraire à la mort de cette malheureuse jeune femme? Telles étaient les questions que s'adressait Malory et auxquelles il ne pouvait rien répondre, puisqu'il n'avait rien compris de la conversation qui avait eu lieu en sa présence. En ce moment, il se demanda s'il n'agirait pas sagement en renonçant à aller au Havre et en rentrant à Paris, où il pourrait vivre dans l'opulence. Une objection se présenta aussitôt à son esprit. Il avait encore entre les mains les valeurs provenant de la succession de M. de Maldrée. Ces valeurs, qui consistaient en titres de rentes, en actions, en obligations diverses, il comptait les vendre dès qu'il trouverait l'occasion de le faire avantageusement. Or, ne pouvait-il pas arriver que le notaire du Havre en eût dans les mains le détail, ainsi que les numéros désignatifs? Une circonstance ne pouvait-elle pas surgir qui mettrait la justice sur la trace du vol? Pour les assassins, tout est sujet de crainte, et Malory tremblait en songeant au déshonneur et au châtiment qui le frapperaient si jamais ses infamies étaient découvertes. Afin d'échapper à cette déchéance possible, il était prêt à tout, à tuer encore s'il fallait tuer. Quand on a commencé à verser le sang de son semblable, quand on a mis le pied dans le crime, on est vertigineusement entraîné jusqu'à d'épouvantables conséquences qu'on n'avait ni prévues, ni soupçonnées.

Pendant la demi-journée qu'il passa dans Londres, il arrêta définitivement ses résolutions, se décidant à se rendre au Havre, à entrer en relations avec Rubentel, à étudier jusqu'à quel point le notaire était instruit sur la valeur de la fortune de M. de Maldrée et à prendre ses dispositions en conséquence. Le lendemain, à cinq heures du matin, il mettait le pied sur le paquebot qui fait le service de Southampton au Havre. Chaudement enveloppé dans un manteau, et placé à l'arrière, il resta là, les regards fixés sur la mer qui s'étendait à perte de vue dans les brumes, sans prêter aucune attention aux passagers qui venaient successivement prendre leurs places. Le navire était depuis deux heures en marche lorsqu'il se leva et se mit à marcher sur le pont. Tout à coup, à dix pas devant lui, il vit, appuyé contre le parapet, le même homme qu'il avait vu la veille dans la taverne de Butts, le notaire Rubentel. Cette rencontre l'inquiéta plus qu'elle ne le surprit et dérangea tous ses plans. Il avait compté, en arrivant au Havre, se présenter chez le notaire, comme arrivant directement de Crimée par Marseille. A tout hasard, il résolut de profiter de cette circonstance imprévue pour lier sur-le-champ connaissance avec lui.

— Cela vaut mieux ainsi, pensa-t-il.

Et il s'approcha de Rubentel. Tous les gens qui ont voyagé sur mer savent avec quelle facilité les rela-

4.

tions se nouent entre les passagers. Il semble qu'enfermés ensemble dans cette maison de bois, en face
des mêmes dangers, partageant les mêmes émotions,
il ne font qu'une famille.

— Nous sommes favorisés par le temps, dit Malory
en abordant Rubentel.

Ce dernier se retourna et dévisagea son interlocuteur, comme pour voir à qui il avait affaire. Après
ce rapide examen, Rubentel répondit à Malory sur le
même ton.

— Le trajet est si court que la traversée est rarement périlleuse.

— Vous avez raison, monsieur, il est rare qu'entre
Southampton et le Havre il survienne des accidents.
Mais il n'en est pas partout de même; il y a peu de
temps, je revenais de Crimée et j'ai failli périr.

— Vous avez fait la campagne, monsieur? s'écria
Rubentel.

— J'ai l'honneur d'être officier dans l'armée française.

— Mais alors vous connaissiez peut-être le commandant de Maldrée?

— J'ai eu le triste bonheur de lui fermer les yeux.
C'est même pour remplir une mission qu'il m'a confiée que je me rends au Havre auprès de son notaire,
auquel il m'a chargé de faire connaître ses dernières
volontés.

— Le nom de ce notaire?

— Rubentel.

Ce dernier fit un mouvement de surprise.

— Le hasard, monsieur, ménage de singulières rencontres, dit-il, je suis la personne que vous avez à voir.

Engagée sur ce ton, la conversation prit bientôt un caractère tout intime. Malory raconta à Rubentel les derniers moments de M. de Maldrée. Puis, lorsqu'il le vit en proie à une vive émotion, causée par ses paroles, il ajouta :

— Vous avez le devoir d'annoncer cette malheureuse nouvelle au fils du commandant.

— C'est déjà fait. Les journaux m'ont appris ce déplorable événement, et j'ai dû aller aussitôt le faire connaître au petit orphelin. Je n'ai jamais vu de douleur plus poignante.

— Sait-il la position de fortune que lui fait la mort de son père?

À cette question, le notaire se rapprocha de Malory et, affectant un ton de mystère, il lui dit :

— Vous étiez un ami de M. de Maldrée. Je peux donc avoir confiance en vous et vous révéler mes inquiétudes. Aux termes d'une lettre que le commandant m'écrivit avant de s'embarquer à Toulon, sa fortune s'élevait à deux cent mille francs environ. Elle consistait en diverses valeurs, dont il me donnait l'énumération et le signalement et qui, disait-il, devaient m'arriver par l'intermédiaire d'une jeune femme qui habitait alors Paris et à laquelle il les avait confiées.

— Madame Sophie Sterowski! s'écria Malory.

— Vous la connaissez ?

— M. de Maldrée m'avait avoué qu'il était à la veille de l'épouser.

— Eh bien, vous comprendrez toutes mes alarmes, lorsque vous saurez que madame Sterowski, trois mois après le départ du commandant, l'a rejoint en Crimée, sans me faire tenir les valeurs qu'elle devait me remettre. Depuis, je n'ai eu d'elle qu'une lettre dans laquelle elle me faisait part de l'intention qu'elle formait de donner au fils de M. de Maldrée une somme égale à celle qu'il devait avoir de son père, lettre qui ne contenait rien de ce que j'attendais.

— Mais alors vous ne savez pas ?...

— Quoi donc ?

— Madame Sophie est morte.

— Morte !

— Victime d'un horrible accident, continua Malory. Un incendie a dévoré la maison qu'elle habitait ; dans les ruines, on a trouvé son corps et ceux des deux domestiques qui vivaient avec elle.

Une exclamation douloureuse sortit de la bouche du notaire.

— Mais alors l'enfant est ruiné ! s'écria-t-il.

Un silence profond suivit ces paroles. Bientôt il reprit :

— Heureusement, j'ai conservé la liste, les numéros et la désignation exacte des valeurs qui forment la succession de M. de Maldrée. Peut-être sera t-il possible d'en faire constater la disparition et d'en toucher le montant.

— Cela me paraît bien difficile, objecta Malory.

— Oui, mais vous, monsieur, qui avez été témoin de ce grand malheur, qui avez reçu les dernières confidences du commandant, vous m'aiderez dans la tâche que je vais entreprendre. Il serait affreux que le fils d'un brave soldat restât sans ressources.

— Je vous aiderai de tous mes efforts, ajouta chaleureusement Malory.

Il avait peine à comprimer la joie qui l'inondait en ce moment. Tout marchait au gré de ses désirs, bien mieux qu'il n'avait osé l'espérer. Il savait tout ce qu'il voulait savoir, et il suffisait maintenant qu'il fît disparaître la liste des valeurs dont Rubentel était dépositaire, pour creuser un abîme infranchissable entre son crime et le châtiment qu'il méritait. C'est dans ces circonstances qu'on arriva au Havre. Quelques instants avant que le navire entrât dans le port, le notaire s'adressant à Malory lui dit :

— J'espère, monsieur, que vous voudrez bien accepter l'hospitalité dans ma maison. Il est essentiel que vous n'ayez pas d'autre domicile que le mien, puisque nous allons travailler de concert à une œuvre de justice et de réparation.

Malory s'inclina sans répondre. Le notaire Rubentel n'était pas marié. Il vivait en garçon avec une gouvernante et un valet de chambre dans un confortable appartement, situé au-dessus de son étude, dans cette

belle rue de Paris que connaissent tous ceux qui ont
traversé le Havre. Sa vie était régulière comme celle
de tout homme que l'isolement a obligé à se créer des
habitudes. Levé de bonne heure, il était tout le jour
à la disposition de ses clients, fort nombreux, et
ne s'échappait que pour aller prendre chez lui ses
repas. Le soir, à huit heures, en toute saison, il sortait, allait faire une promenade sur la jetée. A neuf
heures, on était certain de le rencontrer à son cercle,
d'où il sortait avant minuit, après une partie de
wisht. Installé chez lui, Malory eut donc, dès le premier jour, toute sa liberté, aussi bien que s'il eût été
à l'hôtel. Il en profita pour obtenir adroitement les
renseignements nécessaires afin de couronner l'œuvre
criminelle qu'il avait entreprise. Tandis que le notaire écrivait à Paris, faisant démarches sur démarches pour faire constater officiellement la destruction
des valeurs, Malory ne poursuivait qu'un but, la disparition de la lettre testamentaire de M. de Maldrée
et de la liste qui y était jointe. Lettre et liste, il aurait
eu, au bout de vingt-quatre heures, le tout dans les
mains. Il savait exactement dans lequel de ses car-
tons le notaire les tenait enfermées. Il n'eût tenu
qu'à lui de s'en emparer et de les détruire. Mais il tenait moins à aller vite qu'à agir adroitement, de manière à atteindre le résultat qu'il avait en vue, sans
faire naître des soupçons qui lui eussent été fatals.
Huit jours s'écoulèrent ainsi, et la confiance du notaire devenait de plus en plus grande. Malory con-

naissait toutes ses intentions, était au courant de toutes ses démarches, et feignait le plus entier dévouement aux intérêts du fils de M. de Maldrée. Cet enfant était alors dans un lycée de Paris; en attendant la fin de cette affaire, Rubentel pourvoyait généreusement à tous ses besoins et aux frais de son éducation.

— J'avais, pour le commandant et pour la jeune femme qu'il devait épouser, l'amitié la plus profonde, disait-il souvent à Malory. Si je ne réussis pas dans les démarches que j'ai entreprises, soyez sûr que je ne laisserai pas l'orphelin dans la misère et que je me chargerai de lui jusqu'au jour où il sera homme et en état de gagner son pain.

Malory feignait d'approuver de telles résolutions, il exprimait chaleureusement l'admiration qu'il en ressentait. En réalité, elles avaient pour effet d'alléger ses remords. Convaincu que le fils de M. de Maldrée serait, grâce à Rubentel, à l'abri du besoin, il éprouvait moins de scrupules à le dépouiller. Cette situation aurait pu se prolonger longtemps. Rubentel se plaignait des difficultés de toutes sortes que soulevaient ses réclamations. Il se rendait compte déjà de l'impossibilité presque absolue qui s'opposait à ses projets, et Malory était à la veille de réaliser les siens, lorsqu'un incident imprévu vint brusquement modifier les choses.

Un matin, le capitaine se trouvait dans l'étude de Rubentel, quand la porte s'ouvrit pour livrer passage

à un jeune homme, vêtu de l'uniforme des matelots.
C'était Bucaille. En reconnaissant le marin qu'il avait
rencontré à Londres, dans la taverne de Butts et
dans des circonstances que le lecteur n'a pas oubliées,
Malory resta interdit, frappé de surprise et saisi au
cœur par un sentiment de terreur indicible. Il se disait, non sans trouble, que Bucaille avait été presque
l'intermédiaire de la vente des diamants et qu'il suffirait d'une indiscrétion de sa part pour mettre Rubentel au courant de ce qui s'était passé. En outre, il
ignorait le but de la visite du marin. Il ne savait pas
que ce dernier, subitement devenu riche, par suite
d'un héritage inattendu, renonçait à la marine et venait chez Rubentel pour entrer en possession de ses
biens.

Quelles que fussent ses alarmes, Malory affecta le
plus grand sang-froid et salua Bucaille comme on
salue un inconnu et comme s'il ne l'avait jamais vu.
Celui-ci n'était pas moins stupéfait que Malory. Il
tenait Rubentel pour un honnête homme et ne s'expliquait pas l'intimité qui semblait exister entre le
notaire et celui qu'il soupçonnait être un voleur. En
le voyant, Rubentel se leva, courut à sa rencontre, lui
prit les deux mains, qu'il serra entre les siennes et dit :

— Je vous attendais. Tous vos comptes sont prêts.
Mon premier clerc vous mettra au courant de votre
situation.

— Je me retire, dit alors Malory que ces paroles
rassurèrent un peu.

En même temps, il se dirigea vers la porte, mais non sans jeter un regard du côté de Bucaille. Dans les yeux de ce dernier, il vit une expression qui l'alarma. Instinctivement, avec cette perspicacité naturelle à tout individu rendu soupçonneux par les craintes même qu'il éprouve, il comprit qu'il courait un danger ; et au lieu de fermer la porte derrière lui, il la laissa entr'ouverte, prêtant l'oreille de façon à ne rien perdre de ce qui allait se dire. C'est ainsi qu'il assista à l'entretien suivant :

— Vous connaissez cet homme? s'écria Bucaille en s'adressant au notaire, dès qu'ils furent seuls.

— Sans doute, puisqu'il est mon hôte. C'est le capitaine Malory, l'ami d'un de mes clients, officier mort en Crimée.

— Êtes-vous sûr de sa probité?

— Avez-vous quelque raison pour en douter?

Bucaille ne répondit pas sur-le-champ. Évidemment, il était en proie à des doutes embarrassants.

— Écoutez, monsieur le notaire, dit-il enfin, au risque d'être convaincu d'avoir commis une erreur grossière, je dois vous faire part de mes soupçons.

— Parlez, fit le notaire avec autant d'inquiétude que de surprise.

— J'ai rencontré cet homme à Londres, dans la taverne du père Butts.

Rubentel sourit.

—Je conviens, dit-il, que ce n'est pas là un très-honnête lieu. Mais, enfin, vous y étiez vous-même.

5

— Oui ; mais j'y étais, comme tous mes camarades, pour boire ou pour manger, ou pour emprunter quelques sous à ce vieux ladre de Butts, tandis que M. Malory y était venu avec d'autres intentions.

— Lesquelles ?

— Pour essayer de vendre secrètement des bijoux de prix. Or, en général, lorsqu'une telle marchandise vous appartient légitimement, si l'on veut en faire argent, ce n'est point dans un cabaret, hanté par des recéleurs et par des chevaliers d'industrie, qu'on va quérir des acheteurs.

À mesure que Bucaille parlait, le visage de Rubentel se décomposait ; à la placidité habituelle de ses traits, succédait une expression d'angoisse. C'est qu'il se rappelait qu'étant allé lui-même dans la taverne de Butts, il avait vu sur une table un collier, absolument pareil à celui dont, à diverses reprises, madame Sophie s'était parée en sa présence.

— Vous dites que cet homme a vendu des diamants à Butts ? s'écria-t-il tout à coup.

— Je n'ai pas été témoin de la vente ; mais il m'avait confié qu'il désirait se débarrasser de bijoux qui lui venaient de sa famille et s'élevaient à une somme considérable.

— Quel jour cela se passait-il ?

— Le jour même où vous êtes venu chez Butts, alors que vous étiez à ma recherche.

Rubentel joignit les mains.

— Miséricorde ! j'ai un voleur dans ma maison.

Ce collier, j'en suis sûr, est celui de madame Sophie, et si Malory a fait le voyage de Londres exprès pour le vendre, c'est qu'il l'a dérobé. Mais où ? quand? comment? dans quelles conditions?

C'est là que commençait le mystère. Rubentel se leva résolûment.

— Je vais le faire arrêter, dit-il.

— Un instant, monsieur le notaire, dit Bucaille, je ne sais trop d'où proviennent vos alarmes et votre indignation. Je ne connais rien des choses ni des personnes auxquelles vous faites allusion. Mais ce que je soupçonnne, c'est qu'il y a eu quelque part un grand crime commis, dont des êtres qui vous sont chers ont été victimes, et que M. Malory pourrait bien être le coupable. Ce ne sont là que des suppositions qui doivent vous imposer la prudence la plus absolue. Pourquoi faire arrêter cet homme dès à présent? S'il est innocent, il serait mal de l'envoyer en prison ; s'il est coupable, soyez assuré qu'il a pris toutes ses précautions pour éviter d'avoir des démêlés avec la justice. Il niera m'avoir vu dans la taverne de Butts. Ce dernier ayant intérêt à garder le secret, niera lui avoir acheté des diamants, et l'on ne saura rien.

— Cela est malheureusement vrai, murmura douloureusement Rubentel ; mais que faire?

— Dame, objecta Bucaille, si vous vouliez me permettre de vous donner un conseil?

— Je vous en prie.

— Eh bien, continuez à agir avec votre hôte comme si vous ne saviez rien de ce que je viens de vous révéler. Surveillez-le, épiez toutes ses actions, témoignez-lui une confiance de plus en plus grande, afin de provoquer la sienne, et peut-être l'obligerez-vous à se trahir. En tout cas, vous le garderez sous votre main et vous pourrez le faire arrêter le jour où vous saurez qu'il se prépare à partir.

— Vous avez raison. Mais qu'est-il donc venu faire chez moi ?

Et Rubentel, reprenant sa place devant son bureau, s'y appuya. La tête dans ses mains, il se mit à gémir, terrifié par la découverte qu'il venait de faire.

— Rassurez-vous donc, monsieur, lui dit Bucaille en s'approchant. Si vous vous abandonnez ainsi à votre chagrin, notre homme devinera quelque chose et s'empressera de détaler. Pour moi, si en tout ceci je puis vous être utile, je me mets à votre service.

Rubentel releva la tête.

— J'accepte, fit-il, et si Malory est un coquin, à nous deux nous aurons raison de lui.

Si Bucaille en ce moment eût ouvert la porte par laquelle Malory était sorti, il aurait vu derrière la portière un homme au visage défait, pâle, haineux, sinistre, qui se tenait là, les poings crispés, l'œil fixé sur ceux dont il écoutait l'entretien, comme s'il eût voulu les foudroyer par le flamboiement qui s'en échappait.

— Je les tuerai tous les deux.

Tel fut le premier cri de Malory lorsqu'il entra dans sa chambre pour réfléchir à sa situation.

La vie d'un assassin est comme une chaîne sans fin, aux anneaux ensanglantés. Les crimes s'y lient les uns aux autres ; le premier entraîne le second ; la nécessité de les cacher tous les deux est la cause du troisième, et ainsi de suite. Lorsque la vengeance ou le désir de s'approprier le bien d'autrui, ont armé le bras d'un homme, on ne peut savoir, il ne sait lui-même quand il s'arrêtera. En vain, après avoir accompli son forfait, il se dit :

— Ce sera le dernier. Désormais, je vivrai en honnête homme, et tout en jouissant du fruit de mon crime, je l'expierai dans le silence par de bonnes actions.

Espérances illusoires ! Il n'est plus son maître. Le sang versé retombe sans cesse sur lui comme une pluie excitante ; les précautions dont il est obligé de s'entourer, les terreurs qu'il éprouve, les remords qui l'agitent, les cauchemars qui troublent son sommeil, l'impossibilité où il est de trouver désormais le repos, sont autant de causes qui le poussent à recommencer. C'est là son châtiment. Celui des hommes pourra lui être épargné, celui-là ne lui manquera pas. Et puis, à chaque nécessité nouvelle qui s'impose à lui, lorsque le soin de sa sûreté personnelle le met impérieusement en demeure d'employer de nouveau le fer ou le poison, il éprouve le plus douloureux des supplices ; il a horreur de soi-même, il se débat contre l'inexorable fatalité qui l'accable et l'oblige à tuer. Il a pitié de sa victime; il l'aime peut-être; il voudrait l'épargner, et il ne peut. Une voix mystérieuse lui dit :

— Marche, frappe, frappe encore !

Et c'est dans ces circonstances qu'on a vu des assassins, pour échapper à cette obsession mille fois plus cruelle que la mort, avoir recours au suicide ou aller eux-mêmes se livrer à la justice en faisant l'aveu de leurs forfaits. Malory en était au premier degré de ce travail mystérieux qui s'accomplit dans toute âme criminelle, mais il n'éprouvait aucune hésitation. Bucaille et Rubentel pouvaient le perdre. Il fallait se débarrasser d'eux. Le même jour, à l'heure du dîner, il se trouva en présence de Bucaille, que Rubentel avait invité et qu'il présenta comme un de ses clients. Malory, qui avait à cœur de ressaisir la confiance du notaire, comprit qu'il fallait payer d'audace et, s'adressant au marin, il lui dit :

— Ce matin, quand vous êtes entré dans l'étude, je ne vous ai pas reconnu; mais je vous reconnais maintenant, vous êtes le matelot que j'ai rencontré dans la taverne de Butts, à Londres.

Bucaille demeura confondu par la témérité de ce langage.

— En effet, monsieur, dit-il, j'ai eu l'honneur de vous voir une fois, dans les circonstances que vous rappelez.

— J'ai un reproche à vous adresser, reprit Malory.

Pourquoi m'avoir quitté aussi précipitamment que vous l'avez fait, alors que je vous avais témoigné avec tant d'empressement le désir de vous servir ?

Bucaille était indigné ; il allait lui répondre :

— Parce que vous êtes un voleur.

Mais il se contint et se contenta de dire :

— Après avoir été sur le point d'accepter vos offres généreuses, j'ai compris qu'il n'était pas bien de recevoir une aumône et de la recevoir d'un inconnu.

Ces explications échangées, l'entretien continua sur un ton qui témoignait de part et d'autre la confiance la plus entière. A entendre ces trois hommes, personne n'eût deviné les sentiments qui les agitaient. Malory se prodiguait pour paraître aimable ; ses interlocuteurs, fidèles à la résolution qu'ils avaient prise de ne rien laisser deviner de leurs soupçons, ne furent pas moins gracieux que lui. Il était sept heures du soir, lorsqu'on se leva de table. D'un commun accord, les trois dîneurs sortirent ensemble, se dirigeant vers la jetée, afin d'y respirer l'air de la mer. Bien qu'on fût au mois d'octobre, la soirée s'annonçait douce et claire. Il faisait nuit, mais la lune montait dans le ciel, inondant des rayons de sa lumière la terre et les flots. L'œil plongeait sans peine dans les brumes lointaines de l'horizon. On voyait en rade, à quelque distance du rivage, des vaisseaux qui avaient jeté l'ancre à cette place, l'heure avancée ne leur permettant pas d'entrer dans le port avant le

lendemain. Une douzaine de barques passaient au
loin, ayant à leur bord des promeneurs que le charme
de cette nuit, peut-être la dernière belle nuit de la
saison, avait attirés au dehors. Nos personnages s'arrêtèrent à l'entrée du port, à l'endroit où commence
la jetée. Malory, qui se montrait fort gai et dont tout
homme ayant l'habitude de vivre avec lui, aurait remarqué l'excitation singulière, s'épuisait en exclama-
tions enthousiastes sur la beauté du soir.

— C'est à donner envie d'aller faire une promenade en mer, disait-il.

A trois ou quatre reprises, il répéta cette phrase
avec intention.

— Mais si vous y tenez beaucoup, capitaine, répliqua Rubentel, c'est un plaisir que nous pouvons vous
offrir. Bucaille nous conduira.

— Soit, fit Malory; mais pourvu qu'il n'aille pas
nous noyer!...

Ayant prononcé ces mots comme une plaisanterie,
il ajouta :

— Moi, d'abord, je ne sais pas nager.

Il mentait.

— Je suis dans le même cas que vous, répondit
Bucaille.

— Vous, un marin !

— Tous les marins ne nagent pas.

— C'est même un grand vice dans leur éducation,
objecta Rubentel. Mais peu nous importe, si Bucaille
est bon pilote.

— Oh! j'ai l'assurance de vous ramener sains et saufs, dit celui-ci en riant.

Cinq minutes après, ils étaient dans un canot et passaient devant la jetée, d'où ils s'éloignèrent bientôt à force de rames. Bucaille était au gouvernail. Rubentel et Malory tenaient les avirons. Ils allèrent ainsi pendant vingt-cinq minutes dans la direction de Trouville. A moitié chemin environ entre cette ville et le Havre, ils étaient presque en pleine mer, placés de telle sorte qu'à la faveur de la nuit les côtes ne leur apparaissaient plus des deux côtés que voilées par la brume.

— Arrêtons-nous un moment ici, dit alors Malory.

Ils s'arrêtèrent, contemplant en silence l'admirable spectacle qui se déroulait devant leurs yeux. La lune était au-dessus de leurs têtes comme un globe de feu dans le fond du ciel. Elle éclairait de mille reflets blancs, les eaux paisibles. De temps en temps, passait une barque rentrant au port, et à une courte distance, se balançaient doucement les gros navires, dont les cheminées et les mâts se découpaient délicatement sur l'horizon lumineux.

— Que c'est beau! s'écria tout à coup Malory.

Puis, avec impudence, il ajouta :

— Il faisait une nuit semblable lorsque je fermai les yeux au commandant de Maldrée. Triste nuit, qui vit périr ce grand cœur et la femme qu'il aimait!

A ces mots, Rubentel jeta un regard sur Bucaille ; ce regard voulait dire :

5.

— Attention! nous allons le faire parler.

Pour Malory, comme s'il ne se fût pas trouvé à l'aise à la place où il était assis, à côté de Rubentel, il se leva et alla se mettre de l'autre côté, se rapprochant ainsi de Bucaille. En même temps, il portait la main à sa poche, afin de s'assurer qu'un poignard qu'il y avait mis quelques instants avant, y était toujours. Il en saisit le manche et resta ainsi. Aucun de ses compagnons n'avaient rien vu de ce manége. Ils étaient si loin de prévoir ce qui allait arriver !... Et cependant, en observant le visage de Malory, ils auraient deviné que si cet homme n'était pas ivre, il était sous l'influence d'une pensée fixe qui secouait tout son être. Affectant le plus grand calme, il les regarda de nouveau l'un et l'autre. Bucaille, nonchalamment appuyé sur le gouvernail, avait les yeux fixés sur l'horizon. Quant à Rubentel, la tête baissée, il regardait à la surface des eaux, l'éclat argenté des petits poissons qui ne faisaient qu'y passer.

— Voilà le moment! pensa Malory. Allons, il le faut !

Aussitôt, avec la sûreté d'un homme qui a longuement prémédité son coup, il s'élança sur Bucaille, le frappa violemment de son poignard, qui disparut jusqu'à la garde dans la poitrine du malheureux. Ce ne fut pas un cri qui sortit de la bouche de ce dernier, mais un soupir étouffé. Il se renversa en arrière, et, comme il était assis au bord de la barque, la partie de son corps qui se trouva penchée sur l'eau entraîna l'autre. Il tomba, répandant autour de soi un flot de sang. Malory vit les pieds de sa victime surnager une seconde et disparaître. Alors, il se retourna vers Rubentel. Tout cela s'était passé si rapidement que ce dernier, terrifié, n'avait pas eu le temps de se mettre debout. Il était toujours assis à la même place, les bras levés vers le ciel, la voix étranglée dans la gorge, ayant tout compris sans avoir presque rien vu. Malory ne lui laissa pas le temps de parler. Il se jeta lui-même à l'eau, mais sans plonger, et, s'attachant à la barque, il lui imprima une secousse vigoureuse qui la fit chavirer. En une minute, elle eut sombré. Rubentel poussa un cri de détresse qui se perdit dans la profondeur du gouffre, au moment où il y disparaissait à son tour. Alors Malory se mit à nager vigoureusement dans la direction d'une embarcation qui venait de son côté et l'aborda en criant :

— Au secours ! au secours !

Quatre bras vigoureux le saisirent, le tirèrent hors de l'eau et le posèrent sur un banc. Il se dressa de toute sa hauteur, et, comme atteint de folie, il éclata en gémissements et en sanglots, en désignant la place où il venait d'être doublement assassin, en murmurant ces mots, entrecoupés de cris déchirants :

— Mes compagnons ! là !... là ! la... barque a chaviré !

Puis il parut pris d'une faiblesse soudaine. Quand il consentit à revenir à lui, la barque abordait sur le

quai du Havre. Elle était montée par des jeunes gens
de la ville qui, après des recherches infructueuses,
avaient dû renoncer à retrouver les corps des noyés.
Malory, se montrant en état de marcher et de parler,
fut conduit au sémaphore, où il fit le récit de l'événement qui venait d'arriver, en le racontant de telle
sorte qu'on devait attribuer l'accident à l'imprudence
de Bucaille. Dans ce qu'il racontait, il n'y avait rien
que de fort naturel ; et en présence de son désespoir,
personne ne songea à mettre en doute ses allégations.
Une heure après, il regagnait son domicile accompagné d'une foule nombreuse de parents et d'amis
du notaire, prévenus à la hâte de l'horrible malheur.

Le lendemain, il quittait le Havre, mais non sans
avoir pénétré dans le cabinet de Rubentel avant qu'on
y apposât les scellés, et enlevé la lettre de M. de Maldrée avec la pièce qui y était jointe. Lorsqu'il se trouva
à la gare du Havre, dans le train prêt à partir, et
dans un wagon où il était seul, il respira comme s'il
eût été soulagé d'un lourd fardeau. Puis, au moment
où le convoi se mettait en marche, il frissonna en
songeant à l'événement de la veille, tandis que cette
question se posait dans son esprit :

— Est-ce bien fini? N'ai-je plus rien à craindre?

FIN DE LA PREMIÈRE PARTIE

SECONDE PARTIE

LE PRIX DU SANG

Sur la côte normande, aux bords de l'Océan, entre
Dives et Trouville, se trouve un petit pays de fondation récente, devenu depuis quelques années un
rendez-vous de baigneurs et qu'on appelle Houlgate.
Placé dans l'un des plus délicieux vallons du Calvados, au pied de collines sablonneuses du côté de
la mer, verdoyantes et fertiles du côté des champs,
et qui s'étendent jusqu'à Villers, Houlgate se compose d'une soixantaine de maisons élégantes, de
chalets pittoresques, placés en ceinture sur la plage.
Un hôtel confortable, un casino, ont aidé au dé-
veloppement de ce petit pays. Destiné à devenir une
station de bains de mer, cet endroit était encore, il
y a quinze ans, sauvage et nu. Les habitants de
Beuzeval et de Dives dirigeaient quelquefois leurs
promenades de ce côté, sans qu'aucun d'eux pensât

qu'il dût se fonder là une colonie capable de rivaliser
avec Dieppe et Trouville. Mais un audacieux con-
struisit un jour un petit château sur la falaise, à mi-
côte. Un peu plus tard, un second planta sa tente sur
la plage. Ils eurent des imitateurs. La spéculation
leur vint en aide. On ouvrit des routes, on créa des
promenades et Houlgate exista. Ces détails étaient
nécessaires pour faire comprendre pourquoi, pendant
longtemps, fut désignée sous le nom de l'Ermitage
une maison de pauvre apparence, qui a disparu aujourd'hui et qui était située sur le plateau d'une haute
falaise qui domine le pays, non loin de l'endroit où
l'on a élevé depuis un sémaphore. Cette maison n'a-
vait qu'un étage et ne comptait que quatre pièces.
Elle était construite en briques et assez solidement
pour résister au vent impétueux qui souffle du côté
de la mer.

On assurait dans le pays qu'elle datait de la Terreur ; qu'à cette époque un gentilhomme normand,
au lieu d'émigrer, était venu se réfugier en ce lieu,
où nul n'avait pu troubler sa tranquillité, ni me-
nacer ses jours. Cette habitation, devenue la propriété de la commune de Beuzeval, fut déserte
longtemps, après la Révolution. On songea, vers 1840,
à y établir un poste de douaniers. Mais cette idée
ayant été abandonnée, l'Ermitage continua à rester
sans habitants. Tous les mois, le garde champêtre
de Beuzeval allait y passer une journée qu'il consa-
crait à nettoyer les murs, à essuyer les meubles, à

faire entrer dans les chambres l'air et la lumière. Le
soir venu, il refermait portes et fenêtres, et la maison demeurait close jusqu'au mois suivant. En 1850,
un voyageur qui visitait le pays la vit, la trouva selon
ses goûts. Il en offrit à la commune un prix qui parut
convenable. C'est ainsi qu'elle changea de propriétaire.
A dater de ce moment, elle fut habitée toutes les
années pendant le mois d'août. Mais ceux qui y
étaient installés ne descendaient jamais jusqu'à Beuzeval, à l'exception, toutefois, d'un domestique qui,
chaque matin, venait aux provisions. En le voyant
passer, on disait :

— Les gens de l'Ermitage sont arrivés.

Mais comme il ne parlait à personne qu'autant que
cela était nécessaire, comme il ne paraissait pas disposé à répondre aux questions qu'eût inspirées la
curiosité, on ne put savoir rien de lui qui fût de nature à la satisfaire. Bien que le maire de Beuzeval,
ayant vendu la maison, connût le nom du propriétaire,
ce nom ne pouvait rien apprendre à personne : il ne
le prononçait pas. Le mystère qui s'attachait depuis
longtemps à l'Ermitage persista donc pendant plusieurs années.

Au printemps de 1857, la maison reçut deux habitants, qui paraissaient disposés à s'y installer pour
longtemps, ainsi qu'on le sut par un douanier fréquemment en faction sur la falaise. L'un était un
homme de quarante-cinq ans, petit, trapu, vigoureux,
aux traits basanés et énergiques. Ses cheveux noirs

taillés en brosse, sa moustache épaisse, ses vêtements
qui avaient la coupe des uniformes de l'armée, révélaient un ancien soldat. L'autre était un garçon de
douze ans à peine, qui avait un teint blanc comme
celui d'une femme, des cheveux blonds, épars sur son
cou en boucles folles, et des yeux foncés, largement
fendus, qui laissaient pressentir une âme fière et une
intelligence délicate. Peu de jours après leur arrivée,
l'homme qui paraissait servir de père à cet enfant se
rendit auprès de l'un des vicaires de la paroisse de
Dives, à deux kilomètres de là, afin de savoir s'il lui
conviendrait de diriger les études du garçon qu'à
cause de sa santé on ne pouvait soumettre au régime
d'un lycée. Le vicaire accepta la proposition qui lui
fut faite, et son élève lui fut présenté le lendemain.

— Voici votre disciple, monsieur l'abbé, dit l'ancien soldat ; faites-en un savant, moi j'en ferai
un gars solide. Il faut que, grâce à nous deux,
il devienne un homme honnête et bien portant. Et
vous, monsieur Daniel, ajouta-t-il en s'adressant au
jeune garçon, récompensez-nous en secondant nos
efforts.

— Va, mon brave Jabin, répondit l'enfant, en se
jetant dans ses bras, tu seras content de moi.

A dater de ce jour, la vie des deux personnages
que nous venons de mettre en scène s'écoula uniforme et tranquille. Tous les matins et par tous les
temps, on les voyait se dirigeant vers Dives, par le bord
de la mer. De neuf heures à midi, Daniel travaillait

sous la direction du jeune prêtre qui s'était chargé de son instruction. Daniel était d'une nature charmante. Son maître qui, grâce aux confidences de Jabin, connaissait son histoire et savait à quel avenir on le destinait, s'était intéressé à lui. Il possédait lui-même une science étendue. C'est pour cela que Jabin l'avait choisi. Il s'efforçait de la communiquer à Daniel qui, devinant en lui un ami, profitait de ses leçons. A midi, on revenait à l'Ermitage, et alors commençaient, pour Daniel, des heures charmantes, consacrées à des promenades dans les champs, à des excursions en mer avec des pêcheurs et à tous les exercices qui pouvaient le fortifier et l'aguerrir. Jabin, sous une enveloppe un peu grossière, cachait une âme généreuse. Il avait cette qualité précieuse, plus rare qu'on ne pense, et qui s'appelle le bon sens. Elle inspirait tous les conseils qui sortaient de sa bouche, aussi bien que toutes ses actions. Par suite de ses efforts, grâce aux soins de l'abbé, l'intelligence et la volonté de Daniel se développèrent également. Tandis qu'il acquérait l'instruction, son corps grandit, se forma, prit des forces, et, à dix-sept ans, au lieu d'être l'enfant chétif arrivé cinq années avant, c'était un robuste jeune homme qui, sans rien perdre de son élégance native, possédait la vigueur physique et morale, sans laquelle les combats de la vie sont aussi longs que douloureux. Bien qu'élevé en partie dans la solitude, il avait les habitudes du monde presque autant que s'il eût grandi en contact perpétuel avec lui. Cela tenait d'abord à l'éducation qu'il avait reçue jusqu'à l'âge de douze ans. En outre, son arrivée dans le pays avait coïncidé avec les débuts de la fondation d'Houlgate. Pendant l'été, il fréquentait les baigneurs venus de Paris, dont le nombre allait toujours croissant. Cela avait suffi pour qu'il ne perdît rien des qualités extérieures qu'estime le monde et qui aident un homme à y faire son chemin. Ce qui manquait à Daniel c'était l'expérience. Mais qui la possède à dix-sept ans? D'ailleurs, il allait bientôt être à même de l'acquérir, car il était à la veille de se produire sur un théâtre moins restreint et qui n'était qu'un acheminement vers la carrière à laquelle il se destinait. Il subit à Caen, où Jabin le conduisit, ses examens pour le baccalauréat ès-sciences. Il obtint un brillant succès qui combla de joie le cœur de son père d'adoption.

— Mon cher enfant, dit ce dernier en l'embrassant, je vois bien que vous voulez être digne de celui dont vous portez le nom.

— Je veux être digne de lui et de toi, répondit Daniel ; je n'ai pas d'autre ambition.

Au mois d'octobre suivant, après quelques semaines d'études préparatoires dans une institution spéciale de Paris, Daniel entrait à l'École polytechnique, en qualité de boursier. Cette faveur était bien due au fils du commandant de Maldrée, mort en brave sous les murs de Sébastopol.

Ce n'était pas sans un serrement de cœur que

Daniel de Maldrée avait quitté les lieux où il vivait heureux et tranquille depuis cinq ans, pour venir s'enfermer entre les murs d'une école. Il eut long-temps la nostalgie de la mer. Ne plus voir le soleil radieux se coucher dans l'Océan et la lune monter dans les cieux empourprés ; ne plus entendre le mu-gissement solennel des vagues ; ne plus fouler les falaises sablonneuses ; ne plus contempler les grands bœufs somnolents dans les prairies grasses, c'était pour lui autant de cruels sacrifices. Il n'en put sup-porter le poids qu'en se disant que, les vacances venues, il pourrait aller vivre, durant quelques se-maines, dans ce pays où il avait passé de l'enfance à la virilité. Cette espérance le fortifia, le soutint. D'ailleurs, comme il était doué d'une nature exquise, il ne tarda pas à se faire des amis parmi ses cama-rades. La sympathie dont il se sentait entouré, le respect que commandait son nom, l'attrait que lui inspiraient ses études, contribuèrent encore à lui rendre moins lourd ce qu'il considérait presque comme un exil. Et puis, son cher Jabin ne l'avait pas quitté. Cet homme qui personnifiait le dévouement le plus absolu, le moins aveugle, qui avait des en-trailles de père, était venu s'installer à Paris, et, afin de n'avoir pas à vivre sur le modeste revenu de Daniel, il s'était empressé de chercher un emploi qu'il avait heureusement trouvé conforme à ses apti-tudes et à ses goûts. Il était teneur de livres dans une maison de commerce. Mais, en y entrant, il s'é-

tait réservé un congé annuel de deux mois, ne voulant pas qu'aux vacances, son cher Daniel retournât
seul en Normandie. Il vivait de peu. Il avait loué un
petit appartement à quelques pas de l'École polytechnique, de façon à voir tous les jours le fils du commandant. Les jours de sortie étaient des jours de
fête. Si le temps était beau, on allait courir les bois
des environs de Paris ; on dînait, soit à Ville-d'Avray,
soit à Velizy, soit à Meudon, soit à Sceaux. En hiver,
on allait au théâtre, et Jabin rayonnait lorsqu'il
voyait Daniel s'intéresser, s'émouvoir aux beautés
de la nature et aux beautés de l'art. Prendre soin de
ce jeune homme ; le protéger, l'aimer c'était pour
lui un devoir et un bonheur. Il avait reporté sur le
fils l'affection qu'il eut jadis pour le père, alors qu'il
était maréchal des logis dans l'escadron d'artillerie
que commandait M. de Maldrée. Ce dernier ne l'appelait que son sergent. De là, l'habitude prise par
tous, de ne désigner le sous-officier que sous le nom
du sergent Jabin. Le jour où fut donné contre Sébastopol le dernier assaut, le commandant de Maldrée fit appeler Jabin et lui parla ainsi :

— Mon sergent, tu sais combien je t'aime et tout
ce que j'ai fait pour te le prouver. Le moment est
venu de me payer ta dette de reconnaissance.

— Parlez, mon commandant, répondit Jabin. Je
vous appartiens corps et âme. Faut-il se faire tuer?

— Il faut, au contraire, vouloir vivre. Ça va chauf-
fer tout à l'heure et les boulets ne choisissent pas

leurs victimes. J'ai l'espoir qu'ils me respecteront. Mais, si j'étais frappé, je compte sur toi pour veiller sur mon fils.

— La recommandation était inutile, mon commandant, j'aime M. Daniel comme s'il était mon sang. Mais, si moi-même j'étais...

Il traduisit sa pensée par un geste significatif.

— Alors, à la garde de Dieu ! s'écria M. de Maldrée avec une tristesse profonde. Mais je ne peux croire à cette cruauté du sort, et je raisonne avec l'espérance que tu seras épargné. Si, moi, je ne l'étais pas, tu te rendrais auprès de madame Sophie Sterowski et tu te mettrais à ses ordres pour tout ce qui concerne mon fils. Si elle ne pouvait se rendre en France, tu te ferais remettre les titres qui constituent ma fortune et que je lui ai confiés ; tu les déposerais chez mon notaire, Rubentel, du Havre, qui détient déjà cinquante mille francs m'appartenant, et qui gérerait le tout jusqu'à la majorité de Daniel, dont je l'ai nommé subrogé-tuteur.

— Je vous obéirai, mon commandant, dit simplement Jabin.

— Ce n'est pas tout encore. Ecoute. Je n'ai plus de famille et moi, mort, mon fils serait sans parents. Rubentel veillera sur ses biens, mais ne saurait se consacrer entièrement à lui. C'est sur toi que j'ai compté pour être auprès de Daniel un autre moi-même. Tu ne le quitteras plus. Tu veilleras nuit et jour et tu en feras un homme.

— Mais, mon commandant, vous ne serez pas tué!
s'écria Jabin qu'épouvantait la solennité de ces recommandations.

— J'ai le désir de vivre. Mais il faut tout prévoir.
J'ai donc préparé pour toi les instructions que voici.
J'y ai ajouté trois lettres ; l'une pour mon fils, l'autre
pour Rubentel, la troisième pour madame Sophie. Je
n'ai trouvé personne, mon sergent, qui fût plus que
toi digne de ma confiance et capable d'accomplir la
mission que je viens de t'exposer.

— Vous me rendez bien fier, mon commandant,
répondit Jabin.

Il ne pouvait plus retenir ses larmes. M. de Maldrée compléta ses recommandations, et bientôt, les
clairons ayant retenti, ils coururent l'un et l'autre à
leur poste, prêts à remplir leur devoir héroïquement.
On sait ce qui advint, et comment, blessé à mort,
M. de Maldrée expira entre les mains du capitaine
Malory. Ce qu'on ne sait pas, c'est que Jabin, ayant
reçu aussi une blessure grave, demeura sans connaissance pendant plusieurs heures. Au milieu de la
confusion qui suivit la prise de Sébastopol, il fut enlevé avec des blessés russes et laissé parmi eux jusqu'à son rétablissement, tandis que, sur les registres
de l'armée il était porté parmi les absents. Lorsqu'il
fut en état de se lever et de sortir, il apprit la mort
de son commandant, puis le désastre dans lequel
madame Sophie avait disparu. Des titres dont elle
était dépositaire et qui appartenaient à Daniel de

Maldrée, il ne put retrouver aucune trace. Ils avaient
été sans doute consumés par le feu. La mort dans
l'âme, il regagna la France. Là, une nouvelle non
moins terrible l'attendait. Depuis un mois, le notaire
Rubentel était mort en mer, victime d'un déplorable
accident. Cette succession de malheurs frappa Jabin.
Il augura mal de l'avenir. Il ne voyait autour de soi
que catastrophes. Mais il ne se découragea pas. Sa
tendresse pour l'orphelin, dont ces malheurs rendait le sort pitoyable, s'accrut. Il se sentit devenir
un autre homme. Ayant désormais la charge de cet
enfant, il éprouva des sentiments qui lui étaient in-
connus. La tendresse s'éveilla dans son cœur et il se
promit d'obéir fidèlement aux volontés de son commandant. Dans la liquidation des affaires du notaire
Rubentel, on avait trouvé les cinquante mille francs
appartenant à M. de Maldrée, ainsi que les titres de
propriété d'une petite maison sise dans le Calvados.
Jabin, agissant au nom de M. de Maldrée, se fit remettre le tout, en produisant les lettres dont le commandant l'avait chargé. Il acheta des rentes et cons-
titua de la sorte à Daniel un revenu de deux mille
quatre cents francs. C'était bien peu. Mais le brave
homme se disait qu'il pourrait au besoin joindre
à cette somme le montant de la pension de retraite
à laquelle ses campagnes lui donnaient droit et qui
allait être liquidée, qu'à la rigueur il travaillerait.
Les moyens d'existence de Daniel étant assurés, Jabin se rendit auprès de ce dernier, qui avait appris,

dans l'institution de Paris où il faisait ses études, l'horrible malheur qui le faisait orphelin et qui détruisait sa fortune. Jabin trouva un enfant chétif, malingre, dont la santé eût alarmé le cœur d'un père. Un médecin appelé en toute hâte, dit au sergent :

— Il faut conduire ce petit bonhomme aux champs et l'y laisser pendant plusieurs années. S'il reste ici, il est perdu.

— Soit, pensa Jabin, nous irons habiter la campagne, et nous y vivrons en paysans.

A quelques jours de là, il s'installait avec Daniel sur la falaise d'Houlgate, dans la petite maison qu'avait aimée M. de Maldrée, et ne la quitta que pour conduire son enfant d'adoption à Paris. Tant que dura le séjour de Daniel de Maldrée à l'École polytechnique, sa vie s'écoula sans incidents qui vaillent d'être rapportés. Elle fut celle de tous les jeunes gens que les nécessités de leurs études amènent à Paris. S'il eut parfois quelques-unes de ces aventures contraires à l'austérité des mœurs auxquelles il est si difficile d'échapper, jamais son cœur n'en subit le contre-coup. Il conserva intacte cette candeur d'âme qui dispose aux amours heureuses et tranquilles. Toutes les années, il passait ses vacances aux bords de la mer, dans la société de Jabin, devenu pour lui un ami et un père. Là, son âme se retrempait dans les souvenirs du passé, dans la contemplation d'une nature toujours belle, toujours forte, dont les grands spectacles lui inspiraient des idées d'héroïsme, d'enthousiasme et d'honneur. Lorsqu'il sortit de l'école, ayant à peine vingt-deux ans, il dut se demander quelle carrière il allait suivre. Quels qu'eussent été les projets de Jabin et ses propres pensées, il ne se sentait aucun goût pour le métier militaire.

Là, cependant, tout lui souriait, tout lui eût été facile, et soit dans l'artillerie, soit dans le génie, un avenir brillant s'offrait à lui. Mais la vie de garnison l'épouvantait.

Peu de temps avant de quitter l'école, il déclara à Jabin qu'il renonçait aux avantages que lui offrait une carrière dans laquelle son père s'était fait un nom honorable et estimé.

— Vous êtes libre, mon cher enfant, répondit Jabin. Choisissez. Rien ne presse, et il vaut mieux attendre que vous engager dans une voie où vous seriez malheureux.

Ayant longtemps réfléchi, Daniel se décida à aller habiter la Normandie pendant un an, à s'y reposer des longs travaux auxquels il venait de se livrer, se réservant de solliciter, à l'expiration de ce délai, une place d'ingénieur dans un département des bords de l'Océan. C'est à la suite de cette résolution que, dans l'automne de l'année 1864, Daniel se trouvait à Houlgate, où il comptait vivre toute une année. Jabin était auprès de lui. Ils faisaient ensemble de longues promenades, au retour desquelles Daniel travaillait, sans fatiguer son cerveau, et comme un homme qui s'est créé des loisirs, non pas par paresse, mais pour goûter le repos qui prépare aux luttes quotidiennes de l'existence et les rend sinon faciles, du moins supportables. Le soir venu, si la lune répandait sa clarté sur la mer et sur les champs, Daniel sortait et, par les falaises, il descendait sur les sables. Il marchait au bord de l'eau, écoutant le bruit des vagues, plongeant ses regards dans l'immensité profonde qui s'étendait devant lui. A sa droite, et dominant le Havre, le phare de la Hève brillait dans la nuit, comme une étoile gigantesque. A sa gauche, il voyait, ou plutôt, il devinait, à quelques lumières tremblantes, Cabourg, Langrune, Ouistreham et tous ces petits pays qui bordent la côte normande, comme autant de stations invitant au repos les habitants des villes, fatigués des plaisirs factices qu'a créés la civilisation. Au sein de cette solitude, loin de tout bruit, comme s'il eût été au bout du monde, il se sentait heureux, libre, et, sans les vagues aspirations dont son cœur était rempli, il n'aurait rien eu à désirer. Mais il était à l'âge où le besoin d'aimer envahit l'homme, et ce besoin était d'autant plus grand chez Daniel que, jusqu'à ce jour, il avait vécu chaste, conservant avec un soin jaloux les illusions que d'autres se montrent si pressés de dissiper. Il rêvait d'apparitions délicieuses, un peu romanesques, tantôt d'une barque que les voyageurs poussaient sur le rivage et d'où sortait une femme belle et ardente, ayant un cœur semblable

au sien; tantôt d'une jeune fille égarée dans ces lieux,
épouvantée, et qu'il rassurerait doucement, en s'efforçant de lui plaire. En un mot, il souhaitait une aventure qui remplirait sa vie; mais il ne voulait pas aller
la chercher, la provoquer, de peur de tomber dans la
réalité banale, qui effraye les natures délicates. A
cette époque, Houlgate commençait à se développer
rapidement. Des routes avaient été ouvertes, des chalets construits. Depuis plusieurs années, chaque été
y réunissait un assez bon nombre de baigneurs. Mais
la saison des bains terminée, le pays redevenait solitaire et calme. Il n'y restait guère que quelques familles dans lesquelles Daniel était reçu, mais qui ne
pouvaient lui offrir ce qu'il cherchait. On comprendra
maintenant combien il dut être intrigué, surpris et
charmé tout à la fois par la rencontre qu'il fit un soir
sur la plage d'Houlgate.

C'était peu de temps après son retour, dans les premiers jours de novembre, vers huit heures. La nuit
était noire, mais non si profonde qu'on ne pût distinguer les objets autour de soi. Chaudement enveloppé dans une couverture de laine, il était assis
contre un rocher, quand soudain il entendit ce bruit
particulier que causent les pieds des passants sur le
sable. Il se tourna du côté d'où venait ce bruit et
vit deux femmes qui se dirigeaient de son côté. Comment étaient-elles vêtues? Étaient-elles jeunes, vieilles, belles? Il ne pouvait le voir. Toutefois, à mesure
qu'elles s'approchaient, il lui fut facile de reconnaî-

tre, à leur démarche et aux formes de leurs vêtements
qui se découpaient sur l'horizon, qu'elles avaient de
l'élégance. Elles se tenaient par le bras et marchaient,
pressées l'une contre l'autre, comme deux personnes
qui cherchent à se rassurer. Parfois, on entendait
l'une d'elles prononcer d'une voix grondeuse, quelques mots qui trahissaient un accès de mauvaise humeur causé par la peur ou la fatigue, et l'autre lui
répondre par un éclat de rire argentin, qui révélait
autant de gaieté naturelle que de jeunesse. Que fallait-
il de plus pour éveiller la curiosité de Daniel ? Au
moment où les deux femmes arrivaient devant lui
sans le voir, il se leva, mais si brusquement, qu'elles
reculèrent effrayées en poussant un cri.

— Oh ! pitié, monsieur, pitié ! ne nous faites pas de
mal, dit l'une d'elles, celle qui grondait tout à l'heure.

— Mais tel n'est point mon désir. Je suis un maladroit et un sot, puisque j'ai pu vous causer un si grand
effroi.

Ayant ainsi répondu, Daniel salua et voulut s'écarter. Mais, soudain, celle des deux femmes qui n'avait
rien dit encore, prit la parole à son tour, et d'une
voix jeune et fraîche, sœur du rire charmant que Daniel avait entendu, elle dit en s'adressant à sa compagne :

— Vous vous effrayez trop promptement, Lisbeth.
Ne voyez-vous pas que monsieur n'a rien d'un brigand ?

— Que peut-on voir à cette heure ? répondit Lisbeth qui tremblait encore. Monsieur, ajouta-t-elle en s'adressant à Daniel, notre voiture nous attend à Houlgate, à l'entrée de la route de Trouville. Est-ce bien loin ?

— A deux pas d'ici. Si vous voulez me le permettre, je serai heureux de vous y conduire, ne serait-ce que pour vous prouver, ajouta Daniel en souriant, qu'un brigand de mon espèce peut rendre quelques services.

Le rire frais et sonore se fit entendre de nouveau, tandis que Lisbeth balbutiait quelques paroles d'excuse et de remercîment. Les deux femmes, accompagnées de Daniel et guidées par lui, continuèrent leur route sur la plage. Il n'était guère plus de huit heures et demie. Les nuages qui couvraient tout à l'heure le ciel s'étaient peu à peu dissipés. La mer s'avançait rapidement, couvrant la vaste étendue de sable qu'à l'heure du reflux elle laisse à nu. Les vagues, vivement fouettées, faisaient entendre des mugissements bruyants et s'élevaient en masses écumeuses, tantôt sombres, tantôt phosphorescentes. Ce spectacle était imposant. Mais Daniel n'en était pas ému. Ce qui causait à son cœur une agitation délicieuse, c'était de se trouver ainsi, d'une manière imprévue, en compagnie de deux inconnues, dont l'une, à ce qu'il pressentait, devait être belle et jeune, et auxquelles il n'osait adresser la parole. Qui étaient-elles ? D'où venaient-elles ? Comment et pourquoi, à cette heure de la soirée, se trouvaient-elles

6.

sur la plage ? Voilà ce qu'il brûlait de savoir. Mais il
hésitait à les interroger, craignant de détruire la
bonne idée qu'on pouvait avoir de lui et de passer
pour un indiscret. Tout à coup la plus jeune des
deux prit la parole :

— Monsieur, dit-elle gaiement, vous voyez les victimes d'une folie volontaire.

— Les victimes ! s'écria Daniel alarmé.

— J'avais depuis longtemps le projet d'aller de
Villers à Houlgate par les sables, à la marée basse.
Revenue d'hier dans ce pays, que j'habite toutes les
années durant quelques semaines, je n'ai rien eu de
plus pressé que de mettre mon projet à exécution...

— Mais il était des plus dangereux.

— A qui le dites-vous ? Aux Roches-Noires, nous
avons été prises par la mer, et nous avons dû nous
baigner les pieds pour franchir ce passage.

— Ce qui était fort imprudent après dîner, ajouta
Lisbeth d'un ton rogue.

— Ma chère gouvernante, reprit alors la jeune fille
d'une voix caressante, n'ajoutez pas, par vos reproches, un chagrin nouveau à celui que j'éprouve de
vous avoir entraînée dans mon audacieuse équipée.

— Si votre père savait...

— Mon père est loin d'ici et ne saura rien, si vous
gardez le silence. Vous serez discrète, n'est-ce pas,
mon amie ? Tout à l'heure, grâce à monsieur qui veut
bien nous servir de guide, nous allons trouver la voiture que, par précaution, j'ai envoyée à Houlgate.

Dans vingt minutes, nous serons au château. Vous
vous mettrez au lit immédiatement. Vous dormirez
d'un bon somme. Au besoin, je chanterai pour vous
endormir, et demain vous aurez oublié vos émotions.

— Allons! il est impossible de vous garder ran-
cune, répondit Lisbeth, subitement apaisée autant
par les paroles de la jeune fille que parce que la présence de Daniel la rassurait.

En ce moment on arrivait à la hauteur des bains
d'Houlgate, en face du Casino récemment construit.
On gagna la chaussée, puis la route de Dives sur laquelle s'ouvre celle qui conduit à Trouville par Villers. Là, une voiture découverte, légère et solide à la
fois, attelée d'un bon cheval et conduite par un domestique en livrée, attendait les deux femmes. Daniel soupira en songeant qu'il allait quitter sa mystérieuse inconnue. Il maudissait la présence de Lisbeth qui, durant le trajet qu'il venait de faire, avait
paralysé sa langue. Toutefois il se consolait en se
rappelant qu'il résultait des paroles de la jeune fille
qu'elle habitait dans les environs. Il caressait déjà
l'espérance de la revoir.

— Voici notre voiture, dit-elle alors. Il ne nous
reste, monsieur, qu'à vous offrir nos remercîments
les plus sincères.

— Ce que j'ai fait est si peu! murmura Daniel.

Comme il disait ces mots, on se trouva dans la lumière des lanternes, et alors, comme si elle eût cédé

à un sentiment semblable à celui qui le guidait en ce moment, la jeune fille leva les yeux pour voir les traits de l'homme qui l'avait tirée, ainsi que sa compagne, d'un mauvais pas. Leurs regards se rencontrèrent. Daniel tressaillit. Il venait de découvrir un ravissant visage, gracieux, jeune et beau. La jeune fille ne parut pas moins émue que lui, en voyant que son guide que, jusqu'à ce moment, elle avait pu prendre pour un paysan un peu moins rustre que les autres, possédait les allures et la physionomie d'un homme de son monde et de son rang.

— Au revoir, monsieur, fit-elle doucement, et merci encore.

Elle monta légèrement dans la voiture. Lisbeth l'y suivit. Elles s'enveloppèrent l'une et l'autre dans des couvertures qui s'y trouvaient, et le cheval partit au galop. Daniel demeura immobile à la même place, non-seulement jusqu'à ce qu'il eût vu disparaître les lanternes, mais encore jusqu'à ce qu'il eût cessé d'entendre le bruit des roues dans les champs déserts.

— Elle emporte mon cœur! se dit-il alors.

Et, la tête brûlante, l'œil étincelant, l'âme remplie d'une ivresse délicieuse, il regagna lentement sa demeure et se coucha sans avoir vu Jabin, qui dormait déjà. A son lever, le lendemain, il était si pâle, que Jabin, dont la sollicitude était toujours en éveil, devina que son Daniel avait un gros chagrin.

— Que vous arrive-t-il donc, mon cher enfant? demanda-t-il alarmé.

— Ah! mon sergent, répondit Daniel, je suis amoureux.

— Amoureux ! De qui ?

— D'une vision.

— D'une vision! répéta Jabin qui ne comprenait pas.

Alors Daniel lui raconta l'épisode de la veille.

— Et parce que le hasard vous a mis en présence
d'une inconnue que vous ne reverrez peut-être jamais, vous voilà le cœur tout bouleversé ?

— Mon sergent, elle est si jolie !

— Jolie ! jolie ! qu'en savez-vous ? Il faisait nuit.

— Oh ! je l'ai bien vue. Je ne me trompe pas.

— Eh bien, soit ; je sais bien que vous n'avez pas
mauvais goût, que vous êtes à l'âge où il suffit d'un
minois chiffonné pour tourner la tête. Mais encore
faut-il savoir d'où elle vient, qui elle est. Peut-être
a-t-elle un mari?

— Non. J'ai la conviction qu'hier, j'ai rencontré
pour la première fois celle qui sera ma femme.

Le visage de Jabin manifesta une stupéfaction profonde. Le sergent resta silencieux pendant quelques
minutes. Il connaissait trop bien Daniel pour ne pas
prendre en sérieuse considération le langage qu'il
venait d'entendre.

— S'il en est ainsi, répondit-il, il faut voir, s'informer. Vous êtes encore bien jeune pour vous marier.
Cependant, si une occasion se présentait, si la fa
mille est honorable, si la jeune fille est digne de
vous...

Daniel l'interrompit.

— Que tu es bon, mon sergent! s'écria-t-il avec joie. Tu vas te joindre à moi pour obtenir des renseignements sur cette jeune fille. J'ai compris qu'elle habite un château aux environs de Villers. Il sera facile de la retrouver.

Et Daniel, dans l'excès de son enthousiasme, sauta au cou de Jabin et l'embrassa cordialement sur les deux joues.

— C'est égal, vouloir se marier à vingt-deux ans, c'est le signe certain d'une vocation bien déterminée pour le mariage, objecta le sergent, ravi de voir Daniel joyeux.

— C'est de ta faute, aussi, reprit ce dernier. Pourquoi m'as-tu élevé dans le mépris des plaisirs faciles? Pourquoi m'as-tu enseigné que la vie est chose grave, que les joies de la famille sont les seules estimables et vraies?...

— Soit, je suis coupable.

— Mais je te pardonne, car je suis heureux, oui, très-heureux. Je l'aime; oh! que je l'aime! répéta Daniel avec ardeur.

— C'est-à-dire que, dans votre cœur, il n'y aura plus de place pour votre sergent, répliqua Jabin d'un air de reproche.

Daniel leva les épaules.

— C'est bête ce que tu dis là, fit-il. Crois-tu que si mon père vivait, il suffirait d'un amour aussi pur que le mien pour qu'il cessât de m'être cher?

— Je ne le crois pas.

— Eh bien, n'es-tu pas un père pour moi? Je te chéris comme si j'étais ton fils.

— Pauvre cher enfant! murmura Jabin attendri.

A mi-chemin, entre Villers et Houlgate, sur un plateau qui domine la mer, au sein d'un paysage fertile et près de la Mare-aux-Poïs, sur les bords de laquelle Rollon Ier, duc de Normandie, s'il faut en croire une légende populaire, rendait autrefois la justice, se trouve la route de Lisieux. Si l'on s'engage sur cette route, bordée de belles prairies et de champs plantés de pommiers, on ne tarde pas à voir à droite, à mi-côte, enfoui dans la verdure et dominant un vallon pittoresque, un château dont la physionomie générale est faite pour charmer les yeux. C'est une vieille maison, assez vaste, n'ayant qu'un seul étage, surmonté d'une terrasse. Le lierre, la vigne vierge, le chèvrefeuille grimpent le long des murs, et si heureusement, que non-seulement ils en cachent la vétusté, mais qu'ils forment encore à chaque croisée un cadre délicieux. Autour du château, s'étend un parc qui se prolonge d'un côté sur les hauteurs voisines et qui, de l'autre, touche à la route dont il est séparé par une barrière en bois, peinte en blanc. Les arbres de ce parc sont touffus. A leur ombre, poussent le tamaris qui borde les allées, et des fleurs groupées en corbeilles, au milieu des pelouses fertilisées par les sources innombrables qui descendent des collines en filets miroitant au soleil, comme si le so était

sillonné de bandes d'argent. On arrive au château par un perron de trois degrés qui s'étend sur
toute la façade et qu'ornent des vases en vieille
faïence, placés de distance en distance, dans lesquels
s'épanouissent des rhododendrons. L'intérieur de
cette demeure est digne de l'extérieur. Les pièces
sont vastes, aérées, munies de hautes cheminées
qui les rendent très-habitables, même pendant les
froids les plus rigoureux. Le mobilier est ancien,
composé de telle sorte qu'on ne peut franchir le
seuil du château sans ressentir l'impression que cause
le spectacle d'un milieu dans lequel dix générations
ont vécu et qui reste tel qu'elles l'ont laissé. On
trouve encore là des vieux bahuts normands, chargés
de sculptures, des tentures à personnages de grandeur naturelle, des lits à baldaquin, des plats gigan-
tesques à dessins multicolores. On dirait une protes-
tation vivante contre l'industrie moderne, dont on
semble avoir voulu éloigner systématiquement les
produits. Tel est le château de Brucourt devant lequel Daniel de Maldrée se trouvait un matin, peu de
jours après la rencontre que nous avons racontée
dans la première partie de ce récit. D'après les renseignements qu'il avait recueillis avec l'aide de Jabin,
c'était là qu'habitait la mystérieuse inconnue que le
hasard avait placée sur son passage et dont il était
devenu amoureux après l'avoir entrevue. Ce qu'il avait
appris, c'est qu'elle se nommait Renée de Brucourt,
qu'elle était la fille d'un homme immensément riche

et que, chaque année, depuis que son père était devenu acquéreur du château, elle y passait les mois de
novembre et de décembre, en compagnie d'une gouvernante, M. de Brucourt passant le même temps à
inspecter un établissement métallurgique des Cé-
vennes, dont il était le principal actionnaire. Mademoiselle de Brucourt ne rentrait à Paris qu'au mois
de janvier et y séjournait durant tout l'hiver, allant
dans le monde, en compagnie de son père, lequel, di-
sait-on, cherchait à la marier, pour se débarrasser
d'une responsabilité qui commençait à lui peser ; ce
qui n'avait rien de surprenant puisqu'il était veuf et,
qu'à soixante ans, il aimait encore passionnément
les plaisirs. Muni de ces diverses indications, Daniel
n'avait rien eu de plus pressé que de se rendre au
château de Brucourt, non pour y entrer, — à quel
titre eût-il été reçu? — mais pour en apprendre le
chemin et pour connaître la maison qui avait le bonheur d'abriter sa bien-aimée. En le voyant partir de
grand matin pour cette excursion, Jabin lui avait
prodigué des conseils.

— Cette fille doit être mal élevée. Elle est bien
riche pour ne pas être fière. Prenez garde, mon enfant, de nourrir trop d'illusions. Vous souffririez
cruellement de toute meurtrissure faite à votre
cœur.

En parlant ainsi, la voix du sergent tremblait,
comme s'il eût redouté pour Daniel les conséquences
de l'aventure dans laquelle il le voyait engagé. Daniel

7

le rassura et partit le cerveau plein d'enthousiasme, le cœur plein de passion. Il ne s'arrêta que lorsqu'il fut devant le château. Caché derrière un gros arbre, il pouvait voir sans être vu. En Normandie, lorsque le mois de novembre n'est pas pluvieux, il est doux et charmant comme les derniers beaux jours de l'automne dans le Midi. Le soleil était radieux, dissipant lentement le léger brouillard qui flottait sur la terre et sur les eaux. Comme un voile qui se déchire, la brume s'écarta et le château apparut à Daniel dans son élégance joyeuse et coquette.

— C'est là qu'habite ma chère Renée, se disait-il. La verrai-je? Daignera-t-elle se montrer? Si ses regards tombent sur moi, me reconnaîtra-t-elle?

Comme il venait de prononcer ces paroles, un palefrenier sortit des écuries, tenant par la bride, sellé, prêt à être monté, un petit cheval noir, à l'œil vif, aux fières allures. Cet homme s'arrêta devant le perron et donna un dernier coup d'œil à la fringante bête, qui caracolait comme pour secouer un joug. Presque aussitôt une femme vêtue en amazone, tenant sous son bras droit les plis de sa longue jupe et dans sa main gauche une cravache, se montra sur les degrés, sous la porte principale du château.

— C'est elle! s'écria Daniel.

Il se pencha pour la mieux voir. C'était Renée de Brucourt. Elle apparaissait en pleine lumière, dans le resplendissement de sa beauté, aux yeux éblouis

de celui qui l'adorait, sans qu'elle pût soupçonner
ni sa présence ni son amour. Pour lui, il ne dis-
tinguait aucun des détails de sa toilette, ni sa robe
en drap, ni ses gants en peau de daim qui em-
prisonnaient ses mains mignonnes, ni sa toque
brune sur laquelle s'étalait une longue plume
dont l'extrémité se confondait avec la masse de ses
cheveux noirs tombant sur son cou. Daniel était
en contemplation devant ce beau visage, demeuré
dans sa mémoire comme le souvenir vague d'un
rêve trop vite dissipé. Il en reconnaissait chaque
trait. Il retrouvait l'éclat de ses yeux noirs et profonds dont les rayons avaient pénétré jusque dans
son âme. Il admirait cette peau d'une blancheur
mate qui mettait en relief la vive couleur des lèvres sur lesquelles un sourire bon et doux voltigeait. La radieuse jeunesse de Renée était comme
un soleil éclatant dont les rayons réchauffent les
corps appauvris et fortifient même les plus robustes. C'était la grâce ingénue de l'innocence,
mêlée à la puissance souveraine de la beauté qui
se révèle et s'épanouit dans l'aurore de la dix-
huitième année. Et ce qui charmait Daniel, c'était
la conviction bien arrêtée que, sous cette enveloppe
admirable, il y avait une âme et que Renée, belle
comme une déesse, était bonne comme une sainte.
C'était moins par la beauté matérielle qu'il était
frappé que par la beauté intérieure que la première révélait. Pendant qu'il l'admirait ainsi, Renée

avait descendu les degrés du perron. Elle s'approcha
du cheval, le caressa légèrement de la main, tandis
que le palefrenier pliait lé genou pour permettre à
sa jeune maîtresse de se mettre en selle. Elle s'élança
vive comme un oiseau et se courba pour réunir les
rênes. Mais, en ce moment, avant même qu'elle se
fût solidement assise, le cheval fit un bond. Elle n'eut
que le temps de s'attacher à la crinière de la bête ca-
pricieuse. Sans cette précaution, elle serait tombée.
Le cheval était parti à fond de train. Le domestique,
épouvanté, s'élança à sa poursuite. Daniel ne put retenir un cri. La terreur le cloua à sa place, immobile,
paralysé. Le cheval emporté venait de son côté et
s'excitait de plus en plus, malgré les efforts de Renée
pour le retenir. On entendait quelques cris. Les gens
du château arrivaient de toutes parts à l'appel du palefrenier. La course devint vertigineuse. Lé cheval
allait comme une flèche, droit devant soi. Renée ne
s'efforçait plus de l'arrêter. La vigueur de ses bras
était vaincue. Elle s'abandonnait, plus pâle que de
coutume, à cette émotion terrible, s'efforçant seulement de ne pas glisser et s'accrochant à la selle.
Soudain son chapeau fut enlevé. Ses cheveux se déroulèrent sur ses épaules, et Daniel, éperdu, vit alors
que le cheval arrivait sur la barrière qui fermait le
parc de ce côté et que, s'il était impuissant à la franchir, il devait infailliblement se briser contre les poteaux, lui et le précieux fardeau qu'il portait. Instinctivement, il s'élança. Il ne considéra pas le danger

auquel il s'exposait. Il ne voyait qu'une chose, c'est que Renée pouvait être tuée. Il arriva en courant jusqu'à la barrière. Le cheval arrivait de l'autre côté, écumant, furieux, emporté. Au risque d'être écrasé par les poteaux, Daniel bondit et franchit d'un saut l'obstacle, en s'aidant de ses mains. Il tomba sur le gazon, agenouillé, se releva, courut au cheval. Mais la bête, effrayée par cette double apparition, fit un double mouvement, l'un en arrière, l'autre en avant, et finalement s'abattit de telle sorte que ses naseaux fumants allèrent frapper en pleine poitrine Daniel, qui fut renversé et perdit connaissance. Au même moment, le palefrenier arrivait suivi de deux domestiques. La bête furieuse fut arrêtée aussitôt, et Renée sauta à terre, pâle, les cheveux en désordre, mais sans avoir eu d'autre mal qu'une grande frayeur. Elle vola auprès de Daniel, couché sur l'herbe, évanoui.

— Moi, je suis saine et sauve ! s'écria-t-elle, pour rassurer ses gens alarmés. Mais ce jeune homme qui, pour me sauver...

Elle s'arrêta. Les larmes lui coupaient la parole. Elle le croyait mort.

— Vite des secours ! murmura-t-elle.

Elle s'agenouilla, prit entre ses mains tremblantes la tête pâle de Daniel afin de lui faire un oreiller. Ah ! s'il avait pu la voir ainsi, courbée sur lui, remplie de sollicitude et de terreur, comme il aurait béni l'accident qui venait de lui arriver !

— Quel malheur, mon Dieu ! dit tout à coup une voix.

C'était Lisbeth, la gouvernante attachée spécialement à la personne de Renée, et que celle-ci traitait presque comme une amie. Cette vieille fille, maniaque comme on l'est à trente-six ans quand on s'est vouée au célibat, mais douée d'un cœur généreux, s'avançait éperdue, gesticulant, ses lunettes à la main.

— Il n'est pas mort ! s'écria soudain Renée, entre les bras de laquelle Daniel venait de faire un mouvement. Lisbeth, c'est le jeune homme qui, l'autre soir, nous a guidées sur la plage d'Houlgate.

— Je le reconnais bien. Mais comment s'est-il trouvé là ?...

— Pour me sauver ? Je l'ignore. Mais, je vous en prie, Lisbeth, emportons-le.

— Attendez, j'ai là mes sels anglais.

Et la brave fille, s'agenouillant à son tour, passa fiévreusement un flacon sous le nez de Daniel, tandis que les gens du château, groupés autour des deux femmes, suivaient leurs mouvements d'un œil anxieux.

— Si l'on allait querir un médecin ? dit le palefrenier.

— Oui ! oui ! un médecin ! celui de Villers, s'écria Renée.

— Un moment donc !... reprit Lisbeth, à laquelle tout son sang-froid était revenu. Il faut une heure

pour que le docteur soit ici. Nous soignerons nous-
mêmes notre blessé.

— Il revient à lui! ajouta Renée avec joie.

— Oui, il aura eu plus d'émotion que de mal.

Lisbeth disait vrai. Daniel ouvrait les yeux.

— Souffrez-vous, monsieur? demanda Lisbeth.

— Nullement, murmura Daniel. Je crois que le
cheval m'a frappé dans la poitrine. Mais je ne ressens
aucune douleur.

Il venait de voir au-dessus de son front le ravissant visage de Renée, et une expression de bonheur
se peignit sur ses traits.

— Monsieur, dit celle-ci, vous m'avez sauvé la vie.
Mon père vous bénira. Pour moi je me souviendrai
toujours de ce que vous avez fait aujourd'hui.

— Je suis payé, pensa Daniel.

En une minute, il fut sur pied. Son chapeau, qui
avait roulé à dix pas de là, lui fut rapporté par un
domestique.

— Pouvez-vous marcher jusqu'au château?

Cette question de Lisbeth le fit sourire. Il se sentait très-ému, très-faible, mais bien portant.

— J'irai où vous voudrez, répondit-il en souriant.

— C'est égal, prenez mon bras.

Il obéit, s'appuya sur le bras de Lisbeth, tandis
que, par un geste charmant, Renée lui offrait le sien
de l'autre côté.

— Mademoiselle, je n'oserai jamais...

— Je vous en prie.

Qui eût résisté à sa place ? Il se vit donc entre ces deux femmes, dont l'une possédait déjà tout son cœur, se dirigeant lentement vers le château. Arrivé dans le salon, on le fit asseoir dans un grand fauteuil, près de la fenêtre, au grand air. Puis, Lisbeth s'éloigna, afin de préparer une boisson de sa composition, souveraine dans ces sortes d'accidents, à ce qu'elle prétendait, et dont les deux jeunes gens, ajouta-t-elle, avaient le plus grand besoin. Ils restèrent donc seuls, lui assis, elle debout, un peu troublée par ce tête-à-tête imprévu. Combien alors elle parut adorable à son ami ! Comme elle tenait les yeux baissés, il pouvait la regarder tout à son aise, et il usait, comme on doit le penser, de cette occasion que le hasard avait fait naître et qui, en un moment, venait de lui ouvrir les portes de cette maison, tout à l'heure fermée devant lui.

— Monsieur, dit enfin Renée d'une voix pénétrante, l'autre jour, vous m'avez rendu un léger service. Aujourd'hui, vous m'en rendez un plus grand. Par deux fois, vous vous êtes trouvé dans ma vie pour...

Daniel l'interrompit par ces mots :

— Croyez-vous aux pressentiments, mademoiselle ?

— Pourquoi ? demanda-t-elle en rougissant.

— C'est que j'y crois, moi, et que j'ai l'assurance que des relations commencées dans les circonstances que vous savez doivent être éternelles.

— Je ne m'en plaindrai pas, s'écria-t-elle vivement.

— Même, si de ma part, elles allaient jusqu'à vous dire que je vous aime.

Il la vit tressaillir. Puis, il l'entendit murmurer :

— Vous me connaissez à peine!...

— Qu'importe! depuis le soir où je vous ai rencontrée sur la plage d'Houlgate, je n'ai cessé de penser à vous, et il me semble que je vous ai toujours connue.

Soudain, il s'arrêta, se mit à sourire et reprit :

— Je m'aperçois que je vous fais une déclaration et que vous ne savez même pas mon nom.

— Savez-vous le mien?

— Oui, j'ai voulu savoir qui était l'aimable inconnue qui s'est présentée à moi comme une apparition romanesque.

— Mais vous, monsieur? demanda Renée, que cet entretien troublait de plus en plus.

— Je me nomme Daniel de Maldrée.

En quelques mots, il raconta son histoire, parla de son père et se montra si éloquent, si persuasif, qu'en l'écoutant la jeune fille sentait son cœur peu à peu pénétré par ces accents sympathiques. Elle avait dix-huit ans. Son cœur candide et chaste était rempli de ces aspirations qui, quoique sans objet et sans but, sont déjà l'amour et le précèdent. Daniel possédait une jeunesse forte et vaillante, une beauté virile, l'ardeur qui plaît aux femmes et qui rend les amoureux et les héros également intrépides. Comment s'étonner des sentiments nouveaux qui en-

vahirent en foule l'âme de Renée et qui, dans ce
jeune homme tout à l'heure inconnu, lui montraient
celui dont elle souhaiterait de faire le compagnon de
sa vie? L'amour, dans ses révélations, a souvent la
soudaineté de la foudre; il fond sur des cœurs qui
n'étaient pas préparés à le recevoir et cependant les
trouve prêts. C'est là son privilége. C'est parce qu'il
est ainsi que l'on ne saurait le goûter sans être heureux, et que tous les maux qu'il traîne souvent
à sa suite ne peuvent faire oublier les ivresses
qu'il a procurées. Ils étaient là, tous les deux, charmés, éblouis, surpris, quand Lisbeth revint, portant
sur un plateau deux tasses remplies de son puissant
remède. Elle les obligea à boire l'un et l'autre. On retint Daniel jusqu'au soir. On l'engagea à revenir.
Lorsqu'il partit guéri de sa chute et la bénissant,
non-seulement il aimait pour toujours, mais encore
il se sentait également aimé. Daniel de Maldrée
rentra à l'Ermitage dans un état de béatitude difficile
à décrire et plus difficile encore à faire comprendre à tous ceux qui, durant leur vie, n'ont pas
connu les joies suprêmes de l'amour qui se révèle. Il
marchait, pour parler comme le poëte, le front dans
les cieux. Il eût entamé volontiers un chant d'allé-
gresse. La nature lui paraissait belle; dans les étoiles
qui brillaient au-dessus de sa tête, il croyait lire sa
destinée, se déroulant heureuse et toute rayonnante
des félicités de l'amour. Jabin l'attendait avec impatience. En le voyant revenir transporté d'un ardent

enthousiasme, il devina que Daniel était au comble de ses vœux. Le jeune homme confirma ses prévisions.

— Oui, mon sergent, dit-il, rien ne manque à mon bonheur. Je l'ai vue, je lui ai parlé. C'est un ange.

— En êtes-vous bien sûr? demanda Jabin avec ironie. La femme qu'on aime est toujours un ange. Avez-vous la certitude que celle-là est digne de vous?

— Écoute-moi, incrédule! s'écria Daniel. Quand tu sauras tout, peut-être seras-tu convaincu, comme je le suis moi-même.

Et il raconta les circonstances de cette bienheureuse journée. Le sergent trembla au récit de l'accident qui aurait pu être fatal à son Daniel. Il voulut l'examiner, lui palpa la poitrine et ne fut rassuré que lorsqu'il acquit la certitude que de sa chute il ne restait aucune trace. Puis il lui dit:

— Vous êtes un homme, mon cher enfant, et vous possédez assez de raison, assez de tact pour vous conduire avec prudence. Je n'ai donc pas le droit de vous retenir ni de vous pousser en avant. Agissez à votre gré. Rappelez-vous seulement que le nom que vous portez ne fut jamais souillé, et que vous ne devez le donner qu'à une femme capable de l'honorer encore.

— Sois sans crainte, mon sergent. Tu seras content de moi, répondit Daniel.

Les deux amis se séparèrent ensuite pour aller se livrer au sommeil. Accablé par la fatigue et par l'émotion, Daniel dormit profondément. Ce serait allonger inutilement ce récit que de raconter les progrès de cet amour, qu'un hasard avait fait naître entre deux cœurs si bien faits pour se comprendre. A la suite de leur première entrevue, Daniel de Maldrée et Renée de Brucourt se virent fréquemment, et goûtèrent toutes les ivresses qui sont le partage des amoureux jeunes et vivement épris l'un de l'autre. Renée de Brucourt n'avait pas son père auprès d'elle. Elle jouissait de la plus entière liberté et était à Daniel en quelque sorte autant qu'il le souhaitait. Leur confiance mutuelle formait le plus grand charme de leur liaison naissante. Ils se témoignaient autant d'abandon que s'ils se fussent toujours connus. Ils ne cessaient de faire échange de doux serments pour l'avenir.

— Quand mon père viendra me rejoindre, disait Renée, je lui avouerai tout, et il consentira à notre union.

— C'est que vous êtes riche et que je n'ai rien.

— Vous avez votre nom ; vous avez mon amour. Croyez-vous que ce soit peu ?

Lisbeth seule assistait à leurs entretiens. Pleine de sollicitude, de faiblesse et d'affection pour Renée, elle était incapable de contrarier ses désirs. Mais elle en connaissait la pureté et aurait vu, sans crainte, cet amour innocent naître et grandir sous ses yeux, si elle n'eût redouté qu'à son retour M. de Brucourt ne lui reprochât de l'avoir favorisé.

— Mais puisque je dois tout annoncer à mon père, disait Renée pour l'apaiser, que pouvez-vous craindre ? Il ne vous blâmera pas de vous être prêtée à des projets qui me rendent heureuse et auxquels il sera le premier à consentir quand je le lui demanderai.

— Peut-être en avait-il formé d'autres ?

— Non, non, il m'aime trop pour disposer de moi sans me consulter.

Renée disait vrai. M. de Brucourt portait à sa fille trop de tendresse pour lui imposer un mari dont elle n'aurait pas voulu. Il souhaitait qu'elle se mariât au plus vite, car il était las de la responsabilité qui pesait sur lui et qui gênait fréquemment ses plaisirs et sa liberté. Mais il voulait ne la marier qu'à celui qu'elle aurait elle-même choisi, assuré qu'elle ne pourrait choisir qu'un honnête homme. Quinze jours s'écoulèrent. Une promenade aux bords de la mer ou sur les collines boisées, une halte dans les prairies, un repas pris en commun, un entretien dont l'amour faisait tous les frais, telles étaient les suprêmes joies de Daniel et de Renée. Aller auprès d'elle, la voir, devint bientôt pour lui une habitude douce et chère. Il vivait ainsi au jour le jour, en attendant tout de l'avenir, mais ne demandant au présent que ce que le présent lui apportait. Il était heureux et Renée ne l'était pas moins que lui.

Un matin, il arriva de bonne heure au château, où il devait passer toute la journée. Dans l'une des salles de cette vaste demeure se trouvait une bibliothèque composée de plusieurs milliers de volumes, parmi lesquels personne n'avait encore mis la main depuis que M. de Brucourt était devenu acquéreur de la propriété. Or, il s'agissait, ce jour-là, de dresser la liste de ces livres et de les placer avec ordre sur les rayons. Ce n'était pas qu'en ce moment ils fussent l'un et l'autre dans la nécessité de charmer leurs loisirs par la lecture. Non, il leur aurait suffi de marcher dans les longues allées du parc, appuyés l'un sur l'autre, pour n'avoir plus rien à désirer. Mais Lisbeth prétendait que de telles promenades, trop longtemps prolongées, constituaient une imprudence et feraient jaser les gens du château, auxquels les fréquentes visites de Daniel donnaient à penser.

— Eh bien! nous trouverons un prétexte pour les justifier, avait répliqué Renée.

Et c'est ainsi que l'arrangement de la bibliothèque fut décidé.

— Cela durera bien huit jours, disait la jeune fille.

— Et quand nous aurons fini ce classement? demandait Daniel.

— Nous procéderons à celui des archives. Il y a dans les greniers des caisses remplies de manuscrits et de papiers de toutes sortes.

— Il n'y a pas de raison pour s'arrêter en si beau chemin, reprenait Lisbeth ironiquement. Après avoir classé les archives, vous pourrez vous livrer à l'estimation du mobilier.

— Lisbeth! Lisbeth! s'écriait Renée, ne vous mo-

quez pas de nous; sinon, quand nous serons mariés,
nous ne vous garderons pas dans notre maison !

— Moi! le chaperon de vos amours !

C'est donc dans le but de commencer le classement de la bibliothèque que Daniel était venu ce
jour là. Mais à l'entrée du parc, il rencontra Renée.
Elle l'attendait plus pâle que de coutume, et un peu
troublée.

— Nous ne travaillerons pas aujourd'hui, dit-elle.

— Pourquoi donc?

— Parce qu'il est inutile d'entreprendre en ce moment un travail que nous ne pourrions achever. Mon
père arrive ce soir!

— Déjà! fit tristement Daniel.

— Cela vous afflige?

— Puis-je me réjouir de voir interrompre la douce
existence que nous menions depuis quinze jours?

— Puisque l'arrivée de mon père nous rapproche
du but de nos désirs...

— Votre père consentira-t-il à notre union?

— Mon père veut mon bonheur, et lorsque je lui
dirai que je ne peux être heureuse qu'avec l'époux de
mon choix, il ne refusera pas d'exaucer nos vœux.

— Oui, Renée, je sais que telle est votre espérance.
Mais, moi qui ne connais pas votre père, qui sens
combien il peut nous en vouloir, à moi d'avoir en
quelque sorte forcé les portes de votre cœur, à vous
de m'avoir écouté...

— Il n'oubliera pas que vous m'avez arrachée à la

mort. Étais-je libre de ne pas aimer mon sauveur ?

Renée prononça ces paroles fiévreusement, et en même temps, sa pâleur devint telle que Daniel fit un pas comme pour la soutenir, en disant :

— Vous voyez bien, mon amie, que vous partagez mes craintes !

— Vous vous méprenez à mon trouble, répondit Renée. Mes craintes n'ont pas la même cause que les vôtres. Non, je ne doute pas de la tendresse de mon père, et cette tendresse serait un vain mot s'il s'opposait au désir de mon cœur. Ce qui met en moi la tristesse que vous voyez, Daniel, c'est la pensée que désormais ce qui était notre secret ne sera plus un secret, et que, jusqu'au jour où nous nous appartiendrons, nous n'aurons plus la liberté dont nous avons joui et qui nous a permis de nous apprécier, de nous aimer.

— Qu'importe ? s'écria Daniel. Rapprochés l'un de l'autre, séparés par la distance ou par les événements, nos cœurs ne peuvent changer. Nous avons l'amour, nous aurons la patience.

En parlant ainsi, ils avaient fait quelques pas sous les allées ombreuses, et ce fut sans s'en douter qu'ils se trouvèrent dans un bouquet de noisetiers où, durant les soirées précédentes, ils étaient venus quelquefois pour échanger leurs adieux. Des arbres de haute futaie prêtaient, en été, leur ombre à ce bosquet. Mais à cette époque de l'année, — on était alors dans les premiers jours de décembre, — il ne

restait plus de feuilles aux branches, qui s'étendaient
en tous sens, dépouillées et humides, portant le
deuil de leur parure printanière, détruite et dispersée
par les premiers vents de l'hiver. Des feuilles jaunies
jonchaient le sol et attristaient encore ce coin du
parc où tout était mystère et silence. C'est là que
Daniel et Renée se trouvèrent tout à coup sans savoir
comment leurs pas les avaient portés de ce côté. Elle
s'assit sur un banc qui se trouvait en cet endroit.
Daniel resta debout devant elle, et pendant quelques
instants, ils gardèrent l'un et l'autre le silence.

— Écoutez-moi, dit tout à coup Renée. Jusqu'ici,
nous nous sommes aimés librement, sans qu'aucun
obstacle se dressât entre nous. J'ai la certitude que
l'arrivée de mon père n'en fera pas naître et que notre
bonheur n'en sera que plus vite assuré. Il faut cependant tout prévoir. Si, par des circonstances indé-
pendantes de notre volonté, notre amour était menacé, il faut que nous soyons tellement sûrs l'un de
l'autre que notre confiance mutuelle ne puisse en
rien être altérée...

— Ne doutez jamais de moi, quoi qu'il arrive! s'é-
cria Daniel.

— Je ne doute pas plus de vous que vous ne doutez de moi, mon ami. Mais nous ne saurions trop
nous répéter de telles paroles, afin que le souvenir
que nous en garderons devienne le préservatif le
plus sûr contre toutes les pensées mauvaises dont
nous pourrions être assaillis et qui nous condui-

raient, si nous les écoutions, au découragement.

— Ah! vous le voyez bien, s'écria tristement Daniel, quelque confiance que vous ayez dans la bonté de votre père, son retour vous alarme. Vous craignez qu'il ne blâme votre choix, qu'il ne vous refuse son consentement et que notre mariage ne soit impossible.

Rénée fit un geste de dénégation et dit :

—Impossible!.. Daniel, n'oubliez jamais les paroles que voici : Non, mon père ne s'opposera pas à notre bonheur. Il ne voudra pas briser nos cœurs, séparer ce que Dieu même a uni, m'enlever la joie infinie de récompenser le courage de celui qui me sauva la vie, en lui donnant ma main. Mais si mon père, contrairement à de telles espérances, s'opposait à nos projets, ils seraient retardés, mais non détruits. Nos âmes sont assez sûres l'une de l'autre pour pouvoir attendre, et nous attendrions. J'ai dix-huit ans. Dans trois ans, je serai majeure, et quelles que fussent alors les conséquences d'une résistance à la volonté paternelle, je serais à vous, parce que je l'ai promis, parce que je vous aime et parce que je vous aimerai toujours.

En parlant ainsi, Renée, entraînée par son émotion, s'était levée peu à peu, et quand elle s'arrêta, elle se trouvait debout devant lui, l'œil en feu, les lèvres frémissantes, adorablement belle et comme illuminée par la flamme qui brûlait dans son cœur. Daniel, éperdu, se leva à son tour.

— Merci, merci, ma chère aimée !

Il ne put rien dire de plus. Mais il tomba à genoux devant sa fiancée, et lui prenant les mains, il les couvrit de baisers et de larmes.

— Oh ! l'heure divine ! murmura la jeune fille.

Et sa tête charmante se renversa en arrière, ses yeux se fermèrent comme si elle eût voulu retenir et à jamais fixer en elle le souvenir de ces instants. Ce fut une minute enivrante. Lorsqu'elle en eut largement savouré la douceur, elle reprit :

— Daniel, vous avez entendu mes promesses, je jure de les accomplir.

— Et moi, répondit Daniel, je jure d'être digne de vous.

Ce fut tout. Daniel se releva. Ils se dirigèrent vers la grille d'entrée. Là, ils prirent congé l'un de l'autre.

— Ne revenez que lorsque je vous aurai fait appeler, dit Renée à Daniel, en lui donnant la main une dernière fois.

Il s'inclina silencieusement. Puis, le cœur gros, les yeux pleins de larmes, il s'éloigna d'un pas rapide. Le regard de Renée le suivit jusqu'au moment où il eut disparu derrière les arbres qui bordaient la route.

Quelque encourageantes qu'eussent été les paroles de sa fiancée, Daniel était en proie à une tristesse mortelle. Depuis l'heure où, sur la plage d'Houlgate, il avait connu cette jeune fille, jusqu'à ce jour, il avait vécu comme dans un rêve merveilleux, sans s'inquiéter de l'avenir et ne songeant qu'à jouir des féli-

cités de cet amour chaste et idéalisé. Il ne s'était jamais dit que Renée ne jouissait pas encore de la
liberté de ses actes, qu'elle dépendait de son père et
que, seul, ce dernier pouvait permettre ou défendre
la réalisation de leurs espérances. A ce temps de joie
infinie, si rapidement écoulé, succédait la réalité.
Daniel pensait :

— M. de Brucourt ne me connaît pas. Suffira-t-il,
pour qu'il veuille me laisser entrer dans sa famille,
que Renée lui dise qu'elle m'aime et qu'elle est aimée? Lorsqu'il saura que je n'ai ni position, ni fortune, que mon seul bien, c'est le nom honorable et
honoré que je porte, ne me prendra-t-il pas pour un
intrigant, un ambitieux qui, en cherchant à obtenir
la main de Renée, n'a eu en vue que sa dot?

Ces réflexions n'étaient point faites pour rassurer
Daniel, et il arriva à l'Ermitage dans un tel état de
découragement et d'inquiétude que Jabin n'eut aucune peine à lui en arracher la confidence. Daniel
raconta tout ce qui s'était passé le matin entre lui et
Renée, et expliqua pourquoi son cœur était livré au
doute.

— Je n'entends rien à de tels sentiments, lui répondit Jabin. Mais je vois cependant que mademoiselle
de Brucourt vous a fait une promesse formelle. Eh
bien, est-elle femme à tenir cette promesse? Vous
ne devez rien vous demander de plus, car tout est là.
Si vous la croyez énergique autant qu'aimante et dévouée, vous devez attendre sans inquiétude que l'a-

venir vous unisse. Si, au contraire, elle est faible,
facile aux influences qui vous seraient contraires, eh
bien ! mon cher enfant, oubliez-la, partons, allons
voyager jusqu'au jour où votre cœur sera guéri.

— Combien ta raison est forte ! répondit Daniel en
souriant. Me voilà réconforté par tes paroles. Je m'a-
larmais à tort. Renée est énergique autant qu'aimante
et dévouée, et j'ai la certitude qu'elle saura résister
aux obsessions qui auraient pour but de détruire mon
souvenir et ses promesses.

— Alors, attendez patiemment qu'elle vous rappelle.

Ce fut le dernier mot de Jabin. Daniel résolut en
effet de s'armer de patience. Il était jeune. Il pouvait
laisser au temps le soin de dénouer la situation et de
renverser les difficultés présentes ou à venir.

— Dussé-je attendre trois ans, cinq ans, dix ans,
elle me trouvera toujours fidèle et toujours épris de
sa grâce et de la beauté de son âme.

— Et vous ne serez plus triste ? demanda Jabin.

— Plus du tout, mon sergent, je te l'affirme.

— C'est que si vous saviez combien je souffre de
vos peines et combien je me réjouis de vos joies !

En prononçant ces paroles, Jabin regardait Daniel
d'un œil attendri. Il reprit :

— Je serais si heureux que la vie vous devînt bonne !
La Providence vous doit bien ce dédommagement.
Votre père, tué sur un champ de bataille en vous
laissant orphelin ; madame Sophie, qui devait le remplacer auprès de vous, victime d'un épouvantable

malheur, sa maison brûlée, la fortune qu'elle vous
destinait anéantie; votre notaire noyé à quelques semaines de là et les titres de la succession de M. de
Maldrée perdus avec lui; n'est-ce pas là un concours
fatal de circonstances terribles? Elles pèsent encore
sur votre destinée, et le ciel serait juste en vous donnant enfin une bonne part de joies pour vous faire
oublier les maux passés...

— Dont, grâce à toi, le poids a été bien léger.

— Oh! ne parlons pas de moi! j'ai fait mon devoir
et je n'ambitionne qu'une récompense : votre amitié
et la douceur de vous voir heureux.

— Brave cœur! s'écria Daniel en étreignant de
ses mains celles de son sergent, tu as toute ma tendresse et je veux travailler ardemment à assurer mon
propre bonheur, puisque ce sera concourir au tien.

C'était durant la soirée du même jour. Le vent soufflait avec violence sur le plateau où est construit le
château de Brucourt. Le bruit de la mer s'y mêlait
impétueux, furibond, grondant sans cesse avec des
hurlements singuliers et mystérieux. Des rafales de
pluie sillonnaient l'air, fouettaient les arbres qui cra-
quaient et se tordaient avec fracas. C'était un tumulte effroyable dont la nuit augmentait l'horreur.
Huit heures venaient de sonner à toutes les pendules
du château. Renée et Lisbeth étaient ensemble dans
le vaste salon du rez-de-chaussée. Dans la cheminée
haute et large, flambait un feu de bois, gai, pétillant,
dont les flammes capricieuses jetaient sur les meu-

bles leurs rougeâtres reflets. D'ailleurs, il était facile
de remarquer dans toute la maison un mouvement
inusité. Des domestiques en grande livrée achevaient
de dresser dans la salle à manger, une table de trois
couverts. Une lampe suspendue au-dessus de cette
table répandait sur l'argenterie et sur les cristaux sa
douce clarté. Au fond des cuisines, situées dans le
sous-sol, on entendait ronfler les fourneaux, et le
chef, comme un général au moment de livrer bataille,
donnait ses ordres à deux marmitons qui lui obéis-
saient activement et en silence.

— Ne trouvez-vous pas, Lisbeth, que mon père est
en retard ? demanda tout à coup Renée à sa gouvernante, assise devant le feu.

— Non, mademoiselle, répondit Lisbeth. Votre
père vous prévient qu'il arrivera vers huit heures et
demie. Il en est huit à peine. Ainsi donc, veuillez
vous calmer. Vous voilà anxieuse, préoccupée, ne
pouvant tenir en place...

— N'est-il pas naturel que le temps me semble
long ? Trois mois se sont écoulés depuis que je n'ai
vu mon père.

— Sans doute, et vous avez encore à l'entretenir
de choses assez graves touchant M. Daniel. Vous
n'êtes guère rassurée en songeant qu'il peut vous
blâmer d'avoir agi sans son consentement. Je ne suis
pas plus rassurée que vous, allez ! car il pourra trouver mauvais, que je ne l'aie pas averti de ce qui se
passait ici. Mais, enfin, j'ai réuni toutes mes forces, et

je suis prête à affronter l'orage, si orage il y a.

En ce moment, un coup de vent plus impétueux que les autres coupa la parole à Lisbeth. Elle s'enfonça plus encore dans le fauteuil où elle était assise, étendit ses pieds vers le foyer, dans lequel Renée, tout en causant, venait de jeter deux grosses bûches.

— Ma chère Lisbeth, répondit la jeune fille en prenant place à côté de sa gouvernante, il n'y a d'orage que dans le ciel en ce moment, et nul autre n'est à craindre. Mon père n'est pas aussi sévère que vous semblez le croire, et si vous craignez son courroux, il me sera facile de lui donner à entendre que je vous ai tenue dans l'ignorance de mes relations avec M. de Maldrée.

— Non pas ! non pas ! ma mignonne, s'écria Lisbeth. J'entends porter la responsabilité de mes actions.

Renée reprit :

— Mon père est souvent triste, préoccupé, sans que j'aie pu deviner jamais la cause de la mélancolie noire à laquelle il est parfois livré. Mais il n'est ni méchant, ni sévère ; à supposer qu'il trouvât que j'ai agi imprudemment et que je ne parvinsse pas à lui démontrer le contraire, ses reproches seraient doux comme sa tendresse pour moi.

Au moment où Renée terminait sa phrase, on entendit un bruit de voiture roulant dans le parc.

— Le voilà ! s'écria-t-elle.

Et elle s'élança hors du salon. Elle arriva devant la porte du château en même temps que la voiture. La portière fut ouverte par un valet de pied, et un homme descendit, non sans quelque peine, car il était grand et assez gros, et ne possédait plus la jeunesse.

— Mon père ! mon bon père ! que je suis heureuse de vous voir !

Et Renée, sans donner le temps à M. de Brucourt de franchir le seuil de sa demeure, se jeta dans ses bras. Il la serra tendrement contre sa poitrine, et après l'avoir tenue là pendant quelques secondes, ils entrèrent bras dessus bras dessous, se dirigeant vers le salon. Ils trouvèrent Lisbeth debout dans l'encadrement de la grande porte. Elle salua profondément M. de Brucourt, et s'écarta pour le laisser passer.

— Bonsoir, mademoiselle Lisbeth, dit ce dernier en lui tendant la main. Veuillez faire servir sur-le-champ. Je meurs de faim et de soif. Il fait un temps abominable.

En même temps il s'approcha du feu et, se plaçant dans le fauteuil que Lisbeth occupait tout à l'heure, il essaya de se réchauffer. Renée s'accroupit devant lui, prit sa main et se mit à l'embrasser en riant. Alors seulement elle remarqua que son père était très-pâle.

— Souffrez-vous, mon père ? demanda-t-elle alarmée.

8

— Non, ma chère petite ; seulement j'ai eu froid et j'ai besoin de mettre dans mon estomac quelque chose de chaud et de réconfortant.

Renée se leva vivement pour presser à l'office. Mais au moment où elle allait quitter le salon, M. de Brucourt tourna la tête, vit derrière soi une partie de la pièce plongée dans l'ombre, frissonna et dit :

— Ma chérie, ne me laisse pas seul, veux-tu ?

Renée revint sur ses pas. Il ajouta :

— Pourquoi n'a-t-on pas fait plus de lumière ici? J'aime peu l'obscurité. Je viens de passer plusieurs heures dans les ténèbres, je m'y suis endormi au bruit de la tempête et j'ai eu un cauchemar horrible dont l'impression n'est pas encore dissipée.

— Monsieur est servi, dit en cet instant le maître d'hôtel.

M. de Brucourt fit un geste de satisfaction et, suivi de sa fille, se dirigea vers la salle à manger. Il prit place à table. Renée se mit en face de lui, et Lisbeth qui, à raison de l'affection que lui portait Renée, mangeait avec les maîtres, s'assit entre eux. M. de Brucourt, nous l'avons dit, était grand et fort. Il avait des épaules de géant, des bras énormes, une main qui pouvait, bien que relativement petite, assommer un bœuf. Il marchait en se voûtant un peu, ainsi que cela arrive communément aux hommes de haute taille. Ses cheveux, coupés courts, comme ceux d'un soldat, étaient gris, mais de cette nuance particulière propre aux blonds qui vieillissent. Son

visage, aux traits énergiques, dont une moustache
épaisse relevait la physionomie martiale, n'avait aucune distinction. Il était couvert de rides, et sous les
yeux d'un bleu sombre, on voyait une ligne de bistre
aussi noire que si elle eût été tracée avec un crayon.
Bien que M. de Brucourt eût environ cinquante-six
ans, et malgré la fatigue que révélait sa figure, il n'a-
vait pas l'aspect vieux. C'était l'effet de sa démarche
alerte et vive encore, malgré son embonpoint. Il tenait ordinairement les yeux baissés, et lorsqu'il les
relevait, c'était pour les fixer sur son interlocuteur
avec une expression maladive, éteinte, qui contras-
tait avec ce qu'il y avait de viril dans la physionomie.
A table, il mangea beaucoup et parla peu. Lorsque
le repas fut fini, il se leva pour revenir dans le salon, dont, par les ordres de Renée, on avait allumé
toutes les bougies. En entrant dans cette pièce chauf-
fée, éclairée, dont un riche tapis couvrait le sol, dont
les murs étaient dissimulés sous d'épaisses tentures
et qui réunissait tout ce que l'on peut désirer de confortable et de luxe, il se frotta les mains et dit :

— Décidément, l'on est mieux ici qu'au dehors.

Mais, en cet instant, le vent ayant secoué une
porte et jeté la pluie contre les vitres avec un grand
bruit, il tressaillit et, un moment ranimé, il retomba
dans son apathie accoutumée.

Renée s'approcha alors de Lisbeth et lui dit à voix
basse :

— Mon père est en proie à ses tristesses noires.

— Qu'est-ce donc? demanda M. de Brucourt, qui
avait entendu, sinon compris, les paroles de sa fille.

— Rien, mon père; un ordre que je priais Lisbeth
de donner.

— Quel ordre?

Renée demeura interdite.

— Tu me trompes, petite.

— Eh bien, fit résolûment Renée, je disais à Lisbeth que je vous trouvais triste comme si vous aviez
un grand chagrin.

— Moi! allons donc! je n'ai jamais été plus gai.
Viens m'embrasser, ma fille; et vous, Lisbeth, veuillez demander une pipe pour moi.

L'une et l'autre obéirent, et lorsque Renée se fut
dégagée de l'étreinte paternelle, un domestique remit
à M. de Brucourt une pipe en porcelaine blanche,
toute bourrée, et qu'il alluma sur-le-champ.

— Je désire causer avec toi, mon enfant, dit-il
alors.

Renée regarda Lisbeth avec une surprise mêlée de
crainte. Elle pressentait que cet entretien serait décisif pour sa destinée, et que le nom de Daniel y serait forcément mêlé.

— Je me retire, dit doucement Lisbeth en se dirigeant vers la porte.

M. de Brucourt ne la retint pas, et Renée vit bien
que son père allait lui parler de choses graves. M. de
Brucourt fumait lentement, les yeux fixés sur un tableau placé en face de lui, qui représentait une

femme idéalement belle. C'était la sienne, la mère de Renée, morte depuis dix ans. Il avait d'abord regardé ce portrait comme par hasard. Mais peu à peu, sa contemplation devint plus profonde. Sa pipe s'éteignit sans qu'il s'en aperçût, et entre l'image fixée sur la toile et lui-même, il ne vit plus rien, comme si un mystérieux échange de pensées l'eût entièrement absorbé. Renée devina ses préoccupations, sans en connaître l'objet. Elle voulut l'arracher à ses rêveries, sous l'empire desquelles son visage s'était attristé et avait pâli.

— Mon père, dit-elle doucement, vous avez à me parler.

— Tiens! je l'oubliais, fit M. de Brucourt.

Et par un vigoureux effort il parvint à se soustraire aux préoccupations qui l'obsédaient.

— Je voulais te dire, reprit-il, qu'il faudra faire tes préparatifs de départ. Nous partirons dans trois jours pour Paris.

— Dans trois jours! s'écria Renée surprise et affligée, en songeant qu'elle serait obligée de se séparer de Daniel.

— Cela t'étonne?

— Un peu, mon père. Nous restons habituellement jusque dans les derniers jours de décembre, et j'avais cru que nous ferions cette année comme les autres.

— Nous rentrons à Paris, mon enfant, d'abord parce que ce pays est humide, pluvieux, et que l'air

8.

de la mer est préjuciable à ma santé ; ensuite parce
que ta présence est nécessaire à Paris.

— Ma présence... nécessaire?...

M. de Brucourt déposa sur la cheminée sa pipe
éteinte, attira Renée près de lui, la fit asseoir sur ses
genoux et reprit :

— Écoute-moi, ma chère fillette. Tu as dix-huit
ans, et l'heure est venue où j'ai dû songer à ton établissement. Serais-tu disposée à te marier?

— Me marier! s'écria Renée avec épouvante.

— Cela n'a rien de si terrible, répondit M. de Brucourt en souriant. C'est ton bonheur qu'il s'agit d'assurer, et je ne veux rien faire qui puisse le compromettre.

Renée respira. Son père continuait :

— L'homme que j'ai songé à te donner pour mari,
et que tu n'accepteras, après tout, que s'il te convient,
est doux, aimable, bon. Il t'aime...

— Sans me connaître ?

— Il a vu ton portrait et je lui ai beaucoup parlé
de toi. C'est un prince russe qui a quitté son pays,
réalisé sa fortune et s'est établi en France. Pour devenir digne de ma fille, il s'est converti au catholi-
cisme; il a obtenu des lettres de grande naturalisation et n'a gardé de russe que son titre et son nom.
C'est le prince Bedleben. Veux-tu être princesse?

Si M. de Brucourt s'attendait à voir sa fille s'é-
prendre sur-le-champ du noble mari qu'il lui offrait,
et se laisser éblouir par la pensée de s'élever d'un

seul coup jusqu'au rang des grandes dames, il dut
être bien désappointé; car, pour toute réponse, Renée secoua la tête.

— Tu refuses? s'écria-t-il.

— Tenez-vous bien à me marier sur-le-champ?
demanda-t-elle froidement.

— Mais, le plus tôt possible. Comprends bien ceci,
ma Renée; à ton âge, une fille devient un peu em-
barrassante pour son père, surtout quand son père
est, comme moi, entraîné dans un tourbillon de plaisirs et d'affaires, obligé de voyager, de vivre fréquemment séparé d'elle, sans pouvoir lui laisser une mère
pour veiller sur elle, pour la protéger et la conseiller.
Et puis, je ne suis pas immortel, et si je venais à
mourir, quelle douleur n'aurais-je pas en te laissant
seule dans la vie?

Tandis que son père parlait, Renée s'était peu à
peu éloignée de lui, obéissant à un sentiment dont
elle ne se rendait pas exactement compte, mais qui
n'était autre chose qu'une tristesse profonde provoquée en elle par le raisonnement égoïste à l'aide duquel son père essayait de la convaincre. Elle l'écouta
jusqu'au bout, en regardant d'un œil distrait la
flamme qui dansait dans l'âtre. Lorsqu'il cessa de
parler, elle parla à son tour.

— Je ne pensais pas, mon père, que je pouvais
être pour vous un embarras. Je ne suis pas de ces
filles avides de plaisir, que l'on est obligé de conduire
dans le monde et de tenir en garde contre les périls

qu'elles y peuvent rencontrer. J'aurais consenti à
vivre ici seule avec Lisbeth, heureuse de vous embrasser lorsqu'il vous aurait été possible de vous rappeler qu'il y avait dans ce château un cœur qui vous
chérit, résignée sans peine à me contenter d'une existence solitaire et modeste. Mais, puisque vous en
avez décidé autrement, je ne refuse pas de vous obéir.

— Tu consens ! s'écria M. de Brucourt, que la première partie de ce petit discours avait affligé, mais
que la dernière phrase réjouit.

— Je consens à me marier, non pas avec l'homme
que vous m'offrez, mais avec celui que j'ai choisi.

— Tu as fait un choix?

— N'était-ce pas mon droit?

— Sans doute. Mais encore dois-je savoir...

— Vous saurez tout, mon père. Mon intention n'é-
tait pas de vous cacher la vérité, j'aurais provoqué
cet entretien, si vous ne l'aviez fait vous-même. Apprenez donc que j'aime, que je suis aimée et que je
n'aurai jamais d'autre époux que celui auquel je me
suis promise et dont j'ai reçu les serments.

— Qui est celui-là ? demanda M. de Brucourt avec
vivacité.

Renée poussa rapidement un tabouret près de son
père, s'y agenouilla, et, s'accoudant sur les genoux
de M. de Brucourt, les yeux levés vers lui, elle s'exprima ainsi :

— Vous devez vous rappeler qu'il y a environ trois
semaines, j'ai couru un grand danger?

— Ton cheval qui s'emporta, n'est-ce pas?

— Oui. J'allais être brisée contre les poteaux du parc, quand soudain un jeune homme qui passait sur la route et qui voyait mieux que je ne pouvais le voir moi-même le péril dans lequel je me trouvais, s'élança, au risque d'être écrasé à ma place. Mon cheval fut arrêté, contenu. Je pus mettre pied à terre. Je fus sauvée, plus heureuse que mon sauveur, qui, frappé en pleine poitrine, resta longtemps sans connaissance.

— Et c'est lui que tu aimes?

— Quand il revint à lui, nos visages se rencontrèrent, et du même coup nos cœurs se comprirent. Depuis, nous nous sommes vus tous les jours, et nous avons échangé des promesses contre lesquelles rien ne saurait prévaloir.

M. de Brucourt n'essaya pas de cacher sa surprise. Mais, s'il éprouva quelque colère, il sut se contenir et n'en rien laisser paraître. Ce fut d'une voix calme qu'il dit :

— Ce que tu m'apprends m'afflige beaucoup. Je ne te croyais pas capable d'une imprudence pareille, ni de profiter de mon absence pour ouvrir ma maison, sans mon consentement, à un inconnu qui n'a peut-être ni les qualités que tu lui prêtes, ni la position que tu crois.

— Mon père, je le connais bien. C'est le fils d'un des hommes les plus honorables de l'armée. Il porte un nom sans tache. Il est orphelin. Son père est mort comme un brave sur le champ de bataille, et, autant à cause de son nom que de la noblesse de son caractère et de la générosité de son cœur, il n'est pas une femme qui ne serait fière de s'allier à lui. On ne peut lui reprocher qu'une chose : sa pauvreté. Mais, à mes yeux, c'est un mérite de plus. D'ailleurs, grâce à vous, je serai riche.

M. de Brucourt interrompit sa fille et dit durement :

— C'est justement à cause de cela qu'il a songé à t'épouser.

Le visage de Renée s'empourpra. Ses yeux brillèrent d'indignation et d'une sainte colère.

— Ne le soupçonnez pas sans le connaître, s'écria-t-elle. Mettez-le à l'épreuve. Feignez d'être ruiné ou de me déshériter. Voyez quelle conduite il tiendra, et alors seulement vous pourrez le juger sans vous exposer à commettre une injustice.

L'énergie de ce langage frappa M. de Brucourt, et loin de l'irriter, le disposa à la douceur.

— Apaise-toi, ma belle furieuse, fit-il en souriant ; suis-je capable de vouloir autre chose que la réalisation de tes vœux ? Je n'ai aucun engagement avec le prince Bedleben. Il m'a demandé ta main. Je lui ai répondu que je te consulterais, que je te mettrais en sa présence, afin qu'il te fût donné de le connaître. Mais cela ne m'oblige à rien, et si celui que tu aimes est vraiment digne de toi....

— Oh ! combien vous êtes bon ! s'écria Renée en jetant les bras autour du cou de son père.

Il vit alors qu'elle était sous le poids d'une vive émotion, provoquée par la confidence qu'elle venait de faire.

— Tu ne m'as pas dit le nom de ton amoureux, répondit-il avec un sourire qui équivalait à un consentement.

— Il se nomme Daniel de Maldrée.

Ces paroles étaient à peines sorties des lèvres de Renée, que M. de Brucourt repoussa sa fille loin de lui, se leva livide et poussa un cri étouffé. En voyant son père livré à un double sentiment de surprise et d'horreur, Renée, épouvantée, voulut se rapprocher de lui pour lui porter secours. Mais il était déjà retombé dans son fauteuil, son front dans une main et faisant de l'autre un geste pour indiquer à sa fille qu'elle devait s'éloigner et le laisser seul.

— Mon père ! mon père ! s'écria-t-elle, qu'ai-je fait ? qu'avez-vous ? parlez-moi !

M. de Brucourt secoua la tête, tandis que de ses lèvres s'échappait ce nom qu'il ne pouvait prononcer sans terreur :

— Daniel de Maldrée !

— En quoi ai-je pu vous causer ce trouble ? demanda Renée suppliante.

— Sans le vouloir, mon enfant, tu as ravivé en moi une blessure ancienne et cruelle.

— Et c'est le nom de Daniel ?...

— Non ! mais un nom qui lui ressemble, se hâta de dire M. de Brucourt.

144   LE CRIME

Puis, voyant que sa fille allait de nouveau l'interroger, il ajouta :

— Ne me demande rien de plus. Le secret auquel
je viens de faire allusion ne m'appartient pas. Je n'ai
pas le droit de le révéler. Il ne te touche en rien,
d'ailleurs, et si tu m'as vu surpris et attristé, cela
tient à des causes étrangères à toi et à celui que tu
aimes.

Renée regardait son père comme si elle eût douté
de la sincérité de ses paroles.

— C'est la vérité que je te dis, reprit-il avec une
certaine vivacité. Quand j'affirme, tu dois me croire.

Il s'était levé, les yeux hagards, les lèvres pâles,
contractées ; il marchait à grands pas dans le salon.

— Je vous crois, mon père, je vous crois, répondit
Renée.

— Bien, mon enfant. Va, je veux être seul. Rentre
chez toi, couche-toi, dors. Demain, à ton réveil, tu
connaîtras ma décision.

— Votre décision ! n'est-elle donc pas prise encore ? Ah ! mon père, j'aime Daniel, ne l'oubliez pas !

A ce nom, M. de Brucourt tressaillit. Il fixa sur sa
fille des yeux dans lesquels elle ne put découvrir
d'autre expression que celle de la terreur et lui dit :

— Je ne l'oublierai pas, ma fille. Tu l'épouseras,
puisque tu l'aimes. Mais, je t'en prie, sors, laisse-
moi.

Elle se rapprocha de lui et lui tendit son front.

— Ne m'embrassez-vous pas ?

M. de Brucourt s'inclina et déposa ses lèvres glacées sur la peau brûlante de Renée, qui frissonna.

— Si vous vous sentez indisposé, il faudrait me le
dire. Je veillerais auprès de vous.

— Je n'ai besoin d'aucun secours, je ne veux personne, s'écria brusquement M. de Brucourt.

Alors Renée se décida à lui obéir. Elle marcha lentement vers la porte, se retourna avant de l'ouvrir,
essaya de sourire à son père et disparut. Ce dernier
était demeuré debout au milieu du salon. A peine
seul, il jeta un regard effrayé autour de lui, et d'une
voix qui trahissait la violence de ses émotions, il prononça ces mots :

— Fatalité ! voilà de tes coups ! Ma fille aime l'enfant que j'ai spolié, le fils de l'homme dont j'ai trahi
la confiance et assassiné les amis ! Jacques de Maldrée, ta vengeance va-t-elle commencer ?

Et se traînant, comme si toutes ses forces eussent
été soudainement brisées, il alla s'asseoir devant le
feu, bien en face de la flamme, car l'obscurité lui
faisait peur. Dans le personnage que nous avons
présenté sous le nom de M. de Brucourt, le lecteur
n'a eu sans doute aucune peine à reconnaître Malory. Plus de dix ans s'étaient écoulés depuis les
crimes dont il avait chargé sa conscience. Durant
ces dix années, Malory avait travaillé sans relâche
à accroître sa fortune, dont le fer, l'eau et le feu,
devenus les instruments de son forfait, lui avaient
fourni les éléments, et il y était parvenu. Toutes les

affaires qu'il entreprit, toutes les spéculations auxquelles il se livra tournèrent à bien. L'or de l'assassinat fructifia dans ses mains ; il devint riche au point
de pouvoir compter sa fortune par millions. Alors il
acheta la terre de Brucourt qu'on ne désignait point
encore ainsi. Puis, soit que le nom de son père qu'il
avait déshonoré, souillé, fût devenu trop lourd à
porter ; soit que, subitement enrichi, il fût désireux
de se métamorphoser en gentilhomme, il demanda
et obtint l'autorisation d'échanger ce nom contre
celui de Brucourt, qui appartenait à sa mère et sous
lequel il baptisa son château. La vie à ce moment
semblait lui sourire, il occupait dans le monde une
position honorée. Ses affaires étaient en pleine pros-
périté. Sa fille unique grandissait, devenait belle ; aux
yeux de tous, il passait pour un des heureux de la
terre. Depuis longtemps, il n'appartenait plus à l'armée, ayant donné sa démission, afin de jouir pleine-
ment de ses biens. Mais à titre de soldat, il avait une
réputation de bravoure, de loyauté qui ajoutait
encore au prestige que lui donnait sa richesse. Tout
donc paraissait lui être à souhait. Mais rien n'était
plus trompeur que l'apparence de cette félicité que
ses amis enviaient. Ce n'est pas que son âme, encore
pleine du souvenir de ses crimes, fût déchirée par
les remords. Il subissait quelque chose de plus que le
remords. Ce souvenir des actions passées l'obsédait,
accompagné de tout un cortége de visions lugubres,
de cauchemars sinistres, d'hallucinations terrifiantes ;

autant de choses qui le brisaient, sans lui apporter
les tristes, mais salutaires douleurs du repentir. Il ne
regrettait rien de ce qu'il avait fait ; car il ne possédait ni foi, ni croyance. Mais il subissait l'éternelle
crainte de voir ses infamies dévoilées, éclater au
grand jour, en le couvrant de honte, en entraînant
de terribles châtiments. Puis, les gémissements de
ses victimes retentissaient sans cesse à ses oreilles.
Ses yeux voyaient rouge, car, sur tous les objets, il
lui semblait qu'il y eût toujours un voile sanglant.
Des fantômes troublaient son sommeil. Madame Sophie, vêtue de blanc, pâle, échevelée, bâillonnée, le
mougik Alexis, le notaire Rubentel, le matelot Bucaille passaient devant lui, proférant des malédic-
tions. Il ne pouvait supporter ni l'obscurité ni la
solitude. Tous les soirs on allumait une veilleuse
dans sa chambre, et s'il ne faisait pas coucher un de
ses serviteurs auprès de lui, c'est qu'il craignait de se
trahir lorsqu'il se réveillait en sursaut, suant et épouvanté. C'est en vain qu'il avait demandé l'apaisement
aux caresses de sa fille, au mouvement des affaires,
aux entraînements des plaisirs faciles. Le souvenir
implacable le poursuivait partout, et faisait passer
devant lui des images qui ajoutaient à son effroi.
Tantôt il croyait être dans la maison de madame
Sophie, il se voyait allumant l'incendie ; tantôt il se
trouvait en barque dans la rade du Havre. Soudain,
les ondes sanglantes s'entr'ouvraient. Son regard pénétrait l'abîme ; sur un lit de rochers, parmi les plantes

vertes qui vivent au fond de la mer, il voyait le cadavre du matelot Bucaille, de la poitrine duquel
sortait le manche du poignard qui lui avait servi à
perpétrer le crime. Alors, il se penchait anxieusement ; ce cadavre semblait lui dire :

— Viens dormir auprès de moi du sommeil suprême. Je t'étreindrai ; je t'étoufferai dans mes em-
brassements.

Et il était tenté de mettre fin à ses jours. Mais la
mort lui faisait peur, non qu'il redoutât un châtiment
dans un autre monde. L'inconnu mystérieux qui est
au delà de nous l'épouvantait. Il ne voulait pas croire
en Dieu et il n'osait croire au néant. Ce qu'avait été
sa vie depuis dix ans, on le devine. A la surface, tout
ce que les hommes souhaitent pour eux, les joies de
la famille, les satisfactions de la richesse, les émotions des voluptés grossières. Au fond, la constante
contemplation d'un ruisseau de sang roulant des cadavres, spectacle qui faisait frémir tout son être et
d'où ses yeux ne pouvaient se détacher. Voilà pourquoi il était sans cesse tremblant, soupçonneux, dévoré par une mélancolie incurable, sujet à des rêves
sans fin dont s'effrayait sa fille qui n'en connaissait
pas les causes. Toutes les nobles émotions où les
âmes généreuses, sans reproche, trouvent du charme,
lui répugnaient, le blessaient. Les beautés de la nature, les arts, autant de choses désagréables à ses
yeux ; car elles contribuaient à le ramener au spectacle de son crime. Il était comme s'il eût supporté

le poids énorme d'une montagne tombant et retombant toujours sur lui, le meurtrissant, le broyant, sans parvenir à lui arracher la vie. Loin de s'affaiblir avec le temps, les impressions que nous venons de décrire devenaient plus vivaces; jamais peut-être Malory, que nous appellerons désormais du nom nouveau adopté par lui, n'en avait autant souffert qu'au moment où il était venu rejoindre sa fille à Brucourt, non pour y demeurer avec elle, mais pour la ramener à Paris. C'est dans ces circonstances que Renée lui révéla le doux secret de son cœur. On comprendra mieux maintenant quels tourments nouveaux ces révélations apportèrent dans cette âme misérable et déjà si troublée. Il était cinq heures du matin lorsque M. de Brucourt, qui s'était assoupi, brisé par ces terribles rêveries non moins que par les fatigues de son voyage, se réveilla brusquement. En s'endormant, vers minuit, il avait laissé un feu brillant sous le vaste manteau de la cheminée et autour de lui une lumière étincelante. A son réveil, ses yeux ne rencontrèrent que l'obscurité : les bougies des lustres s'étaient consumées, la flamme du foyer avait cessé de luire. M. de Brucourt se leva tremblant, le froid du matin ayant engourdi ses membres. Il fit quelques pas vers une croisée, guidé par la clarté crépusculaire qui venait du dehors et annonçait le jour. Il était sous l'empire d'un malaise indicible. Les ténèbres, le silence, le vent, tout contribuait à raviver en lui les pensées effrayantes que le sommeil avait inter-

rompues. Il frissonna de peur autant que de froid. Il
eut néanmoins la force d'ouvrir la croisée, afin de
donner une issue à la fumée qui remplissait le salon,
et il respira avec délices quelques bouffées d'air pur.
Mais soudain il fit un pas en arrière. Un cri étouffé
sortit de sa gorge. Appuyé contre le mur, au fond
de cette vaste pièce dont il lui semblait que les tableaux et les meubles dansaient autour de lui avec
des allures bizarres, il demeura immobile, effaré.
C'est qu'ayant ouvert la croisée, il avait d'un seul
regard embrassé l'étendue du pays et vu entre les
arbres, formidablement secoués par le vent, une pro-
cession de fantômes qui s'avançaient vers lui, vêtus
de longs voiles blancs, sur lesquels la lune jetait ses
capricieux reflets.

— J'ai peur, murmura-t-il.

La vision se dissipa.

— Ce n'est pas vivre, reprit-il. Toujours trembler!
Ne pouvoir, moi dont le courage fit des merveilles,
affronter les ténèbres.

Et, s'exaltant peu à peu au bruit de ses propres paroles:

— Je veux surmonter ces troubles passagers de
mon cerveau. Je les surmonterai.

Alors, il s'avança de nouveau vers la croisée ouverte, les bras croisés sur sa poitrine, le regard fière-
ment fixé sur les arbres du parc qui se tordaient avec
des contorsions échevelées. Tout à coup il s'arrêta,
indécis, et se remit à trembler. De nouveau, la peur
le dominait.

— Lâche que je suis ! s'écria-t-il.

Et par un suprême effort, il voulut avancer. Mais ses jambes, plus fortes que sa volonté, refusèrent de lui obéir, le ramenèrent en arrière.

— Là ! là ! je le vois !

Et son doigt désignait un objet effrayant. visible pour lui seul. Le malheureux était horrible ; quiconque l'eût vu en ce moment, l'aurait cru atteint d'aliénation mentale. Ses traits étaient bouleversés, sa face envahie par une pâleur verdâtre, ses yeux égarés, ses cheveux dressés sur la tête et tout son corps agité par une fièvre qui le brûlait et le glaçait tour à tour.

— Je les vois... C'est le commandant... Voici Bucaille... Voici Rubentel... Et cette ombre, c'est elle, c'est madame Sophie... Ayez pitié de moi !.. Ils franchissent la croisée... Ils entrent... Ils m'entourent... Ils m'étreignent... Pitié !... Je meurs... je... Au secours !... au secours !...

En arrivant à la fin de cette plainte qui trahissait la douloureuse puissance de ses souvenirs, il éleva la voix, tomba sur ses genoux, comme si une main inexorable l'eût brutalement frappé. Il resta là, sans mouvement, hébété, stupide. Soudain, dans une pièce voisine, il entendit du bruit. Ses cris avaient réveillé quelqu'un de ses serviteurs. On accourait à son secours. Il fut subitement rassuré, se releva, alla lui-même ouvrir la porte et éprouva un bien-être indicible en voyant son valet de chambre qui accourait, un flambeau à la main.

— Monsieur a appelé?

— Triple brute, s'écria-t-il, vous me laissez ici, endormi, sans lumière. Je me suis réveillé tout à l'heure. En voulant sortir de ce salon, je me suis heurté contre les meubles et je me suis blessé.

— Monsieur me pardonnera, je ne savais pas...

— Menez-moi dans ma chambre.

Le valet marcha devant lui et monta jusqu'au premier étage, où se trouvait la chambre de son maître. Par ses ordres, il alluma le feu et toutes les bougies.

— Maintenant, lui dit M. de Brucourt, vous n'avez qu'un moyen de vous faire pardonner votre incroyable négligence : c'est de taire ce qui vient de se passer. Ma fille serait alarmée en pensant que j'aurais pu me tuer. Si quelque chose du danger que j'ai couru arrive à ses oreilles, je vous chasse... Allez!

Le domestique se retira. M. de Brucourt s'approcha de la glace, s'y regarda. Il se fit peur. Il se mit à marcher autant pour se réchauffer que parce qu'il pensait qu'il ne pourrait dormir.

— Et dire que toutes mes nuits sont ainsi troublées! pensait-il, que je subis ces terreurs puériles, comme s'il y avait des fantômes, ou si ceux que j'ai tués n'étaient pas bien morts!

Il s'arrêta sur cette réflexion qui en éveillait une autre dans son esprit.

— Peut-être au fond de leur tombe ont-ils conservé une puissance surnaturelle et m'épient-ils pour se venger !...

Et, pour la première fois, il se demanda comment il pourrait apaiser les mânes irrités de ses victimes. Il se rappela les aveux de sa fille, la confidence qu'elle lui avait faite de son amour pour Daniel de Maldrée.

— Eh quoi! se demanda-t-il, j'aurai toujours devant les yeux ce jeune homme que j'ai dépouillé! je l'appellerai mon fils! je le presserai contre ma poitrine... Pourquoi pas? Si j'assure son bonheur en lui accordant la main de ma fille; si elle le rend heureux par sa tendresse; si, par les mains de sa femme, je rends à Daniel la fortune de son père!

— Ce sera une expiation qui ne te coûtera rien, lui souffla sa conscience, et le sang que tu as versé n'en coulera pas moins sous tes yeux comme un fleuve pour te rappeler ton crime.

Oui, Daniel sera riche. Ma fille lui tiendra lieu d'ange protecteur, toujours souriant. Elle lui adoucira les amertumes de la vie.

Et cette pensée qu'en contribuant avec l'aide de Renée au bonheur de Daniel, il apaiserait la terreur qu'apportaient avec eux les souvenirs du passé, domina bientôt toutes les autres, au point de lui procurer un soulagement qu'il n'avait pas goûté depuis longtemps. Durant quelques heures, il put se livrer à un sommeil réparateur. A son réveil, il faisait grand jour. Le château avait repris son mouvement accoutumé. Les valets d'écurie pansaient les chevaux. Dans le chenil, les chiens aboyaient. Au loin, on entendait mugir les bœufs, hennir les juments dans les pacages. La tempête était apaisée, le soleil brillait aux cieux et Brucourt sentait se dissiper l'horrible souffrance dont, durant cette nuit, il avait été la proie.

A dix heures, il se rendit dans la chambre de Renée. Il la trouva debout, prête à descendre dans le parc, attristée encore par le douloureux spectacle auquel elle avait assisté la veille. Elle accourut vers son père.

— Êtes-vous mieux ? lui demanda-t-elle, en l'embrassant.

— Je n'ai jamais été malade, chère mignonne. J'ai pu hier soir éprouver une impression pénible, mais il n'en reste plus rien.

— Vous m'avez bien effrayée !

— Vraiment ! fit-il avec une indifférence parfaitement jouée. Eh bien ! je vais changer ton effroi en bonheur.

Elle comprit.

— Je savais bien, répondit-elle, que vous ne voudriez pas me rendre malheureuse.

— L'aimes-tu ?

— Lui ! oh ! de toute mon âme !

— Mais n'est-ce pas un caprice de jeune fille ? Le mariage est chose grave, mon enfant. Auras-tu toujours pour celui que tu appelles Daniel la même tendresse ?

— Toujours !

— C'est une nature fière et charmante. Il est digne d'être heureux, et c'est autant pour lui que pour toi que je veux savoir si les sentiments qui vous lient sont sincères et durables. Il faut que tu t'engages à travailler à son bonheur !

— Vous le connaissez donc? demanda ingénument Renée.

— Non ! mais je devine ce qu'il est et ce qu'il vaut.

— Eh bien, mon père, j'affirme que nous nous aimerons jusqu'au dernier souffle.

— Alors, mon enfant, je ne m'oppose plus à votre mariage. Tu peux lui écrire que je désire qu'il me soit présenté.

Renée ne put contenir l'excès de sa joie. Elle sauta au cou de son père, qui tressaillit en sentant sur son visage les baisers et les larmes de cette créature innocente.

La veille de ce jour, Daniel de Maldrée, en se séparant de Renée, avait résolu d'attendre patiemment le résultat de la demande qu'elle devait adresser à son père. Quelle que fût son anxiété, il ne voulait pas se montrer moins courageux que Renée. Elle lui avait mis au cœur une espérance indomptable, sous laquelle il étouffait les craintes qui naissaient à chaque instant dans son cœur amoureux. Néanmoins, il n'osait compter sur une issue trop rapide. Il ne pensait pas que Renée pût sur-le-champ entretenir son père de ses désirs, et il était résigné à laisser s'écouler plusieurs jours et même plusieurs semaines sans la voir et sans rien savoir. C'est dans ces dispositions qu'il était rentré à l'Ermitage. Jabin comprit ses préoccupations sans en deviner entièrement l'objet, et comme il le vit disposé au silence et à la rêverie, il n'osa l'interroger. Ce soir-là, on se coucha de bonne heure à l'Ermitage. Le matin, bien que la tempête, qui avait duré toute la nuit, fût apaisée, comme il faisait froid, Daniel resta fort tard dans son lit. Il ne dormait pas. Il pensait à Renée, et ses esprits flottaient dans un vague charmant qui n'est ni la réalité ni l'illusion, et à travers lequel les choses, espérances et souvenirs, apparaissent douces et calmes. Un feu vif, allumé par Jabin, brillait dans la cheminée, et sa flamme se confondait avec les rayons d'un pâle soleil qui pénétrait dans la chambre en se jouant. Tout était paix dans Daniel et autour de lui. L'image de sa bien-aimée planait devant ses regards charmés et son âme s'exaltait lentement en aspirations délicieuses. Vers dix heures, Jabin entra tout à coup dans la chambre. Il tenait à la main une lettre.

-- Mon enfant, dit-il à Daniel, un homme vient d'apporter ce billet pour vous. Il prétend que c'est pressé.

— Y a-t-il une réponse?

— Il le croit.

Daniel avait pris la lettre et regardait l'adresse.

— C'est de Renée, pensa-t-il.

Et il se mit à trembler, n'osant déchirer cette enveloppe sous laquelle était sans doute son destin.

— Êtes-vous malade? demanda vivement Jabin.

— Je suis ému, répondit Daniel.

— Pourquoi donc?

— Ne devines-tu pas?

— Quoi?

— Ceci vient d'elle.

— Elle!

— Oui, Renée.

— Et c'est pour cela que vous tremblez?

Au lieu de répondre, Daniel déchira l'enveloppe d'un mouvement rapide, ouvrit le billet qu'elle contenait et lut. Jabin, qui l'observait d'un air anxieux, vit son visage pâlir et rougir tour à tour, puis prendre une expression de béatitude infinie.

— Mon sergent, je me marie! s'écria Daniel.

— Vous vous mariez?...

— Tiens, lis!

Et il tendit la lettre à Jabin. Elle était ainsi conçue :

« Venez sur-le-champ. Mon père consent à notre bonheur. — Renée. »

Tandis que le sergent parcourait lentement ces deux lignes, Daniel s'était levé. Habillé en un clin d'œil, il se précipita dans la pièce voisine où attendait l'homme envoyé par Renée, et, lui donnant un louis, il lui dit :

— Annoncez à mademoiselle de Brucourt que je serai au château une heure après vous. Allez, mon ami.

Le domestique, ébloui par la générosité de Daniel, se retira en formulant des remercîments sans nombre, et le jeune homme rejoignit Jabin.

— Je ne savais pas que les choses fussent aussi avancées, objecta Jabin.

— Tu ne savais pas?

— Qui me l'eût appris?

— Je croyais t'avoir dit...

— Rien, sinon que vous étiez amoureux et aimé. Mais je ne supposais pas que votre mariage dût avoir lieu aussi tôt.

En prononçant ces mots, Jabin devint si triste, si pâle, que Daniel, confus et alarmé, lui dit :

— Cela te fâche-t-il?

— Votre bonheur, me fâcher! Vous ne le croyez pas, Daniel. Non, je suis heureux, très-heureux, au contraire...

— Montre ta joie, alors, au lieu de pleurer, ajouta Daniel, car tu pleures!

Il ne se trompait pas. Deux larmes roulaient lentement sur les joues brunes du sergent Jabin. Il y eut un court silence.

— Écoutez-moi, mon enfant, fit alors le sergent. Je serais désespéré si vous alliez vous méprendre sur la cause de mes larmes. Je vous aime trop pour éprouver autre chose qu'un très-grand contentement, en songeant que, par un brillant mariage, vous allez du même coup vous vouer à la femme que vous aimez et qui vous aime, et acquérir une fortune conforme au nom que vous portez et au rang auquel vous étiez destiné si votre père eût vécu.

— Mais, alors...

— Attendez, reprit doucement Jabin. Je vous aime également trop pour ne pas être affligé en songeant que ce mariage inespéré va brusquement me séparer de vous.

— Me séparer de toi ! Que chantes-tu là ?

— Sans doute! Que feriez-vous d'un vieux soldat, d'un rustre tel que moi dans votre maison?

Il allait continuer, mais Daniel l'interrompit.

— A ton tour, écoute-moi, lui dit-il. Jamais, entends-tu bien, jamais tu ne nous quitteras. Renée, sans t'avoir vu, te connaît par tout ce que je lui ai dit de toi et t'aime pour toute la tendresse que tu m'as constamment prodiguée. Elle sait mes desseins et les approuve. Il est donc convenu que tu vivras toujours avec nous, à Paris quand nous serons à Paris, à la campagne quand nous serons à la campagne. Tu te reposeras s'il te convient de te reposer ; tu veilleras sur nos intérêts, sur nos propriétés s'il te plaît d'y veiller. Enfin, si nous avons des enfants, tu leur apprendras tout ce que tu m'as appris, l'équitation, l'escrime...

— Voilà ce qui me va! s'écria Jabin. Il me suffira d'être encore quelque chose pour vous, pour que rien ne manque à ma félicité.

Et le sergent souriait à travers ses larmes. Daniel se jeta à son cou en disant :

— Une bonne fois pour toutes, sache que je t'aime autant qu'un fils peut aimer son père, et que tu seras toujours traité comme tel partout où je serai.

Jabin eut promptement recouvré sa sérénité.

— Maintenant, ajouta Daniel, prépare-toi à m'accompagner au château de Brucourt.

— Vous accompagner, moi?

— Sans doute! Ne faut-il pas que tu fasses connaissance avec ta nouvelle famille, qu'elle connaisse au plus vite l'homme qui m'a élevé?

— C'est que je vais faire une piètre figure au milieu de ce beau monde...

— Tu y tiendras, au contraire, merveilleusement ta place. D'ailleurs, ce beau monde se compose, à l'heure qu'il est, du baron, de sa fille et de mademoiselle Lisbeth, une gouvernante qui possède la confiance de Renée et lui sert de chaperon.

— Allons, je vous obéirai, répondit Jabin.

Daniel envoya le domestique à Dives d'où il devait ramener une voiture, l'état des chemins, pendant l'hiver, ne permettant pas d'aller à pied au château, alors qu'il s'agissait d'une visite solennelle. Une heure après, Daniel de Maldrée et le sergent Jabin quittaient l'Ermitage pour se rendre chez le baron de Brucourt. Il était une heure de l'après-midi. Le baron, pâle et attristé, était assis dans le salon où nous avons vu, durant la nuit précédente, son imagination égarée, terrifiée par les reproches de sa conscience, créer des fantômes terribles, images saisissantes des remords qui l'obsédaient. Dans cette vaste pièce, meublée avec un luxe merveilleux et dont la physionomie générale ne semblait pouvoir éveiller que des idées joyeuses, il attendait l'arrivée de Daniel de Maldrée avec autant d'impatience que de trouble. Après les visions de la nuit, il comprenait qu'il n'avait qu'un moyen de recouvrer la paix de son âme, c'était de se rendre aux désirs de sa fille. Mais, en même temps, il ne pouvait se dire, sans trembler, qu'il allait se trouver en présence du fils de l'homme dont il avait précipité la mort, violé la confiance, dérobé la fortune; autant de crimes qui l'avaient entraîné à en commettre de plus grands. Néanmoins, ne pouvant plus éviter cette confrontation si cruelle pour lui, il la désirait ardemment, comme on désire, à la veille d'un danger inévitable, de le voir se produire, afin de se rapprocher du moment où, si l'on y échappe, on pourra se réjouir de l'avoir conjuré. Renée était auprès de lui, radieuse de jeunesse et de beauté, le sourire sur les lèvres, la joie dans les yeux. Elle portait vers son père des regards chargés de reconnaissance. Elle semblait lui dire :

— Je vous remercie d'avoir consenti à mon mariage. Je vous devrai le bonheur de ma vie.

Et l'ivresse de son cœur était telle qu'elle ne voyait pas la sombre inquiétude répandue sur les traits de M. de Brucourt. Soudain, un domestique entra.

— M. le comte Daniel de Maldrée demande à voir M. le baron, dit-il.

— Qu'il entre ! s'écria joyeusement Renée.

Elle se leva comme si elle eût voulu aller à sa rencontre. Son père l'arrêta :

— Un moment, fit-il.

Et se levant à son tour, il s'approcha de Renée, la prit par le bras et, l'entraînant doucement vers une porte opposée à celle par laquelle Daniel devait passer, il lui dit :

— Ma chère Renée, laisse-moi seul avec ce jeune homme. Il convient que je le voie en tête-à-tête.

— Pourquoi donc ? demanda vivement Renée.

— Pour l'interroger, pour apprendre à le connaître, pour savoir si son amour est sincère ou s'il ne cache pas, derrière les semblants de l'amour, l'unique désir de posséder ta fortune.

— Vous lui faites injure, mon père !

— Non, ma chérie. Je ne doute pas de ses sentiments, mais ma conscience m'ordonne d'être prudent. Il n'y a rien là qui le puisse blesser. Sois sans crainte. Va, je t'appellerai quand il sera temps.

Renée obéit à regret. Elle disparut lentement, jetant derrière elle des regards fugitifs comme si elle eût caressé l'espoir de voir Daniel et de l'engager à défendre leur cause commune. Demeuré seul, M. de Brucourt revint sur ses pas. En passant devant une glace, il s'y regarda. Il était pâle.

— Ne suis-je donc plus un homme ? se demanda-t-

il. Allons! allons! il ne sera pas dit que le capitaine
Malory aura tremblé devant un enfant.

Sur son ordre, le domestique introduisit Daniel,
tandis que, pour se donner une contenance, M. de
Brucourt avait pris un journal et feignait de le lire
attentivement. Au bruit des pas de Daniel, il ne
se retourna pas. Mais quand il devina que le jeune
homme était à ses côtés il leva la tête. Le journal
tomba de ses mains, et ce ne fut que parce qu'il se
tenait sur ses gardes qu'il retint le cri d'effroi prêt
à sortir de ses lèvres. Il avait devant lui l'image
vivante du commandant Jacques de Maldrée, mort
sous ses yeux devant Sébastopol. Entre le commandant tel que Brucourt l'avait vu autrefois et Daniel,
il n'y avait d'autre différence que celle de l'âge. Mais
c'étaient les mêmes traits, le même regard profond,
mâle et doux ; il semblait au criminel qu'il avait devant soi sa première victime. Il resta immobile, muet,
comme plongé dans des réflexions douloureuses.
Daniel, embarrassé, attendait qu'il commençât l'entretien. Mais, voyant qu'il ne parlait pas, il crut à
une erreur.

— Peut-être ne vous a-t-on pas dit mon nom,
monsieur le baron ?

— Au contraire! au contraire! s'écria Brucourt,
que cette parole rappela à lui. Vous êtes le comte de
Maldrée. Veuillez vous asseoir.

Daniel obéit. Brucourt prit place en face de lui,
dans l'ombre. Il avait peur que son interlocuteur ne

devinât, au jeu de sa physionomie, quels tourments
le torturaient. Ce fut Daniel qui, le premier, rompit
le silence.

— Alors, reprit-il, vous connaissez l'objet de ma
visite?

— Renée m'a tout dit. Vous aimez ma fille, monsieur?

— C'est vrai.

— Elle vous aime?

— Vous l'a-t-elle dit?

— Elle devait me le dire, et c'est en raison de cet
aveu que, voulant faire son bonheur, je ne m'oppose
pas à cette union.

— Merci! merci! s'écria Daniel avec effusion.

— Vous savez sans doute que Renée est mon
unique héritière? continua le baron. Je n'ai pas
d'autre enfant. Sa mère est morte. Tous mes biens
lui reviendront. En attendant, je lui constituerai une
dot de...

Daniel l'interrompit.

— De grâce, monsieur, fit-il tristement, ne me
parlez pas ainsi avant d'avoir acquis la conviction
que l'amour qui remplit mon cœur est noble, ardent,
désintéressé.

— Je n'en ai pas douté.

— C'est que, lorsque vous me parlez de la fortune
qui appartiendra à mademoiselle de Brucourt, vous
me rappelez que je suis pauvre, que la mienne se ré-
duit à rien. Mon père était riche.....

— En effet, répondit audacieusement Brucourt, quoique j'aie peu connu votre père, j'avais entendu parler de lui, ayant été soldat, moi aussi, et j'aurais cru qu'il vous avait laissé un patrimoine.

— C'est la vérité. Mais une aventure mystérieuse, épouvantable, qui a suivi sa mort, a fait disparaître l'héritage. Je me suis trouvé orphelin, pauvre, et n'ai dû de ne pas mourir de misère qu'à un brave soldat qui, après avoir fidèlement servi mon père, m'a élevé et protégé jusqu'au jour où j'ai été homme.

— A quelle aventure faites-vous allusion ? demanda Brucourt qui, se trouvant pour la première fois depuis dix ans en face de son crime, voulait connaître ce qu'en croyait et ce qu'en pensait le fils de l'une de ses victimes.

— La fortune de mon père était entre les mains d'une femme qu'il devait épouser et qui l'avait suivi en Crimée. Il m'avait recommandé à elle. Mais, le lendemain de sa mort, la maison qu'habitait cette femme fut dévorée par un incendie dans lequel elle périt. Les valeurs qui constituaient mon patrimoine furent détruites.

— C'étaient sans doute des valeurs dont le recouvrement eût été possible, si l'on en avait eu la liste.

— Cette liste existait, monsieur. Elle était, paraît-il, restée entre les mains d'un notaire du Havre. Mais, par une fatalité cruelle, le pauvre homme se noya, et l'on ne put retrouver dans ses papiers celui qui m'eût été si précieux.

— Voilà de bien grands malheurs! objecta Brucourt; mais peu importe aujourd'hui, ma fille est assez riche pour deux.

— Vous êtes convaincu, monsieur, s'écria Daniel, que c'est pour elle que je l'aime et non pour sa fortune?...

— Votre père passait dans l'armée, quand j'en faisais partie, pour le plus noble, le plus chevaleresque des hommes. Son fils ne peut que lui ressembler.

Daniel pleurait doucement en entendant rendre hommage à cette chère mémoire. Une question nouvelle se présenta aux lèvres de Brucourt :

— Comment avez-vous connu l'existence de cette fortune et des titres qui l'établissaient? demanda-t-il.

— Par ce soldat dont je vous parlais tout à l'heure...

— Il vit toujours?

— Il m'a tenu lieu de père. Il m'a suivi ici, il attend que je l'engage à se rendre auprès de vous. Il se nomme le sergent Jabin.

Une pâleur plus livide encore envahit le visage de Brucourt. Mais Daniel n'en vit rien, car il s'était levé pour appeler Jabin qui, en l'attendant, se promenait dans le parc. A l'appel de son nom, Jabin se retourna. Il vit Daniel debout devant la porte d'entrée et vint en toute hâte vers lui.

— Que désirez-vous? demanda-t-il à Daniel.

— Te présenter au baron de Brucourt. Il veut te connaître.

Le sergent jeta sur sa toilette un rapide regard ; sa tunique noire boutonnée de haut en bas, le ruban de la médaille de Crimée attaché sur sa poitrine, révélaient l'ancien sous-officier.

— Il verra que je ne suis pas de son monde, objecta-t-il. Il me dédaignera.

— Toi ! allons donc !

Et Daniel entraîna Jabin dans le salon. M. de Brucourt n'avait pas changé de place. Mais ses traits étaient de plus en plus décomposés, altérés.

— Voilà un homme bien malade ! pensa Jabin à première vue.

Daniel lui prit la main, et l'amenant à Brucourt :

— Monsieur le baron, dit-il, j'ai l'honneur de vous présenter l'homme qui m'a tenu lieu de père. Partout où il se trouve avec moi, il est traité comme mon égal.

Brucourt, surmontant son trouble, s'inclina en essayant de sourire. Il tendit la main à Jabin, qui la serra et fut tout surpris de la trouver glacée.

— Décidément, se dit-il de nouveau, cet homme n'a pas longtemps à vivre.

Brucourt faisait des efforts surhumains pour conserver une contenance calme, mais il était en proie à un inexprimable malaise. Depuis qu'il était devenu criminel, il ne s'était guère passé de jour, d'heure, durant lesquels il ne pensât à son crime. Mais, chaque jour, en mettant l'éloignement entre lui et son forfait, diminuait ses craintes. Il ne redoutait plus d'être découvert. Et voilà que soudain, le hasard le jetait au milieu de ceux qui étaient les plus intéressés à connaître la vérité. Le fils de l'une de ses victimes frappait à la porte de sa maison et sollicitait l'honneur d'entrer dans sa famille. Le sergent qui avait reçu les confidences du commandant de Maldrée et qu'il avait cru mort, apparaissait soudain devant lui, prenait place dans sa vie, à la suite de Daniel. C'était plus qu'il n'en fallait pour dissiper les illusions qu'il aimait à caresser touchant le secret de son forfait. Pour la première fois, il avait sérieusement peur. Jusqu'à ce moment il s'était dit :

— Qui pourra jamais connaître la vérité ? Ceux que j'ai tués, madame Sophie, Rubentel, Bucaille, ne parleront pas. Le fils du commandant ne saura pas la cause du désastre qui l'a ruiné. Le sergent Jabin qui, dépositaire des secrets de M. de Maldrée, aurait pu croire à un crime, est mort.

Il s'était trompé, Jabin vivait. Non-seulement il vivait, mais, par suite du mariage de Daniel, il serait fréquemment aux côtés de l'assassin, il l'étudierait, apprendrait à le connaître, et si une exclamation tombait des lèvres de ce dernier, Jabin serait là pour l'entendre, la commenter, en tirer des conséquences fatales. Brucourt se savait sujet à des hallucinations semblables à celles de la nuit précédente. Il n'ignorait pas, son valet de chambre le lui avait dit à deux reprises, que parfois, durant son sommeil, des paroles incompréhensibles sortaient de ses lèvres.

— Si Jabin allait par hasard les entendre, se demandait-il, ne devinerait-il pas?

Telles étaient les pensées qui l'obsédaient, tandis qu'il essayait de répondre à ses deux interlocuteurs, surpris de ces distractions continuelles.

— Je m'alarme sottement, pensa-t-il tout à coup. Encore faut-il savoir si ce maudit soldat a arrêté un seul instant sa pensée sur la possibilité d'un crime.

M. de Brucourt reprit, en s'adressant à Jabin:

— Vous aimiez beaucoup le commandant de Maldrée?

— J'avais servi quinze ans sous ses ordres; quinze ans, j'avais été honoré de sa confiance. La veille même du jour où il fut tué, il m'avait communiqué ses dernières volontés, en mettant sous ma protection son fils qu'il redoutait de laisser orphelin. Par la manière dont il me jugeait, vous pouvez voir, monsieur le baron, que j'avais pour lui un attachement indissoluble.

— Que vous avez reporté sur son fils.

— Je n'ai fait que mon devoir, et j'ai mis d'autant plus d'ardeur à l'accomplir que la ruine de M. Daniel me l'a rendu plus cher.

— Ce malheur est arrivé dans des circonstances bien singulières, reprit Brucourt, qui voulait faire parler Jabin, afin de connaître toute sa pensée.

10

— La fatalité s'en est mêlée, répliqua celui-ci. Elle voulut que je fusse grièvement blessé en même temps que mon cher commandant. Je ne pus donc remplir la mission dont j'étais chargé, c'est-à-dire me rendre auprès de la personne qui avait en sa possession tous les biens du comte et qui devait me les remettre ou les apporter en France.

— Qui était cette personne?

— Elle se nommait Sophie Sterowski. Le commandant l'aimait. Elle lui avait accordé sa main et promis de servir de mère à M. Daniel. Elle périt misérablement dans un incendie...

— Est-on sûr qu'elle y ait trouvé la mort?

— On découvrit trois cadavres calcinés dans les décombres fumants de sa maison. On savait qu'elle était seule dans cette maison avec deux serviteurs. On n'a pas reconnu ses traits. Mais sur le corps qu'on a pensé être le sien, on a trouvé les vêtements qu'elle portait.

— Et ne connut-on jamais la cause de l'incendie?

— Jamais. Je n'en eus malheureusement connaissance que six semaines après, ayant été moi-même durant ce temps entre la vie et la mort. C'était déjà trop tard pour faire une enquête, puisque le désastre n'avait pas eu de témoins.

Cet entretien irritant plaisait à Brucourt. Il jouait avec le danger et apprenait en même temps le fond de la pensée de Jabin. C'est pour la mieux approfondir qu'il continua à l'interroger.

— N'avez-vous jamais eu l'idée que l'incendie pouvait être l'œuvre d'un homme désireux de s'approprier les biens de madame Sophie Sterowski?

— Cette idée m'est venue souvent. La disparition des papiers relatifs à la succession, qui étaient déposés chez un notaire du Havre, la mort violente de ce dernier l'ont confirmée. Mais, encore une fois, que pouvais-je? Il aurait fallu savoir si, avant de mourir, le commandant avait eu le temps de se confier à quelqu'un. Toute cette affaire a été mystérieuse, monsieur; la fatalité n'a cessé d'y présider. Longtemps après, je me suis préoccupé de ce qu'il y aurait à faire pour essayer de connaître la vérité.

— Vous avez essayé?

— Non, le temps a passé. Les moyens d'action me manquaient. Et puis, je voyais grandir Daniel. Il était heureux. A quoi bon vouloir pénétrer le destin?

Cette réponse rassura Brucourt. Néanmoins une réflexion se présenta à son esprit.

— Si cet homme savait jamais que j'ai fermé les yeux au commandant, il devinerait que j'ai commis le crime.

Cette hypothèse le fit frémir.

— Tant que cet homme vivra, pensa-t-il, je courrai un danger.

Et, pour la première fois, il entrevit la nécessité d'un nouveau crime. En ce moment Renée, lassée d'attendre, entra sans être annoncée. M. de Brucourt courut à sa rencontre.

— Viens, ma chère fille, lui dit-il.

Et l'entraînant vers Daniel :

— Je te permets de l'appeler ton fiancé.

Il la poussa vers le jeune homme éperdu. Renée fit entendre un petit cri. Les bras de Daniel s'ouvrirent, et, sans savoir comment, elle se trouva pressée contre cette noble poitrine pleine de son image. Jabin regardait cette scène avec attendrissement. Quant à Brucourt, il cachait sous un sourire forcé ses terribles préoccupations. Il se demandait comment il se débarrasserait de ces deux hommes dont il ne pouvait tolérer la présence dans sa maison, de peur qu'une imprudence de sa part ne les mît sur la trace de la vérité et ne fît d'eux ses accusateurs. .

Daniel et Jabin restèrent à dîner au château. Vers neuf heures, le sergent proposa à son jeune maître de se retirer. Se retirer ! il se trouvait si heureux auprès de Renée ! Son regard expliqua si clairement sa pensée, que M. de Brucourt la devina.

— Êtes-vous donc si pressé de nous quitter, sergent ? demanda-t-il à Jabin.

— Nullement, monsieur le baron ; mais il ne nous faut pas moins d'une heure pour gagner l'Ermitage. La nuit est noire et les chemins sont mauvais.

— Vous coucherez ici.

Cette offre fut faite simplement et acceptée de même. Daniel paraissait si complétement livré à une félicité enivrante, que Jabin n'éleva aucune objec-

tion. Un sourire passa sur le visage pâli de Brucourt.
Il se leva pour cacher son agitation.

— Je vais donner l'ordre à Lisbeth de préparer vos
chambres, dit-il.

Il se dirigea vers la porte.

— Demandez le thé pour dix heures, mon père, fit
Renée.

— J'y pensais, répondit-il.

Il sortit. Dans le vaste salon que deux lampes n'é-
clairaient qu'imparfaitement, Jabin se trouva en tiers
dans le tête-à-tête de Daniel et de Renée. Les amoureux causaient à voix basse sans faire attention à lui.
Ils étaient tout entiers à leur bonheur. Pour la première fois depuis qu'ils s'aimaient, ils pouvaient se
voir, se parler, sans avoir à craindre des regards
jaloux ou des oreilles indiscrètes. On peut croire
qu'ils usaient avec largesse de l'autorisation qui leur
était accordée.

— Je suis complétement ridicule, se disait Jabin
qui ne savait quelle contenance tenir.

Il parcourut les journaux, ouvrit les albums épars
sur un guéridon.

— Je les gêne pour sûr, pensait-il.

Et son regard glissait de temps en temps dans la
direction des amoureux qui, assis dans l'ombre à
côté l'un de l'autre, ne cessaient de jaser. Le sergent
se leva lentement ; marchant sur la pointe des pieds,
il se dirigea vers la porte et sortit pour aller fumer sa
pipe dans le parc, en se promettant de revenir lors-

10.

qu'on servirait le thé. Il n'avait pas eu le temps de
faire dix pas au dehors que Daniel, qui n'avait cessé
de l'observer avec l'espoir qu'il le laisserait seul avec
Renée, changea de position. Il était assis auprès de
sa fiancée, il se mit à genoux devant elle.

— Voilà donc notre bonheur qui se réalise! dit-il.

— Il me semble que je rêve, murmura Renée.

— Non, ce n'est pas un rêve. Nous sommes bien
vivants, vous et moi, mon ange. Dites-moi comment,
en quelques heures, vous avez pu décider votre père
à exaucer nos vœux?

— Je lui ai dit que la joie de ma vie était à ce prix,
et comme il m'aime, il n'a pu refuser.

Renée ne révélait qu'une partie de la vérité. Elle
ne parlait ni de l'agitation de M. de Brucourt, ni de
l'espèce d'égarement qui s'était emparé de lui, lorsque pour la première fois, elle avait prononcé le nom
de Daniel. Mais pourquoi eût-elle troublé la sérénité
de son ami par le récit des inquiétudes qu'elle avait
un moment conçues? Ces inquiétudes d'ailleurs
étaient déjà bien loin d'elle. L'intensité de son bonheur présent avait dissipé les nuages amoncelés sur
les souvenirs de la soirée précédente. Alors ils se
mirent à parler de l'avenir. De quelques paroles pro-
noncées par M. de Brucourt, il semblait résulter que
son intention était de leur abandonner le château.
D'un commun accord, ils prirent la résolution d'y
passer l'hiver.

— Où pourrions-nous être plus heureux, disait Renée, plus libres de nous aimer? Nous vivrons ici l'un de l'autre et l'un pour l'autre.

Et leur imagination leur montrait comme à travers une perspective radieuse l'existence charmante qui serait leur lot et que l'amour dorerait de ses plus chauds, de ses plus purs rayons. A dix heures, un domestique entra, portant un plateau chargé de tasses et déposa le tout sur un guéridon. Daniel s'était relevé et avait pris sa place auprès de son amie. Presque aussitôt, Jabin revint, précédé de mademoiselle Lisbeth, qu'il avait rencontrée à l'office et avec laquelle, depuis une demi-heure, il poursuivait un entretien des plus intéressants. Puis M. de Brucourt reparut.

— Les chambres de ces messieurs sont-elles prêtes, Lisbeth? demanda-t-il.

— Oui, monsieur le baron, répondit la gouvernante. Suivant vos ordres, ces messieurs occuperont l'appartement du nord.

— Je crois qu'on vous loge dans les ruines, en un lieu qu'on dit hanté par de vilains fantômes, dit en riant Renée à Daniel.

— Votre image toujours présente à mes yeux m'empêchera de les voir, répliqua Daniel à voix basse.

M. de Brucourt avait entendu la phrase de sa fille.

— J'ai pensé que ces messieurs seraient plus confortablement établis de ce côté que du côté de nos appartements, reprit-il. Cette partie du château est à la vérité depuis longtemps inhabitée et s'en ressent un peu. Mais les chambres sont vastes, bien chauffées, bien meublées.

— En un mot, nous y serons à merveille, dit Daniel,
qui se réjouissait à la pensée de passer la nuit sous
le même toit que son amie.

— Verse-nous le thé, mon enfant, ajouta le baron,
en s'adressant à sa fille.

Elle se leva pour obéir, se rapprocha du guéridon,
laissant Daniel, qui se mit à causer avec le sergent
et Lisbeth. M. de Brucourt avait suivi sa fille.

— Es-tu heureuse ? lui demanda-t-il.

Elle resta une minute immobile, la théière dans
une main, une tasse dans l'autre et regarda son père.
Ses yeux répondirent pour elle. Elle confirma ce
langage muet en disant :

— Je vous bénirai toute ma vie.

Elle versait en même temps le thé dans la
tasse.

— Ceci sera pour le sergent, fit alors M. de Brucourt.

Et prenant la tasse brûlante des mains de sa fille,
il se dirigea du côté de Jabin, non sans faire un détour et sans passer dans une partie du salon plongée
dans l'ombre. Là, il s'arrêta une seconde, le temps
de déboucher une petite fiole de verre cachée dans
le creux de sa main et de verser quelques gouttes de
la liqueur qu'elle contenait dans le thé destiné au
sergent.

— Oh ! monsieur le baron, je suis confus ! mur

mura celui-ci, lorsqu'il vit M. de Brucourt s'avancer
vers lui et lui offrir la tasse.

M. de Brucourt sourit et, revenant vers sa fille,
opéra de la même manière, une seconde fois et servit
Daniel. Puis, tandis que les deux hommes buvaient,
il les regarda du coin de l'œil. Lorsqu'ils eurent fini,
il respira.

— De cette manière, pensa-t-il, je suis bien sûr
qu'ils ne se réveilleront pas et que si j'avais encore un cauchemar comme celui de la nuit dernière,
ils n'entendraient et ne verraient rien. Une demi-
heure plus tard, les habitants du château gagnaient
les chambres qu'ils devaient occuper, conduits par
M. de Brucourt, qui avait voulu traiter ses hôtes avec
tout l'honneur qui leur était dû. Les païens ornaient
de rubans et de fleurs les victimes qu'ils offraient en
holocauste sur l'autel de leurs dieux. Ainsi, M. de
Brucourt entourait de prévenances et d'égards ces
deux hommes qui, dans sa pensée, étaient condamnés
à mourir, parce que leur présence dans sa maison
était un péril constant et pressant qu'il fallait à tout
prix conjurer. Les chambres que devaient occuper
Daniel de Maldrée et le sergent Jabin étaient si
tuées au second étage du château. On y arrivait,
du côté de l'appartement du baron, par un escalier en colimaçon, sombre et en mauvais état. On
y arrivait également par le grand escalier d'honneur, au sommet duquel on retrouvait un couloir
large, dont une partie peu fréquentée, mal entrete-

nue, offrait l'aspect des demeures abandonnées. Depuis que le baron de Brucourt était devenu acquéreur du château, on devait opérer des réparations nécessaires. Mais il en était des projets qu'on formait chaque année à cet égard, comme de beaucoup d'autres projets : on ne les réalisait pas. C'est donc à travers ce couloir que le baron conduisit Daniel et Jabin. Des chambres s'ouvraient d'un côté, des fenêtres de l'autre. A l'extrémité du corridor, Brucourt ouvrit une porte qui donnait accès dans une chambre obscure. On arriva, de là, dans un petit salon, sur lequel, à droite et à gauche, les chambres avaient leur entrée. Ces trois pièces formaient un appartement particulier, lequel avait deux issues, la porte du corridor et une autre porte basse, dissimulée sous des tapisseries, par laquelle on rejoignait l'escalier dérobé dont nous avons parlé.

— Vous voilà chez vous, messieurs, dit le baron.

Des lampes étaient allumées. De grands feux flambaient dans les cheminées. Il en résultait une vive clarté qui permit à Daniel et à Jabin de voir les tapisseries à personnages qui couvraient les murs et le plancher. Les lits étaient placés au fond d'alcôves profondes, dissimulées par des rideaux lourds, épais, qui amortissaient tous les bruits. Les siéges, les meubles dataient du dix-septième siècle ; le tout formait un ensemble singulier, fait pour porter à la rêverie et entraîner jusque dans les temps passés, les esprits les plus positifs et les moins rêveurs.

— Ce ne sera pas votre faute, monsieur le baron, dit en souriant Daniel, si nous ne faisons pas des songes charmants.

— Pourquoi cela ? demanda le baron sur le même ton.

— Nous sommes entourés ici de nymphes séduisantes.

En parlant ainsi, Daniel montrait du doigt les personnages de grandeur naturelle brodés sur les tapisseries, dont le regard fixe semblait le poursuivre, et qui paraissaient prêts à descendre de leur place, agités qu'ils étaient par l'air qui passait entre eux et le mur.

— Dans cette partie du château, il n'y a pas d'autre appartement que celui-ci qui soit habitable, objecta Brucourt. Les objets qui le garnissent ont quelque prix, et c'est pour cela qu'on l'a tenu en meilleur état que les autres.

— Nous dormirons en compagnie des déesses amoureuses, reprit Daniel, en désignant au-dessus de son lit, une Danaé à demi-nue, couchée sur un sopha, tandis que les pièces d'or à l'effigie de Louis XIV pleuvaient autour d'elle et semblaient se coller sur sa peau.

— Elle n'était point déesse, mais une simple mortelle.

— Que l'amour de Jupiter immortalisa.

Comme Daniel venait de prononcer ces paroles, il chancela et passa ses mains sur ses yeux.

— Qu'avez-vous donc ? lui demanda vivement le baron.

— Je ne sais, une sorte d'éblouissement. Je m'endors tout debout.

En même temps il chercha Jabin. Le sergent était assis dans un fauteuil, à l'extrémité de la chambre, et sa tête, renversée contre le dossier doré, indiquait clairement qu'il s'assoupissait. Brucourt courut à lui.

— Hé ! sergent, s'écria-t-il en le secouant, votre lit vous appelle.

Jabin fit un effort, se leva tout alourdi et murmura :

— Je n'y vois plus !

— Vous êtes fatigués l'un et l'autre outre mesure, répondit le baron.

Il le prit par le bras et, traversant le salon, le conduisit dans la chambre qu'il devait occuper, sans que Daniel pût parvenir à le suivre, ni à prononcer une parole. Le sergent se déshabilla machinalement, avec la roideur automatique des gens ivres, grimpa non sans peine dans son lit, dont les draps répandaient dans la chambre un parfum délicieux de violette et d'iris. A peine couché, il s'endormit. Brucourt ne put retenir un sourire de satisfaction. Ses traits contractés par suite de l'effort qu'il avait fait pour dissimuler ses préoccupations, se détendirent, et son visage prit une expression de terreur et de haine.

— Cet homme ne connaît pas mon secret, murmura-t-il, mais il peut le découvrir. Il mourra.

Et s'emparant du bougeoir qui éclairait la chambre

il revint rapidement vers celle de Daniel. Ce dernier s'était jeté sur son lit, à moitié habillé, et dormait d'un sommeil profond.

— Rien à craindre pour cette nuit, pensa Brucourt. L'opium a fait merveille, et j'ai le temps de réfléchir.

Cinq minutes après, il reparaissait au salon, dans lequel étaient restées sa fille et Lisbeth.

— Nos voyageurs sont dans leurs draps, fit-il joyeusement.

Renée marcha vers lui, et se jetant dans ses bras :

— O mon père ! dit-elle, que je suis heureuse !

— Tu l'aimes donc bien ?

— A en mourir, s'il me manquait !

Un nuage passa sur le front de Brucourt. Il éloigna doucement sa fille, lui adressa un sourire et sortit pour gagner son appartement. A ce moment, onze heures sonnèrent. Lisbeth, qui lisait un journal, le déposa sur une table, quitta ses lunettes, et se levant :

— Faut-il appeler votre femme de chambre ? demanda-t-elle.

— Je le veux bien, répondit Renée d'un air distrait.

A l'appel de Lisbeth, la femme de chambre arriva. Elle portait un flambeau.

— Mademoiselle veut rentrer chez elle, dit Lisbeth.

Les trois femmes montèrent au premier étage, et Lisbeth, ayant embrassé Renée, la quitta. La chambre de Renée était une petite pièce, meublée avec autant de goût que de luxe. Un tapis blanc, semé de roses épanouies, couvrait le parquet. Les murs étaient

11

tendus de soie bleue, les rideaux et les portières
étaient d'étoffe pareille. D'une veilleuse suspendue
au plafond, une clarté blanche et douce descendait,
laissant traîner sur les meubles ses reflets pâles.
Renée, sous l'empire d'une préoccupation dont on
devine l'objet, était demeurée immobile, debout
au milieu de l'appartement. La femme de chambre
respectait son silence; elle se mit à défaire les bijoux
et les vêtements de sa maîtresse sans que celle-ci
s'en aperçut. La jeune fille n'entendait qu'une chose,
la voix de Daniel; ne voyait qu'une chose, l'image de
Daniel. Ses oreilles et son cœur étaient remplis par
cette image et par cette voix. Ce ne fut que lorsque
la femme de chambre lui fit remarquer qu'elle était
prête à se mettre au lit, qu'elle revint à elle.

— Donnez-moi un peignoir, Victoire, dit-elle alors.
Je ne me coucherai pas encore. Vous pouvez vous
retirer.

Victoire obéit. Bientôt Renée se trouva seule, assise devant le feu, dont ses yeux errants regardaient
sans les voir les étincelles capricieuses. Elle rêvait.
Combien de temps s'écoula? Elle ne le sut que lorsque le feu s'étant éteint, elle frissonna, envahie par
le froid de la nuit. Elle se leva. La pendule marquait
deux heures. Elle se dirigea vers son lit. Mais, tout à
coup, elle entendit des pas dans le couloir qui passait
devant sa chambre; elle s'arrêta soudain un peu effrayée par ce bruit, alors qu'elle croyait tout le monde
endormi dans le château. Si c'était un malfaiteur!

Cette pensée lui donna le courage de quitter sa chambre sans bruit, pour n'être ni vue ni entendue. Un homme, porteur d'une lanterne, traversait le couloir. C'était son père. Où allait-il?

S'il est vrai que, dans les circonstances habituelles de la vie, il soit difficile à tout homme de conserver assez de sang-froid, d'échapper suffisamment à l'exaltation qui nous est naturelle, pour apprécier sa situation ainsi qu'il convient, cela est encore plus vrai, quand celui qui se trouve en présence d'une difficulté et la doit dénouer, a dans la pensée des souvenirs coupables, dans la conscience des terreurs cuisantes. C'était le cas de Malory, ou plutôt de Brucourt, puisque c'est ainsi qu'il le faut appeler. La présence de Daniel et de Jabin dans sa maison, l'amour inattendu de sa fille pour l'héritier du commandant de Maldrée, l'entretien qu'il avait eu avec le sergent, venaient de réveiller toutes ses craintes. Les crimes, contre la mémoire desquels il luttait depuis dix ans, mais qu'il croyait à jamais ignorés, se redressaient devant lui, armés de toutes pièces, avec toutes les circonstances qui les lui rendaient horribles. Et en même temps la possibilité de les voir découvrir s'offrait à son cerveau malade et troublé. Pour expliquer brièvement et d'un mot la crise épouvantable qu'il traversait, il suffira de dire qu'il avait peur, peur de la ruine, peur du déshonneur, peur de l'échafaud. Un homme effrayé peut devenir fou. Brucourt touchait à la folie. Sous l'empire de ces idées, il songea à se débarrasser de Jabin, et après l'avoir mis, ainsi que Daniel, en leur versant à l'un et à l'autre de l'opium, dans l'impossibilité d'entendre et de se défendre, il agitait sérieusement la question de savoir s'il devait le tuer et comment il devait le tuer. Il était minuit. Le misérable se promenait à grands pas dans sa chambre. Suivant son habitude il avait fait allumer un grand feu, dix bougies, en ayant soin de fermer hermétiquement les persiennes de ses croisées, afin que nul au dehors ne pût surprendre sa veillée nocturne.

— L'emmener demain dans une partie de chasse, pensait-il, lui envoyer un coup de fusil, attribuer sa mort à un accident, cela est possible. Mais, si je manque de fermeté, si je ne le frappe pas, s'il surprend le mouvement que j'aurai fait pour le viser, il devinera.

Il ne s'arrêta pas à cette idée.

— L'empoisonner ! Le poison tue lentement. S'il est rapide, il laisse des traces. D'ailleurs, la rapidité même de la mort peut inspirer des soupçons. Et puis, il faut acheter du poison, et celui qui le vend peut parler...

Cette idée fut abandonnée comme la précédente. Restait la mort violente, instantanée, celle que donne le pistolet ou le poignard. Le pistolet !... il y renonça sur-le-champ. C'est une arme trop bruyante pour un meurtre à commettre dans une maison habitée. Le poignard !... l'arme des traîtres, des lâches, cela lui convenait.

— Examinons! se disait-il. Supposons que demain au lever du jour, on trouve Jabin poignardé dans son lit, qu'arrivera-t-il? Deux hypothèses seront en présence : la première, celle d'un suicide ; la seconde, celle d'un assassinat. En ce qui touche celle-ci, on se demandera qui avait intérêt à tuer le sergent. On cherchera, on ne trouvera personne dans le château sur qui puisse peser un soupçon de ce genre. Moins que personne je serai soupçonné. Je ne le connaissais pas il y a quelques heures ; je n'ai pas à le voler et nul ne pourra penser que j'avais à me venger de lui ! Il n'est qu'un homme qui pourra être accusé : Daniel de Maldrée, qui couche auprès de lui. Ce jeune homme niera. Si l'on ne croit pas à ses protestations, il subira une condamnation qui me débarrassera de sa personne. Si l'on y ajoute foi, il est impossible qu'un soupçon ne subsiste pas, soupçon attentatoire à son honneur et qui sera une raison excellente pour rompre un mariage dont je ne veux pas. Quant à l'hypothèse du suicide, si elle est admise, tout est pour le mieux.

A cet endroit de ses réflexions qui se développaient en se déduisant dans son cerveau avec une épouvantable logique, Brucourt s'arrêta. Il se mit à trembler et son sang se glaça. Il croyait avoir parlé tout haut, de façon à être entendu.

— Je suis ridicule, murmura-t-il, je pense, je ne parle pas ; et ma pensée, nul ne peut la connaître.

Il reprit le fil de ses idées.

— Tuer encore ! s'écriait une voix en lui. N'est-ce point assez de victimes ? Faut-il grossir le ruisseau de sang qui coule depuis dix ans autour de toi ?

— Il le faut, reprit une autre voix. C'est le seul moyen de dissiper les craintes que la présence de cet homme me cause. Il ne sait rien, mais il peut se douter de tout. Un mot de moi qu'il surprendrait, une émotion, un embarras comme ceux de la nuit dernière dont le hasard le rendrait témoin, suffiraient à me trahir ! Il mourra.

Tout en s'abandonnant de plus en plus aux pensées que nous essayons de résumer, Brucourt s'était avancé vers un petit meuble qui s'ouvrait à l'aide d'un secret que seul il connaissait. Il tenait là son or, ses valeurs, des papiers de famille, quelques objets précieux. Il l'ouvrit. Dans un tiroir se trouvaient des armes, et parmi elles un poignard qu'il portait jadis en Crimée, et dont le pareil gisait au fond de la rade du Havre, enfoncé jusqu'au manche dans la poitrine du matelot Bucaille.

— Depuis le crime, se dit-il, nul n'a vu cette lame en ma possession.

Il s'en empara. Mais, soudain, un souvenir se présenta à son esprit. Sa fille lui avait dit :

— Si Daniel venait à me manquer, je mourrais.

— Oh! pourquoi l'a-t-elle aimé, ce jeune homme, que je hais, moi, parce qu'il me rappelle l'horrible scène ?

Il resta là, immobile, l'œil hagard, le visage som-

bre, cherchant une issue à ce dédale de forfaits dans
lequel il s'enfonçait et s'égarait de plus en plus.

— Allons! elle l'épousera, j'y consens, fit-il bientôt. Je tuerai le sergent en m'arrangeant de telle
sorte qu'on croie à un suicide. Il ne se réveillera pas.
Daniel n'entendra rien. Je leur ai donné à l'un et à
l'autre une dose d'opium qui doit les tenir immobiles
jusqu'au matin.

Deux heures sonnèrent. Il quitta ses souliers, alluma une petite lanterne en argent, un chef-d'œuvre
d'orfévrerie, qui ornait sa cheminée, entr'ouvrit la
porte de sa chambre et se trouva dans le couloir qui
les desservait toutes. Il s'arrêta pour écouter. Aucun
bruit ne parvint à son oreille. Pour plus de sûreté,
il s'avança jusqu'à l'autre bout du couloir, auprès de
l'appartement de sa fille d'abord, auprès de celui de
Lisbeth ensuite, il n'entendit rien. Les domestiques
couchaient au rez-de-chaussée. Il était tranquille.
Il gravit l'escalier dérobé qui conduisait à l'appartement où dormaient ses hôtes. Il faisait halte à chaque
marche, retenant son haleine. Lorsqu'il fut devant
la petite porte qui donnait accès dans la chambre de
Jabin, son cœur sautait dans sa poitrine avec un
bruit qui lui faisait l'effet d'un fracas tumultueux;
une sueur glacée baignait ses membres; son regard
était celui d'un fou. Il ouvrit doucement, mais d'une
main ferme, et, sans avoir conscience de ses mouvements, il se trouva devant le lit du sergent. Jabin
dormait de ce sommeil lourd, profond, fiévreux que

procure l'ivresse. Un coup de canon tiré à ses côtés
ne l'eût pas réveillé. Brucourt passa la lanterne devant ses yeux pour s'assurer de son immobilité. Puis,
prenant le poignard dans sa main gauche, qui tenait
la lanterne, il découvrit de l'autre le sergent, écarta
son linge de façon à mettre la poitrine à nu.

— De cette manière, pensait-il, on verra bien qu'il
s'est tué et qu'il tenait à ne pas se manquer.

Cela fait, il reprit l'arme dans sa main droite et leva
le bras, animé d'une furie qui l'aveuglait. Son bras
ne s'abaissa pas. Il se sentit soudainement saisi au
poignet. En même temps, son arme lui fut brusquement enlevée. Un cri sourd, cri de terreur et de colère sortit de ses lèvres. Il se retourna prêt à tuer ou à
mourir. Il demeura immobile, stupéfié, affolé d'épouvante. Sa fille était devant lui ! Sa fille ! Il resta là,
l'œil hagard, hébété, terrifié, stupide. Tout à l'heure,
en préparant l'exécution de son nouveau forfait, il
avait tout prévu, tout calculé, tout raisonné, tout,
excepté cette hypothèse qu'il pourrait être entendu,
épié, suivi, et que celle qui l'entendrait, l'épierait,
le suivrait, serait sa fille. Rien n'était plus vrai, cependant. Depuis cinq minutes, elle marchait sur ses
traces, l'ayant surpris au moment où il collait son
oreille à la porte de cette chambre dans laquelle il la
croyait endormie. Elle l'avait vu passer, allant d'un
pas à la fois ferme et prudent, tenant une lanterne
dans sa main gauche, un poignard dans sa main
droite. Surprise, épouvantée, mordue au cœur par

des pressentiments sinistres, elle s'était élancée à sa poursuite, restant cachée dans l'ombre, jusque dans la chambre de Jabin, où elle était arrivée assez tôt pour arrêter le bras coupable qui devait faire une victime nouvelle. Maintenant, elle se tenait devant lui pénétrée d'effroi, de surprise, serrant dans sa main crispée le poignard qu'elle avait eu la force de lui arracher. Pour lui, revenu presque aussitôt à la réalité, à la fois irrité et épouvanté, il se demandait comment il sortirait de cette situation monstrueuse, comment il prouverait à sa fille qu'il n'était pas un assassin. Tout cet incident n'avait duré qu'une minute. Il fallait l'expliquer sous peine de se couvrir d'une infamie éternelle aux yeux de l'enfant pure, innocente, à l'estime, au respect de laquelle il tenait ardemment. Ce fut elle qui vint à son secours. Au milieu de son trouble, de sa douleur déchirante, elle se rappela l'agitation qu'il avait manifestée la veille.

— Le malheureux! dit-elle, il est fou!

Ces paroles furent son salut. Il avait été criminel, il devint comédien, apportant dans chacun de ses gestes, chacune de ses paroles, un sang-froid qui lui permît d'agir de façon à faire croire à sa fille qu'il était sujet à des accès d'aliénation mentale. Il passa ses mains sur ses yeux.

— Où suis-je? murmura-t-il.

Puis, éclatant tout d'un coup en sanglots, il se mit à pousser des gémissements, en disant :

11.

— Malheur, malheur sur moi ! ma tête s'égare. J'allais tuer un homme.

Dans le fond de son cœur, Renée bénit le ciel. Ce retour sur lui-même lui prouvait que son père, s'il était subitement devenu fou, n'était pas incurable. Elle se rapprocha de lui doucement, le prit par le bras, l'entraînant hors de la chambre, car elle redoutait le réveil de Jabin, elle dit d'une voix affectueuse et tendre :

— Venez, mon père, venez.

Ils descendirent l'escalier par lequel ils étaient venus, lui appuyé sur le bras de la jeune fille, elle le conduisant avec sollicitude, comme si elle avait craint qu'il ne rencontrât sur son chemin quelque objet qui ranimât sa fureur. Il se montra docile comme un enfant et se laissa ramener dans sa chambre, dont Renée ferma la porte derrière eux. Alors il tomba dans un fauteuil et pleura abondamment.

— C'est horrible ! murmura-t-il. J'ai fait un rêve odieux, et c'est sous l'empire de ce cauchemar que le réveil n'a pas dissipé, qu'obéissant à mon imagination dérangée et malade, je devenais assassin.

— Apaisez-vous, mon père ? interrompit Renée en se jetant à son cou.

Il l'éloigna d'un mouvement calme et dit :

— Que Dieu ait pitié de nous, ma fille ! Quand tu m'as surpris tout à l'heure ma raison sombrait. Elle est revenue soudain. Mais je me fais horreur. Déjà, les nuits précédentes, j'avais éprouvé des accès de ce genre. Mais je n'avais pas été poussé à armer mon bras, à quitter ma chambre, à aller frapper mon semblable. Si de pareils incidents se produisaient encore....

— Je veillerai sur vous, mon père. Et puis, il faudra voir un médecin spécialiste.

— Non, non, s'écria vivement Brucourt, on ne manquerait pas de répandre le bruit que je suis devenu fou. Veille sur moi la nuit, enferme-moi dans ma chambre, s'il le faut, et peu à peu cet état cessera.

— A quel sentiment obéissiez-vous donc, en allant tuer cet étranger ? demanda Renée à son père, en le voyant si calme.

— Le sais-je, moi ? Je ne me souviens de rien, ni de ce que j'avais résolu de faire, ni de ce que j'allais faire. Je n'y voyais plus, je n'entendais plus, je dormais peut-être et j'agissais sous l'empire du somnambulisme. Je ne suis revenu à moi que lorsque tu m'as arraché l'arme.

— Et maintenant ?

— Maintenant, je suis apaisé, et jusqu'à la nuit prochaine, je ne redoute plus rien. La crise est passée. Tu peux aller dormir.

Une voix secrète disait à Renée de ne point le laisser seul.

— Non, mon père, fit-elle, je ne vous quitterai pas. Couchez-vous. Je me jetterai sur le canapé de votre cabinet de toilette, afin d'être auprès de vous.

— C'est inutile, mon enfant. Je me connais. Tout est fini.

Renée insistait pour rester auprès de lui. Mais il insistait non moins pour qu'elle se retirât. Elle dut obéir. L'âme déchirée de douleur par ce qu'elle avait vu et par ce qu'elle redoutait, elle regagna son appartement où elle ne songea guère à prendre le repos dont elle avait besoin. Ce fut seulement au matin que ses paupières, rebelles au sommeil, se fermèrent enfin, cédant à la fatigue qui l'accablait. Lorsqu'il eut vu disparaître sa fille, lorsqu'il eut entendu un bruit dans la serrure qui lui prouvait que, par prudence, pour éviter le retour d'un semblable événement, elle le mettait sous clef, il éclata en imprécations contre lui-même.

— Triple sot ! maladroit ! se disait-il ; c'était bien la peine d'organiser tout un plan pour me laisser prendre comme un assassin vulgaire, pour me mettre dans la nécessité de passer pour fou aux yeux de ma fille, afin d'empêcher qu'elle connaisse la vérité ! Que faire maintenant ?

Cette question le trouva inquiet, timide, irrésolu. Le projet de mort qu'il avait formé contre Jabin, il ne pouvait plus maintenant le réaliser, car sa fille aurait trop facilement découvert qu'il était seul l'auteur du meurtre. Il fut dans l'incertitude durant plusieurs heures. Enfin, à force de réfléchir, d'envisager sa situation sous tous ses aspects, il s'arrêta au seul parti qui s'offrit à lui. Laisser vivre Jabin, mais res-

ter autant que possible éloigné de lui ! Hâter le mariage de Daniel et de Renée, de façon à ce que, si le
sergent arrivait à concevoir des soupçons, Daniel eût
intérêt à défendre devant l'homme qui l'avait élevé,
et devant soi-même, le père de sa femme.

— Si jamais un mot, un geste me trahissaient, se
disait-il, si cet homme dont je redoute la perspicacité mettait le pied sur les traces de la vérité, c'est
mon gendre qui se chargera de ma défense, et je ne
saurais avoir un meilleur avocat que lui.

Cette résolution prise, il se mit au lit presque
heureux de ce dénoûment qui lui épargnait un nouveau crime et surpris de ne pas l'avoir trouvé plus
tôt. Mais mieux vaut tard que jamais. Une chose le
troublait cependant, c'est que sa fille le crût sujet à
des accès de folie.

— Bah ! pensa-t-il, désormais je me montrerai à
ses yeux très-doux, très-calme. Elle verra bien que
ma prétendue folie n'était qu'un accident passager.

Tranquille de ce côté, — il le croyait du moins, —
il essaya de dormir. Il succombait à la fatigue. Mais
le sommeil refusa de clore ses paupières. Des fantômes hideux ne cessèrent d'assiéger sa couche, et le
jour seul dissipa ses visions, filles capricieuses de son
imagination maladive. Vers sept heures, étant encore
dans son lit, il entendit la porte de sa chambre s'ouvrir doucement. C'était Renée qui venait à pas de
loup, délivrer son prisonnier, afin que le valet de
chambre, qui entrait tous les matins chez le baron,

ne s'aperçût pas que son maître avait été enfermé,

— Vous ne dormez pas, mon père? demanda-t-elle, en voyant Brucourt qui la regardait en souriant avec tristesse.

— Je ne me pardonne pas d'avoir pu te causer un si grand chagrin. Pauvre chérie ! ton visage et tes yeux en ont gardé la trace !

— Ce n'est point votre faute !

— Mais c'est bien fini, va ! Je me sens mieux, beaucoup mieux ! Pareille chose ne se renouvellera plus.

— En êtes-vous sûr ?

— Très-sûr. La violence même de la crise que j'ai traversée cette nuit m'a guéri.

— Dieu vous entende, mon père ! répondit Renée.

Mais, à la manière dont elle prononçait ces paroles, il était facile de voir qu'elle ne partageait pas sa conviction, que son père était désormais pour elle un malade dont la santé compromise exigeait les soins les plus assidus et les plus dévoués. De là le parti héroïque auquel elle s'était arrêtée et qu'on connaîtra bientôt.

La matinée était fort avancée déjà lorsque Daniel se réveilla. Il avait dormi profondément. Sa tête était lourde. Mais il ne songea pas à se préoccuper de ce léger malaise, l'attribuant à la longueur même de son sommeil et ayant perdu le souvenir de la rapidité presque foudroyante avec laquelle, la veille au soir, Jabin et lui avaient senti leurs yeux s'alourdir

sous l'empire d'un accablement semblable à celui
que cause l'ivresse. Dans la cheminée, un bon feu
flambait déjà. Un soleil blafard entrait par les vitres
encore humides et éclairait l'intérieur de la chambre
d'une clarté grise comme celle d'un jour brumeux.
C'était un de ces temps qui font apprécier doublement le charme d'un logis confortable et chaud.
Daniel était très-heureux. Les nymphes peintes sur
les tapisseries l'agaçaient de leurs sourires. Il les
trouvait jolies, moins jolies que Renée, cependant.
Il but paresseusement le chocolat qu'un domestique
avait apporté durant son sommeil. Puis il se leva,
s'habilla avec lenteur et s'approcha de l'une des croisées. Le parc s'étendait sous ses yeux avec ses pelouses couvertes de gelée, ses massifs de tilleuls, de
sycomores, de mélèzes et de peupliers, sur les branches desquels le givre avait remplacé les feuilles emportées par les derniers vents d'automne. On voyait
ces feuilles réunies en tas çà et là. Parfois, une brise
assez forte, venue de la mer, passait au-dessus d'elles,
en enlevait une partie et les entraînait au loin,
comme dans un tourbillon échevelé. Tandis qu'il con-
templait ce paysage mélancolique, Daniel aperçut Jabin traversant au loin la pelouse, un fusil sur l'épaule.

— Il a été plus matinal que moi, pensa-t-il. Il va
tirer un lapin dans le parc en attendant le déjeuner.

Il revint alors auprès de la cheminée pour jeter
dans la glace un regard. Il se trouva tout pâle et ne
put s'empêcher d'observer que les sommeils trop

prolongés ne lui valaient rien. Puis il descendit avec l'espoir de rencontrer Renée. Il avait hâte de la voir. Ce n'est pas Renée qui se trouva sur sa route, mais Lisbeth. Elle était assise au sommet de l'escalier sur une marche, et en apparence insensible au froid, les coudes sur ses genoux, la tête dans ses mains, elle semblait plongée dans des réflexions très graves.

— Que faites-vous donc là, mademoiselle ? lui demanda Daniel surpris.

— J'attendais, monsieur Daniel, qu'il vous convînt de quitter votre chambre.

— Pour quel motif ?

— J'avais à vous parler.

— Ne pouviez-vous entrer ou me faire dire par Jabin ce que vous allez me dire maintenant ?

— M. Jabin est parti pour la chasse et je ne l'ai pas vu. Je ne suis pas entrée chez vous, parce que j'aurais craint de troubler votre sommeil. Mais, peu importe, puisque vous voilà.

— Je vous écoute.

Lisbeth s'approcha de lui, et se haussant sur la pointe des pieds pour que ses lèvres arrivassent jusqu'à l'oreille du jeune homme, elle dit d'un air mystérieux :

— Mademoiselle Renée vous prie de la rejoindre au salon le plus tôt qu'il vous sera possible, et vous engage à éviter son père jusqu'au moment où vous l'aurez vue elle-même. C'est très-important, très-important, très-important.

— Savez-vous ?...

— Rien. J'ai fait ma commission ; le reste ne me regarde pas. Permettez que je rentre chez moi ; je suis comme un glaçon.

Ayant dit ces mots, elle disparut sans que sa physionomie ou son langage eussent indiqué à Daniel si les choses importantes que Renée voulait lui communiquer lui seraient agréables ou non. Il descendit en toute hâte, autant pour ne pas rencontrer le baron que parce qu'il était pressé de rejoindre son amie. Il arriva au salon, ouvrit la porte, entra, la ferma derrière lui, vit Renée venir à sa rencontre et l'entendit lui dire :

— Enfin vous voilà !

— Vous m'avez demandé, mon amie ?

En formulant cette question, il leva les yeux sur elle et fut saisi d'étonnement et de tristesse, en voyant la jeune fille qu'il avait laissée la veille si joyeuse, abattue, penchée comme un beau lis que la tempête a touché, et des larmes plein les yeux. Il pressentit un malheur.

— Êtes-vous courageux ? lui demanda-t-elle d'une voix fiévreuse, saccadée, et comme si elle se fût fait violence pour chasser de ses lèvres les accents qui devaient porter la douleur dans le cœur de celui qu'elle aimait.

Il ne trouva pas un mot à lui répondre. Elle continua.

— Si vous appreniez, en ce moment, que j'ai fait

cette nuit une découverte qui crée entre nous un obstacle...

Il l'interrompit.

— Et cette découverte, vous l'avez faite ?

— Oui, répondit-elle sourdement.

Le malheureux devint blanc comme le linge qu'il portait. Il regarda son amie d'un air hébêté. Mais elle semblait ne pas le voir. Ses yeux étaient fixés sur le tapis, comme si là se fût trouvée l'origine du malheur qu'elle révélait. Ils restèrent pendant un moment silencieux l'un et l'autre.

— Par pitié, expliquez-vous plus clairement ! s'écria tout à coup Daniel. Comment ! hier soir, je vous ai laissée calme, confiante, heureuse, ayant le consentement de votre père ! et ce matin !... C'est à n'y pas croire ! D'abord, quel est-il cet obstacle ? qui l'a fait naître ? Le baron est-il revenu sur sa décision ?

D'un signe, Renée répondit négativement.

— Mais alors... reprit Daniel éperdu.

— Daniel, fit-elle, je ne vous ai pas dit que l'empêchement auquel j'ai fait allusion et dont il m'est interdit de vous révéler la cause soit définitif. Ce serait horrible et nous n'avons pas mérité d'être éprouvés aussi cruellement. Ce que j'ai voulu vous faire savoir, ce qui déchire mon âme, ce qui déchirera la vôtre, c'est que notre bonheur doit être retardé de plusieurs mois, peut-être de plusieurs années.

— Mais pour quel motif ?

— Ne m'interrogez pas, je vous en prie ! Je ne saurais répondre.

— Eh quoi ! tout ne doit-il pas être commun entre nous, peines et joie ? Un malheur nous frappe également, et vous voudriez me laisser ignorer qui en est la cause, quel en est l'auteur ?

Renée garda le silence.

— Vous voyez bien, continua Daniel, qu'il faut me révéler toute la vérité.

Et comme il la vit hésiter, il ajouta :

— Me laisserez-vous croire que vous ne m'aimez plus ?

Renée s'élança vers lui, lui prit les mains et murmura :

— Pauvre cher ! Ne plus vous aimer ! Mais si je n'avais pas l'espérance qu'un jour je serai votre femme, je serais morte cette nuit.

— Qu'est-il donc arrivé ?

Elle réfléchit un moment. Puis, d'une voix émue :

— Mon père a eu un épouvantable accès de folie ! J'aurais dû vous le taire, mais mon cœur déborde. J'étouffais. Comprenez-vous maintenant que je ne peux être encore à vous ?

— Mais l'accès dure-t-il encore ? demanda Daniel frappé de terreur et sans attendre la fin de la phrase.

— Non, heureusement. Il a été de courte durée. Mais s'il allait se reproduire, si mon père devenait fou...

— Dans ce cas, Renée, vous auriez plus que jamais

besoin d'un protecteur, d'un mari, et c'est pour cela
qu'il faut, non retarder, mais hâter notre mariage.

Renée joignit ses mains et s'écria :

— Mais si moi-même je devenais folle ! Ignorez-
vous que cet horrible mal est souvent héréditaire ?

Daniel frissonna, non qu'il trouvât dans les paroles de Renée un argument contre son amour, mais
parce qu'il sentit son cœur envahi par l'épouvante
en songeant qu'une catastrophe de cette nature pourrait atteindre sa bien-aimée.

— Vous voyez bien, reprit-elle, qu'il faut attendre.
Je ne saurais m'abandonner au bonheur de vous ap-
partenir tant que j'aurai à trembler sur le sort de
mon père, peut-être sur le mien. Je veux d'ailleurs
le faire voyager, l'accompagner, et n'être à vous que
lorsque sa guérison sera complète.

— Mais, si le mal s'aggravait...

— Nous prendrions alors une décision. Mais, en ce
moment, je vous demande un délai de quelques mois,
je le ferai accepter à mon père, sous un prétexte ou
sous un autre, sans qu'il puisse soupçonner quel
motif me dicte ma conduite, mais à condition que
vous parlerez comme moi.

— Ce que vous demandez est cruel, répondit Daniel avec douceur. Mais il suffit que vous ne m'enle-
viez pas l'espérance pour que j'aie le courage de me
résigner. Je vous obéirai, Renée ; j'attendrai. Mais
vous m'assurez, n'est-ce pas, que, quoi qu'il arrive,
vous m'aimerez toujours ?

Il s'était assis tout à l'heure, et maintenant il se trouvait à genoux devant Renée. Elle se pencha sur lui et, avec un accent d'ineffable tendresse, elle lui dit :

— Oui, Daniel, je le jure ! Mais ce serment n'était pas nécessaire, car, je vous le répète, vous êtes toute ma vie !

Elle lui avait abandonné ses mains, et, au sein d'une exaltation déchirante et enivrante à la fois, où les pleurs avaient une part égale aux sourires, ils étaient pressés l'un contre l'autre, se croyant à l'abri de toute surprise, quand soudain la porte, qui donnait sur le parc, s'ouvrit brusquement et un personnage, qui leur était inconnu à l'un et à l'autre, apparut sur le seuil. A en juger par ses traits, il n'avait guère au delà de quarante ans. Il était de taille moyenne, trapu, même un peu épais, — un de ces hommes desquels on dit :

— Il prendra du ventre.

La peau de son visage était très-blanche, mais les traits avaient de la rudesse ; les pommettes des joues étaient saillantes et colorées comme des pommes d'api ; le front bas et plissé, les yeux petits, ronds, mais gris, profonds avec des reflets métalliques. Il avait les cheveux roux, coupés très-ras, ce qui mettait en relief des oreilles remarquables par leur petitesse. Il portait toute sa barbe. Elle descendait sur sa poitrine, comme un éventail, brillante et bouclée, non par suite d'un privilège naturel, mais parce que le

fer et les pommades l'avaient assouplie. La moustache couvrait complétement les lèvres, et ses pointes
se relevaient aux extrémités comme si elles eussent
voulu, selon une expression vulgaire, poignarder le
ciel. Le personnage en question était vêtu avec élégance. Sur son costume de voyage était jetée une
vaste pelisse de drap fin, doublée de peau de renard
bleu. Ses mains étaient gantées, mais, sous le gant,
on devinait plusieurs bagues dont les pierres faisaient
saillie. Ayant ouvert la porte, il s'arrêta brusquement
à l'aspect du groupe formé par Daniel et Renée,
pressés l'un contre l'autre. Il enleva prestement la
casquette de velours qui couvrait sa tête et balbutia
quelques paroles d'excuse qu'ils n'entendirent pas.
Daniel s'était relevé furieux et avait fait un pas au-
devant de l'indiscret visiteur, tandis que Renée, con-
fuse d'être surprise dans les bras de son ami, s'était
instinctivement reculée, en laissant paraître sur son
visage les marques de son trouble. Le silence ne se
prolongea pas. Daniel le rompit.

— Ma foi, monsieur, dit-il à l'inconnu, je n'ai pas
l'honneur de vous connaître et de savoir qui vous
cherchez. Mais, puisque vous êtes arrivé ici à l'impro-
viste et que vos yeux ont vu ce que sans doute ils ne
comptaient pas voir, il importe, pour faire cesser
l'embarras de mademoiselle, le mien et le vôtre, que
je vous dise où vous êtes et qui nous sommes. Vous
êtes au château de Brucourt. Voici mademoiselle de
Brucourt, ma fiancée, du consentement de son père.

Je me nomme le comte Daniel de Maldrée. Nous nous marions dans trois mois.

S'il avait été plus près de l'inconnu, il aurait pu voir sur le visage de ce dernier un léger tremblement causé par ses paroles. Mais ce tremblement lui échappa, autant parce que les deux hommes étaient séparés par toute la largeur du salon que parce que, comme il venait de parler, une voix reprit derrière lui :

— Comment ! trois mois ! Mais je comptais vous marier tout de suite.

— Dans trois mois, si vous le voulez bien, monsieur le baron, répliqua Daniel, nous sommes d'accord sur ce point avec mademoiselle Renée.

En disant ces mots, il la regarda. Il vit dans les yeux de la jeune fille un remercîment.

— Cependant... fit M. de Brucourt en s'avançant.

Il n'acheva pas. Il venait de voir, debout sur le seuil du salon, du côté du parc, le visiteur inconnu qui semblait attendre qu'on fît attention à lui.

Il demeura cloué sur place, comme en présence d'un spectre, et deux minutes s'écoulèrent avant qu'il pût recouvrer son sang-froid.

— Le prince Bedleben ! murmura-t-il.

Et faisant quelques pas :

— Mon prince ! vous, ici ? Voilà une heureuse surprise !

Il mentait effrontément. Il aurait bien voulu le savoir à mille lieues de là. Au nom de Bedleben,

Renée tressaillit. Elle se rappelait que le soir de son arrivée, son père avait nommé cet homme comme le mari qu'il lui destinait.

— Un malheur n'arrive jamais seul, pensa-t-elle, sous l'empire d'un pressentiment sinistre. Après celui qui s'est révélé cette nuit, en voici un autre.

Daniel, à qui ce nom n'apprenait rien et ne pouvait inspirer aucune crainte, était d'abord demeuré immobile. Mais il comprit le trouble de Renée, et le nouveau venu lui apparut comme un ennemi. Cependant Brucourt, après avoir échangé quelques mots à voix basse avec le prince, l'avait amené devant la cheminée. Il le présenta, nomma sa fille et Daniel, sans faire allusion au mariage futur.

— Je ne vous attendais pas, mon prince, dit-il.

— J'ai voulu vous surprendre, répondit ce dernier, dont le regard, au grand dépit de Daniel, poursuivait Renée avec persistance. J'étais à Paris. Je me suis rappelé que vous m'aviez invité à venir chasser chez vous. Le chemin de fer m'a conduit à Caen. Là j'ai pris une chaise de poste qui m'a mis, en deux heures, au bas de la côte. J'avais froid. J'ai voulu monter pédestrement, et je suis arrivé ici avant ma voiture. La voici, d'ailleurs.

En effet, un bruit de grelots se fit entendre, et une lourde berline attelée de deux forts chevaux normands passa devant le château, se dirigeant du côté des écuries. Brucourt, à part lui, envoyait le prince à tous les diables. Mais il était trop courtisan pour ne pas faire contre fortune bon cœur. Et puis, ayant d'abord rêvé de voir sa fille devenir princesse, et n'ayant renoncé à ce projet que contraint et forcé, peut-être n'était-il pas fâché que le prince arrivât pour contre-balancer les chances qu'avait Daniel de Maldrée de devenir son gendre. Il n'y eut dans son langage aucune trace de mauvaise humeur.

— Je suis ravi de votre résolution, mon prince, dit-il joyeusement, et je compte bien vous garder quelques jours.

— Je ne voudrais pas être importun, fit ce dernier en regardant tour à tour Renée et Daniel.

— Le château est vaste, la table grande. Et si le froid, la neige, le vent de la mer ne vous épouvantent pas...

Le prince répondit à ces paroles bienveillantes par un sourire. Puis, il s'avança vers la porte vitrée par laquelle il était entré et regarda un moment le vallon qu'on découvrait de cet endroit.

— Vous êtes ici très-voisin de la mer? dit-il tout à coup.

— A quelques kilomètres.

— Comment n'avez-vous pas fait construire votre château en face de l'eau? C'eût été un spectacle autrement grandiose que celui-ci.

— Remarquez d'abord, mon prince, que je ne suis pas le constructeur de ce château, qui est très-ancien. Je l'ai où et comme je l'ai trouvé.

— Il n'y a rien à répondre à cela.

12

— Mais j'ajoute que, s'il eût été sur les bords de l'Océan, je ne l'aurais point acheté. J'ai pour la mer une horreur profonde, depuis certain accident dont je faillis être victime.

— Contez-moi cela.

— C'est inutile, répondit vivement Brucourt, sous l'empire d'une préoccupation douloureuse. Pourquoi ressusciter les souvenirs tristes?

A ces mots, le prince regarda son interlocuteur d'un air étrange qui fit tressaillir ce dernier. Mais il n'insista pas pour lui arracher une confidence qui paraissait lui coûter. Tandis que les deux hommes s'entretenaient ainsi, Daniel et Renée étaient restés à l'autre extrémité du salon. Lorsqu'ils virent le prince et M. de Brucourt absorbés par leur entretien, ils se rapprochèrent, et, sans s'être communiqué leur crainte, ils se serrèrent comme en face d'un danger commun.

— Qu'est-ce donc? demanda doucement Daniel.

— Mon ami, tout à l'heure, je vous ai prié de consentir à retarder notre mariage, fit-elle sur le même ton.

— Sans doute, et je vous ai prouvé mon obéissance.

— Je n'en doutais pas. Maintenant je dois vous tenir un autre langage. Si les scrupules qui inspiraient ma résolution continuent à vous paraître excessifs, je consens à ce que notre union ait lieu au plus vite.

Le visage de Daniel exprima la surprise et la joie. Mais elle reprit plus bas :

— Veillons sur notre bonheur, Daniel ; cet homme est ici pour vous disputer ma main.

— Comment?

— Venez, mon ami. Je vous dirai tout.

Elle s'éloigna furtivement. Il la suivit.

Comme Daniel et Renée venaient de disparaître, le prince Bedleben et M. de Brucourt se retournèrent pour revenir sur leurs pas et se rapprocher de la cheminée. Ils se virent seuls. Le visage du prince, jusqu'à ce moment impénétrable, se détendit et exprima la satisfaction la plus vive.

— Nous pouvons parler, pensa-t-il.

Et il reprit tout haut, en s'adossant contre la cheminée :

— Vous n'attendez pas de moi, baron, que je vous adresse des compliments ni que je témoigne un grand contentement.

— Que voulez-vous dire?

— Que j'ai lieu d'être surpris de vos procédés.

— Quels procédés? demanda Brucourt non sans embarras.

— Ne devinez-vous pas? Voici trois jours, à Paris, j'ai eu l'honneur de vous demander la main de votre fille et vous me l'avez accordée. Or, j'arrive, et quelle est la première nouvelle que j'apprends? Que vous avez disposé de mademoiselle de Brucourt, non à mon profit, mais au profit de M. de Maldrée. Je le répète, je ne peux vous adresser des compliments.

Ayant prononcé ces paroles, le prince crut devoir changer de position. S'étant débarrassé de sa pelisse, il prit place dans un fauteuil, et, jouant avec la chaîne de sa montre, il parut attendre que Brucourt se justifiât. Celui-ci réfléchissait et resta un moment sans répondre.

— Écoutez-moi sans colère, mon prince, dit-il enfin.

— Je suis très-calme, vous pouvez le voir, répondit froidement Bedleben.

Brucourt continua.

— Il est vrai que je vous avais accordé la main de ma fille.

— Vous ne le niez pas, c'est heureux !

— Non, je ne le nie pas. J'avais donné ma parole. Mais c'était à une condition.

— Laquelle ?

— Que ma fille consentirait à l'engagement que j'avais pris pour elle.

— Elle a refusé ?

— Quand je suis arrivé, avant-hier, j'ai appris, comme vous l'avez appris tout à l'heure, que Renée s'était promise à ce jeune homme qu'elle aime. J'ai toujours laissé ma fille libre d'accomplir ses volontés. Que pouvais-je faire ?

— Lui révéler l'accord convenu entre nous.

— C'est ce que j'ai fait.

— Et qu'a-t-elle répondu ?

— Qu'au-dessus de la promesse conditionnelle que je vous avais faite, se plaçait l'engagement qu'elle-même venait de prendre envers M. de Maldrée, qu'elle l'aimait, qu'elle était aimée de lui, que jamais elle ne consentirait à être à un autre.

— Et vous n'avez élevé aucune objection?

— Laquelle?

— Faire connaître vos désirs, les imposer.

— J'ai accoutumé ma fille, je vous le répète, à voir tous les siens satisfaits. D'ailleurs, j'ai pensé que vous vous résigneriez sans difficulté à un échec qui ne saurait être bien cruel pour vous.

— Ignorez-vous que j'aime mademoiselle de Brucourt?

— Vous ne la connaissez pas. Il y a quelques instants, vous l'avez vue pour la première fois.

— Qu'importe? demanda vivement le prince. Vous m'aviez montré son portrait, et dit d'elle plus qu'il n'en fallait pour me la rendre chère. Je l'aime, et je ne me résignerai pas à la perdre aussi facilement que vous semblez le croire.

Il y eut un long silence. Les deux hommes paraissaient, chacun de son côté, livrés à des réflexions profondes.

— Non, non, reprit le prince, je ne renonce pas aux espérances que j'ai conçues et que vous avez encouragées.

— Il y aurait peut-être moyen de tout arranger, répliqua Brucourt.

12.

— Quel est ce moyen?

— Tout à l'heure, vous étiez un inconnu pour ma fille. Il n'est donc pas étonnant qu'elle ait aimé tout autre que vous. Mais, maintenant, vous voilà en sa présence. Le mariage que nous avions arrêté avant votre arrivée ne doit avoir lieu, ainsi que vous avez pu l'entendre, que dans trois mois. C'est plus de temps qu'il n'en faut pour que vous preniez l'avantage.

— Mais puisque vous êtes engagé?

— Qu'importe! Faites-vous aimer, et si vous atteignez ce résultat, c'est ma fille elle-même qui éloignera l'autre prétendant pour vous donner la préférence.

Le prince Bedleben baissa la tête et ferma les yeux pour se recueillir. Brucourt attendait patiemment qu'il eût pris une résolution.

— Ça me va! s'écria tout à coup le prince. J'ai quarante ans et mon rival en a vingt-trois à peine. Il est beau, et ma figure de cosaque n'est pas de celles qui font rêver les jeunes filles et les séduisent. L'autre tient la corde et je suis pour le moment fortement distancé. Il ne me déplaît pas, néanmoins, d'engager la lutte et de conquérir ce cœur qui appartient déjà à un autre. Baron, tout à l'heure je voulais partir. Maintenant, je reste. Par exemple, je vous demande carte blanche.

— Je vous l'accorde.

— J'emploierai tous les moyens de séduction.

— Employez-les.

— Je me ferai aimer.

— Tant mieux. Je serais ravi de vous avoir pour gendre. Je vous l'avais déjà clairement indiqué.

Le prince se leva. Il était radieux. Ses petits yeux brillaient d'un éclat singulier. Il les fixa sur Brucourt; qui baissa les siens, ne pouvant supporter la flamme de ce regard dur et froid. Il connaissait le prince depuis deux ans environ. Il s'était lié avec lui. Mais il subissait son influence, et,toutes les fois que ce dernier le regardait, ainsi qu'il venait de le faire, Brucourt éprouvait un malaise semblable à celui qu'il éprouvait en ce moment. C'est que, dans ses souvenirs lointains, il retrouvait un œil pareil à celui du prince, sans pouvoir se rappeler en quelle occasion, en quel lieu il l'avait déjà rencontré. Il lui semblait que cet homme, qu'un hasard vulgaire avait jeté dans sa vie, possédait le privilége de lire jusqu'au fond de son âme et de pénétrer ses plus secrètes pensées. Instinctivement, sans savoir pourquoi, il comprenait combien il lui était nécessaire de compter ce mystérieux personnage parmi ses amis et tremblait à la pensée qu'il pourrait devenir l'objet de sa haine et de son mépris. Il le redoutait, parce qu'il avait tout à craindre de son inimitié. Explique qui pourra cette étrange impression. Nous la constatons sans avoir le dessein d'en rechercher dès à présent les causes, qui éclateront dans la suite de ce récit. Brucourt était ravi d'avoir été assez habile pour donner

satisfaction au prince et lui prouver son bon vouloir.
Les deux personnages en étaient là de leur entretien,
quand le son d'une cloche se fit entendre.

— On nous appelle pour déjeuner, dit Brucourt.

— Je ferai honneur à votre repas, baron. Je voyage
depuis le point du jour et j'ai grand'faim.

Il s'appuya familièrement sur le bras de Brucourt,
qui le guida vers la salle à manger. Comme ils y entraient, Daniel et Renée y arrivaient d'un autre côté.
Jabin les suivait. Quelques paroles banales furent
échangées, et l'on se mit à table, au milieu d'une
froideur générale, que tous les efforts du baron ne
parvinrent pas à dissiper. Le prince mangeait avec
avidité, moins encore pour satisfaire son formidable
appétit que pour cacher ses préoccupations. Il était
sous l'empire d'un embarras qui paralysait ses
moyens. A plusieurs reprises, il essaya de regarder
Renée, avec l'espoir que ses yeux rencontreraient
ceux de la jeune fille. Mais elle ne cessa de les tenir
baissés. En même temps, il se sentait observé par
Daniel et Jabin, dans lesquels il ne pouvait voir que
des ennemis. Il ne se trompait pas. Daniel le détes-
tait déjà. Quant à Jabin, tout en déjeunant, il se
disait :

— Voilà un citoyen dont la figure ne me revient
pas. Je veillerai sur lui.

Le même jour, à la suite d'un long entretien avec
Renée, Daniel — suivi du fidèle Jabin — regagna
l'Ermitage. Il ne pouvait, son habitation n'étant qu'à

quelques kilomètres de Brucourt et le trajet pouvant
se faire facilement tous les jours, résider au château
où sa présence constante n'eût pas été suffisamment
justifiée. Mais il fut convenu qu'il viendrait quotidiennement, autant pour faire sa cour à Renée que
pour s'entendre avec elle, si cela devenait nécessaire,
sur les moyens à prendre pour combattre l'ennemi
commun. Cet ennemi, c'était le prince. Les amoureux ont des pressentiments qui ne les trompent pas.
Renée ne connaissait pas l'entretien qui avait eu lieu
entre son père et le nouveau venu. Mais il lui suffisait de savoir que ce dernier avait demandé sa main
et de le voir, pour deviner les intentions dont il était
animé. Ce qui confirma ses craintes, c'est que, lorsque, revenant sur sa décision première, elle alla prier
son père de consentir à ce que son mariage fût célé-
bré, non dans le délai de trois mois qu'elle avait fixé
elle-même, mais dans un délai plus court, elle trouva
le baron opposé à ses désirs. Il allégua des prétextes
insuffisants, tels que la nécessité de faire plus ample
connaissance avec Daniel de Maldrée, de le mettre à
l'épreuve, et de ne pas lui confier l'avenir de sa fille
sans l'avoir jugé. Ce délai, d'abord trop long, à ce
qu'il avait dit, il le trouvait maintenant trop court.
Au consentement formel que les amoureux étaient
parvenus à lui arracher, succéda en quelques heures
un consentement conditionnel. Renée devina que
cette transformation subite était due à l'arrivée du
prince. Elle promit à Daniel de lutter énergiquement,

de ne céder sur rien. Mais elle l'engagea à s'éloigner.

— Votre absence, dit-elle, donnera à notre ennemi la liberté de ses mouvements. Il pourra mieux agir auprès de moi, et je saurai plus vite et d'une manière plus nette quelles sont ses intentions. Quoi qu'il arrive, ne doutez pas de mon cœur. Vous avez ma foi, et je mourrai plutôt que de trahir mes serments.

Daniel obéit. Il partit plein de confiance, mais prêt à combattre, se sentant d'autant plus fort qu'il était soutenu par l'invincible puissance d'un amour partagé. Dès le lendemain, il revint au château et de même les jours suivants. Mais il revint seul. Jabin ne l'accompagna pas. Il n'était plus à l'Ermitage. Il était parti pour Paris, à la suite de l'entretien suivant :

— Avant d'engager la lutte, avait dit Daniel, il faut nous munir d'armes solides ; il faut savoir quel est le personnage que nous avons à combattre. J'irai à Paris prendre des renseignements sur lui.

— Vous irez à Paris, s'écria Jabin, et pendant ce temps, vous le laisserez ici maître du terrain ! N'est-ce pas bien imprudent ?

— Mais, comment faire ? Si je ne m'éloigne pas, comment apprendrai-je ce que j'ai intérêt à connaître ?

— En m'envoyant à la recherche des renseignements.

— Mais sauras-tu les trouver ?

— Aussi bien que vous, si ce n'est mieux.

— Comment? demanda Daniel.

Jabin sourit dans sa moustache.

— J'ai plus d'un moyen, et le meilleur de tous, c'est l'aide d'un de mes anciens camarades du régiment, devenu agent du service de la sûreté publique. Il n'est point de secret pour des gaillards de cette trempe. Je saurai par lui toute l'histoire de ce prince, et s'il y a quelque vilenie dans son passé, comme je le soupçonne, je ne tarderai pas à être au courant de tous les faits qui pourront nous servir pour le couvrir de honte et l'obliger à s'éloigner.

Ces paroles décidèrent Daniel de Maldrée. Jabin alla à Paris. Pendant ce temps, Daniel vit Renée tous les jours, mais elle ne put rien lui apprendre. Elle n'avait fait aucune découverte pouvant les intéresser. Le prince passait à la chasse, en compagnie de M. de Brucourt et de quelques gentilshommes des châteaux voisins, la plus grande partie de ses journées. Il allait aussi à Caen, à Trouville, d'où il se rendait au Havre. Ce n'est guère que le soir que Renée le voyait, mais non en tête-à-tête, car il y avait presque tous les jours des invités, le baron, pour faire honneur à son hôte, prenant plaisir à réunir autour de lui les amis qu'il comptait dans le pays. Grâce au mouvement qui régnait au château, la jeune fille n'avait pas à subir les obsessions intéressées du prince. Il se montrait avec elle discret, froid, réservé, comme s'il eût attendu une occasion propice pour engager la lutte qu'elle redoutait, bien que prête à l'affronter. La

liberté de nos amoureux n'eut donc pas à souffrir de
l'arrivée du prince. Ils purent, comme précédemment, passer ensemble de longues heures, faire
quelques promenades lorsque le temps le permettait.
Rien n'eût manqué à leur bonheur, s'ils avaient pu
obtenir de M. de Brucourt le consentement définitif
qu'ils attendaient. Sur ces entrefaites, Jabin revint
de Paris. Son absence avait duré cinq jours.

— Vous vouliez des armes pour combattre votre
rival, s'il veut vous disputer la main de mademoiselle
Renée, j'en apporte.

Et comme Daniel l'interrogeait du regard, il
ajouta :

— Mon ami, l'agent de la police, a fait merveille.
Et d'abord, votre prince n'est pas plus prince que
moi. C'est un sujet russe, né en Crimée. Il y a lieu
de penser que Bedleben n'est pas son nom. On cherche en ce moment à découvrir comment il se nommait avant d'avoir fait peau neuve. Ce qu'on sait
bien, c'est qu'il était préposé à la ferme des eaux-de-
vie en Crimée, et qu'un beau jour il arriva en France
avec la caisse contenant les recettes qu'il devait verser au Trésor russe.

— Un voleur ! s'écria Daniel.

— C'est cela même. Il a, comme nous disions au
régiment, mangé la grenouille, qui était très-grasse.
A Paris, il a spéculé tour à tour sur les blés, sur les
cotons, sur les sucres. Il a tripoté à la Bourse, et on
croit qu'il a gagné beaucoup d'argent. Je dis qu'on

le croit, parce qu'il se pourrait bien que son luxe apparent cachât un trou qu'il voudrait rapiécer en épousant la dot de mademoiselle de Brucourt. Quoi qu'il en soit, au moment où le gouvernement russe se préparait à demander son extradition, il a réussi, on ne sait comment, à obtenir ses lettres de naturalisation, qu'on lui a délivrées au nom du prince Bedleben, et qui l'ont mis à l'abri de toute poursuite. Son histoire est très-connue. Mais, comme il donne d'excellents dîners, comme il possède hôtel somptueux, brillants équipages, maîtresses charmantes, les Parisiens, qui sont des gobe-mouches, lui ont beaucoup pardonné.

— Il est impossible que M. de Brucourt ait songé un seul instant à donner sa fille à un tel homme.

Jabin secoua la tête, et d'un ton affligé :

— C'est là ce qui est surtout douloureux dans cette affaire. Mais il paraît que le prince s'est vanté d'avoir obtenu la promesse formelle du baron, qui ne pouvait cependant ignorer une histoire qui court les rues.

Aucune révélation ne pouvait être plus pénible pour Daniel. Avoir à disputer celle qu'il aimait à un rival, quel qu'il fût, cela n'était rien pour lui. L'amour véritable brave tous les périls et le plus souvent les surmonte. Mais, après avoir acquis la preuve que ce rival était un fieffé coquin, constater que le père de Renée était son complice et trempait dans des infamies mystérieuses dont la main de sa fille

13

était sans doute le prix, c'était une découverte faite pour déchirer son cœur.

— Quels sont donc ces hommes ? se demandait-il. Existe-t-il entre eux un pacte qui les lie l'un à l'autre et oblige M. de Brucourt à sacrifier son enfant ?

Cette question se présenta vingt fois à son esprit durant la journée qui suivit le retour de Jabin. Il ne pouvait se décider à y répondre affirmativement, et ce qui l'en empêchait, c'est qu'il se rappelait que le baron lui avait accordé sans hésitation la main de Renée.

— Il n'était donc pas engagé ! pensait-il. Ou bien, subit-il la volonté de Bedleben, et espérait-il s'y soustraire pendant l'absence de ce dernier?

Cette hypothèse lui paraissait la moins invraisemblable et se justifiait d'autant plus que c'était seulement depuis l'arrivée du prince que le baron semblait être revenu sur ses projets primitifs et vouloir les modifier. De tels doutes étaient bien faits pour troubler et alarmer Daniel. Mais ils n'ébranlèrent ni son courage ni son amour. Il pressentait un mystère odieux. Mais plus ce mystère se faisait impénétrable, plus il chérissait Renée.

— Malheur à qui voudrait me l'arracher ! murmurait-il.

Et il sentait en lui des forces inconnues, toutes prêtes pour la défense de son bonheur.

C'était quinze jours après l'arrivée du prince Bedleben au château de Brucourt, vers dix heures du soir. Dans la vaste salle à manger, autour d'une table couverte d'argenterie massive qui reflétait la lumière des lampes et des candélabres et brillait de mille feux, douze convives étaient assis. A la suite d'une partie de chasse organisée par le baron, en l'honneur du prince, à quatre lieues de là, dans la direction de Caen, l'opulent propriétaire avait ramené tous les chasseurs au château et leur offrait un somptueux repas. Il était placé au centre de la table. Renée, assise en face de lui, avait à sa droite le prince Bedleben, à sa gauche un riche gentilhomme de la contrée. Daniel de Maldrée était non loin d'elle. On touchait à la fin du dîner. Les convives, excités par des mets exquis et des vins capiteux, causaient bruyamment. Deux personnes seulement avaient conservé tout leur sang-froid. C'étaient Daniel et Renée. Bien qu'éloignés l'un de l'autre, ils agissaient en ce moment sous l'empire d'une pensée qui leur était commune et d'un sentiment de joie et de confiance. Ils échangeaient fréquemment des regards dans lesquels chacun d'eux pouvait lire l'amour qu'il inspirait. Ce qui causait leur tranquillité, c'est que jamais ils n'avaient été plus convaincus de la force de leur mutuelle tendresse, à laquelle, à ce qu'il leur semblait, rien ne pouvait plus faire obstacle. Le prince lui-même avait cessé d'être pour eux un sujet d'effroi. Depuis quinze jours qu'il habitait le château, aucune parole n'était sortie de sa bouche qui pût

justifier les appréhensions qu'ils avaient un moment
conçues. Renée commençait à croire qu'elle s'était
trompée, que le prince n'aspirait pas à sa main ou y
avait renoncé. Son père, qu'elle avait surveillé avec
une touchante sollicitude et dont le calme ne s'était
plus un seul moment démenti depuis la nuit épouvantable dont nous avons raconté les péripéties, n'é-
levait aucune objection lorsqu'elle faisait devant lui
des allusions à son mariage, toujours fixé à quelques
mois de là. Ses manières avec Daniel ne s'étaient pas
modifiées, rien ne pouvait indiquer qu'il eût le dessein de s'opposer à la réalisation des espérances si
chères à sa fille. Il n'ignorait pas qu'elle voyait Daniel
tous les jours et il ne mettait aucun obstacle à leurs
entrevues. Le jeune homme était rassuré. Il cessait
de voir dans le prince un ennemi de son bonheur,
partageant en cela la confiance de son amie, qui se
montrait d'autant plus aimable avec ce dernier qu'il
lui paraissait moins à craindre. Ce soir-là, le prince,
placé à la droite de Renée, n'avait rien dit ni rien fait
qui pût réveiller les craintes endormies des amoureux. A diverses reprises, mademoiselle de Brucourt
avait manifesté par des gestes, que seul Daniel pouvait comprendre, combien son repos était grand. Elle
semblait dire à son ami :

— Nous nous étions alarmés à tort. Le pauvre homme ne songe guère à troubler notre bonheur.

Et, en effet, le prince, après avoir chassé tout le jour

comme un Nemrod, en présence de Daniel qui n'a-
vait pris part à la chasse que pour le surveiller, le
prince, disons-nous, s'était mis à table avec l'empressement d'un homme qui ne songe, après une rude
journée, qu'à réparer ses forces et à remplir son estomac. Il avait formidablement mangé, bu comme
un trou, sans prendre le temps de se montrer préve-
nant pour sa voisine, ni la peine de lui adresser la
parole. Maintenant, il semblait plongé dans la bes-
tiale béatitude que procure aux natures grossières
un bon repas dévoré avec gloutonnerie. On eût dit
un boa en train de digérer. Il promenait ses petits
yeux clairs et froids sur les convives ; si l'un d'eux
lui adressait la parole, il répondait par un signe de
tête ou par un de ces sourires bêtes qui, le plus souvent, sont la preuve d'une ivresse que celui qui la
subit s'efforce de dissimuler.

— Cet homme n'est pas un amoureux, pensait Daniel. Ce n'est qu'un ivrogne.

Une épaisse vapeur remplissait la salle. A cause du
froid qui régnait au dehors, les croisées étaient hermétiquement fermées et, l'air n'étant pas renouvelé,
l'atmosphère se chargeait des miasmes capiteux qui
se dégageaient des nombreuses bouteilles successivement débouchées par le sommelier. Renée fit un
signe à son père. Il comprit qu'elle étouffait, se leva.
Tous ses invités l'imitèrent. On se dirigea vers le salon, qui communiquait avec la salle à manger par
une serre, remplie de fleurs et d'arbustes, brillam-

ment éclairée. Dans cette serre l'air était frais ; Renée le respira avec délices. Le prince lui avait offert
son bras, marchait avec la roideur de l'homme qui
comprend que sa raison se noie dans le vin et n'en
veut rien laisser paraître. Mais le changement subit
de l'atmosphère lui fut fatal. La brusque transition
du chaud au froid fit éclater l'ivresse qu'il contenait.
Il chancela. Sa tête se pencha sur son épaule et Renée sentit trembler son bras sur lequel elle s'ap-
puyait. Bedleben lui fit horreur. Elle s'éloigna brusquement. Heureusement, personne, si ce n'est Daniel,
ne remarqua le geste qui lui était échappé. Quant au
prince, il se mit à rire silencieusement et, comme si
un éclair eût illuminé son cerveau obscurci, il se redressa par un suprême effort. Puis, se rapprochant
de Renée, il lui dit d'une voix rauque et troublée par
des hoquets fréquents :

— Soyez sans inquiétude, mademoiselle, je me
connais. Dans cinq minutes, il n'y paraîtra plus. Je
suis une brute, une pure brute.

Elle le regarda avec pitié et hâta le pas pour arriver avant lui dans le salon. Daniel l'y avait précédée, car, au milieu de l'émotion générale, les convives avaient quitté la table tumultueusement, en
désordre. Il s'avança vers elle.

— Souffrez-vous, Renée, vous voilà toute pâle ?

—Non, répondit-elle doucement. J'ai eu un peu de
frayeur. Mon père a versé trop généreusement ses
vins à ces messieurs.

— Le prince, n'est-ce pas ? demanda Daniel.

— Le malheureux ne se tient plus. Il est resté dans
la serre.

Daniel se dirigea de ce côté, jeta un coup d'œil et,
dans un coin, vit le prince assis sur un divan, les
yeux à demi clos, la tête penchée sur la poitrine, immobile et muet. Il revint vers Renée.

— Il dort, dit-il doucement.

Renée respira. En ce moment, deux valets de pied
entraient avec des tasses de café, servi à la turque,
sur un plateau d'argent. Tous les convives se précipitèrent à leur rencontre. Daniel et Renée se trouvèrent seuls.

— Je vais faire atteler mon cabriolet et partir, fit
Daniel. Il est tard et je veux rentrer à l'Ermitage.

— Sortez sans être vu, répliqua Renée sur le même
ton. Envoyez votre voiture sur la route. Je vous re-
joindrai dans le parc et vous accompagnerai jusque-là.

Daniel la remercia d'un sourire et disparut. Au
bout de cinq minutes, Renée vit Lisbeth qui venait
prendre les ordres de Brucourt et faire dresser des
tables de jeu. Elle lui demanda un manteau, que la
gouvernante rapporta sur-le-champ. Elle le jeta sur
ses épaules et, profitant du tumulte qui régnait dans
le salon, elle entr'ouvrit la porte qui donnait sur le
parc et disparut. Au dehors, il faisait froid. Mais la
lune était claire et répandait sur les champs silencieux sa douce lumière. Daniel attendait Renée. Elle

s'avança vers lui, prit son bras, s'y appuya, et ils se dirigèrent lentement du côté de la route.

— Combien j'ai hâte de voir partir cet homme ! dit Renée. J'acquiers chaque jour la conviction qu'il ne songe plus à vous disputer ma main. Mais sa présence suffit pour me troubler, et je pressens que, lorsqu'il sera parti, mon père consentira à nous marier sans plus tarder.

— Le séjour du prince ne peut se prolonger indéfiniment, répliqua Daniel.

— Mon père ne fait rien pour presser son départ, et c'est ce qui m'afflige. On dirait qu'il subit l'influence de ce personnage, qui est arrivé ici sans être attendu et s'est installé avec autant de sans-façon que s'il eût été invité à y venir. Il n'est personne, à ma connaissance, dont mon père eût supporté un tel procédé.

— C'est un prince ! objecta Daniel en souriant.

— Oui, un prince de contrebande, et mon père ne doit pas l'ignorer.

— Ne lui en avez-vous pas fait l'observation ?

— L'ai-je donc pu ? Depuis l'arrivée de cet homme ici, qui fut précédée de la crise terrible que vous savez, mon père semble m'éviter. Je n'ai pas encore trouvé l'occasion de rester cinq minutes en tête-à-tête avec lui, et lorsque je veux essayer de le prendre à part pour lui communiquer mes craintes, il m'embrasse, me ferme ainsi la bouche et s'éloigne sous un prétexte quelconque.

— C'est étrange, objecta Daniel. Mais, qu'importe ? on ne parviendra pas à nous séparer, ni à nous désunir.

En disant ces mots, il pressa tendrement le bras de Renée, passé sous le sien, contre sa poitrine, et cette étreinte les fit tressaillir l'un et l'autre. Ils arrivaient en même temps à la route. La voiture de Daniel attendait là, sous la garde d'un petit groom depuis peu à son service.

— A demain, murmura Renée à son oreille.

— A demain, répondit-il.

Il déposa un baiser sur la main de son amie, s'élança dans son cabriolet, véritable véhicule des temps anciens, et le cheval partit rapidement. Renée demeura immobile, l'œil fixé sur la voiture qui emportait une part d'elle-même. Puis, lorsqu'elle l'eut vue disparaître, lorsqu'elle eut cessé d'entendre le bruit des roues, elle retourna sur ses pas. Le silence était profond, et le sable fin des allées criait sous ses pieds légers. Elle allait à pas lents, le front baissé, plongée dans les pensées tristes qui s'emparaient d'elle toutes les fois que Daniel la quittait. Dans la nuit claire et glacée, le château, dont les croisées au rez-de-chaussée étaient brillamment illuminées, se dressait, étendant à droite et à gauche l'ombre de ses murs élevés, qui laissaient une partie du parc dans l'obscurité. C'est du milieu de ces ténèbres que Renée vit surgir tout à coup une ombre qui s'avança rapidement vers elle. Les ténèbres et la solitude ren-

13.

dent l'esprit facilement accessible à l'effroi. L'apparition avait été si brusque, si imprévue, que Renée, sans songer qu'un des invités de son père pouvait seul se présenter ainsi devant elle, tressaillit, poussa un cri, étouffé presque aussitôt par l'effort qu'elle fit sur elle-même. A ce cri, une voix répondit en disant :

— Soyez sans crainte, mademoiselle.

Cette voix, c'était celle du prince Bedleben. Loin de se rassurer, Renée fut saisie de terreur. Elle n'était qu'à quelques pas du salon où son père se trouvait avec une nombreuse compagnie. Il lui suffisait d'appeler pour qu'on vînt aussitôt à son secours. Mais entre elle et le château se trouvait cet homme ivre qui lui inspirait une horreur profonde. Sa langue était paralysée. Le prince s'avança vers elle. Elle ne pouvait distinguer ses traits, ses yeux un peu égarés. Mais elle vit les efforts qu'il faisait pour se tenir devant elle sans chanceler.

— Ne prendrez-vous pas mon bras? demanda-t-il.

Elle voulut passer outre. Il lui barra le chemin.

— Est-ce que je vous fais peur? reprit-il.

Et il arrondit le bras, essayant de sourire, courbé dans une attitude de suppliant. Elle voulut prouver qu'elle ne le redoutait pas et, sans mot dire, elle consentit à s'appuyer sur lui, mais non sans essayer de l'entraîner vers le château. Il la retint doucement et d'un accent brusque lui posa la question suivante :

— Savez-vous que je vous aime?

— Vous m'aimez, vous!

— Cela vous surprend-il? Votre père ne vous avait-
il donc rien appris?

— Je savais par lui que, sans me connaître, vous
aviez fait la demande de ma main. Mais je vous
croyais un homme d'honneur, et j'espérais qu'ayant
vu de vos yeux que j'en aimais un autre, vous aviez
renoncé à poursuivre vos démarches.

— On ne renonce pas à un trésor à la possession
duquel est attaché le bonheur de notre vie.

Elle voulut répondre. Mais il l'en empêcha en
continuant :

— Je sais tout ce que vous pouvez m'objecter,
qu'il y a quelques jours je ne vous connaissais pas,
que vous en aimez un autre, que vous ne sauriez,
le cœur plein de son image, et vous étant promise à
lui, être à moi. Je n'ignore pas ces choses. Mais elles
n'ont aucun poids dans mes déterminations.

— Quoi! vous voudriez!...

— Pour vous aimer, il m'a suffi de voir votre père
rendre hommage à vos vertus, à votre beauté. Dès
lors, je me suis juré que vous seriez ma femme.
Quand je suis venu ici, la présence de M. de Maldrée,
son attitude en face de vous, m'ont révélé la vérité,
à savoir qu'un autre m'avait devancé dans votre cœur.
Mais en même temps votre vue n'a fait qu'accroître
mon amour. Il n'est pas une veine de mon corps qui
n'ait servi de passage à un sang enflammé par la
passion la plus brûlante qui puisse animer un être
humain. J'ai résolu de vous disputer à ce rival, de

l'éloigner, de le supplanter, et maintenant, plus décidé que jamais à tout oser pour vous posséder, je viens vous dire : « Si vous l'aimez, renoncez à lui, écartez-le, car je ne vous céderai pas ; dussé-je aller jusqu'au crime, il devra disparaître pour me laisser la liberté de vous offrir ma fortune, mon nom, mon amour, de vous les imposer, si vous prétendiez les repousser. »

— Misérable ! s'écria Renée. Vous ne me parlez ainsi que parce que vous êtes ivre.

— Ivre, non ; un peu échauffé tout au plus. Je vous parle avec ma raison, sous l'empire d'une passion ardente, exigeante, prête à tout. Écoutez bien mes paroles, et qu'elles dictent votre conduite. Si indifférent que j'aie pu vous paraître, depuis que je suis ici, je n'ai pas cessé de songer aux moyens de vaincre mon rival, et mes résolutions sont telles que, je vous le déclare, s'il faut tuer, je tuerai.

Il était maintenant debout devant Renée épouvantée, portant haut la tête, les narines gonflées par la colère et la convoitise. Elle baissa le front. Il reprit d'une voix plus douce, pleine de prières :

— Non, vous n'aimez pas M. de Maldrée. Ce jeune homme sans position, sans nom, sans fortune, ne saurait réaliser l'idéal qu'une fille telle que vous a dû se faire d'un mari. Ce qu'il vous faut, c'est un homme comme moi, riche, titré, ambitieux, désireux de vous créer dans la vie une position digne de vous. Ah ! si vous saviez combien mon cœur est plein de

votre image, quelles pensées soulève la perspective
du bonheur après lequel j'aspire et dont je ferai la
conquête malgré tous, contre tous ! si vous pouviez,
si vous vouliez deviner l'état de mon âme, vous
n'hésiteriez pas à céder à mes prières. Je vous en
conjure, exaucez mes vœux. Évitez-nous à tous, à
votre père, à vous, à moi, à M. de Maldrée, des maux
dont vous ne pouvez prévoir la suite et qui ne sau-
raient vous soustraire à ma tendresse. Vous serez à
moi ! C'est écrit. Résignez-vous à être heureuse et ne
vous condamnez pas à maudire celui auquel vous
serez fatalement un jour.

— Si vous m'aimiez, comme vous le dites, s'écria
Renée tout à coup, votre amour même vous inspire-
rait le courage du sacrifice. Vous comprendriez que
vous ne sauriez, quoi que vous disiez, quoi que vous
fassiez, remplacer dans mon cœur celui qui le remplit tout entier, auquel, du consentement de mon
père, je me suis promise. Vous renonceriez à des
exigences injurieuses ou folles, dont l'expression me
fait horreur et me rattache plus étroitement aux
volontés que j'ai conçues et dont rien n'empêchera
l'accomplissement.

Le prince la regarda avec un sourire sombre et,
secouant la tête :

— Rien, dites-vous ! Il est imprudent, croyez-le
bien, de me braver ainsi. Malheureuse ! ne savez-vous
pas que l'honneur de votre père est dans mes mains
et qu'il dépend de moi de l'envoyer à l'échafaud ?

Renée recula frappée d'épouvante. Mais soudain, comme si elle eût été frappée par cette pensée que le prince cherchait à l'effrayer, elle s'écria :

— Et vous avez cru, par de telles menaces, avoir raison de moi ! Vous vous êtes trompé ! Si j'avais le malheur d'ajouter foi à vos paroles, de céder à vos désirs, ma vie serait maudite. Si elle doit l'être, que du moins je n'aie à me reprocher ni lâcheté ni faiblesse ! Je connais maintenant vos desseins. J'y résisterai ! Et ne croyez pas trouver en moi une adversaire pusillanime. Je lutterai de toutes mes forces ! C'est mon père, c'est mon fiancé, c'est mon bonheur, c'est moi-même que je défends contre vous. Ils seront bien défendus, je le jure. Prince, agissez à votre guise ; mais j'affirme que je mourrai, dussé-je me frapper sous vos yeux, plutôt que de jamais consentir à m'unir à vous.

En disant ces mots, Renée s'était peu à peu dirigée, à reculons, du côté du château. Au moment où elle s'arrêta, elle ne se trouvait plus qu'à quelques pas de la porte du salon. De l'autre côté de cette porte on entendait des cris, de bruyants éclats de rire. Elle l'ouvrit brusquement, disparut, et le prince Bedleben resta seul dans le parc que couvraient de toutes parts les ombres du soir. Cette scène violente avait dissipé son ivresse. Sa raison, un moment affaiblie par le vin, était maintenant revenue tout entière.

— C'est donc une lutte qu'il faut entamer ? murmura-t-il. Eh bien ! je l'entamerai, et malheur à qui la provoque ! Pauvre fille folle qui ne comprend pas qu'elle ne saurait s'échapper !

Il allait entrer dans le salon. Mais, au moment de poser la main sur le bouton de la porte, il s'arrêta :

— Mon visage doit porter des traces de mon émotion, se dit-il.

Et il revint sur ses pas, dans la nuit froide, sous les arbres dont les branches dépouillées et humides faisaient entendre de sourds craquements. Un quart d'heure s'écoula ainsi. Soudain, un grand mouvement se manifesta dans le château. Des domestiques couraient dans tous les sens, et bientôt les voitures des invités, sortant des remises, vinrent se ranger devant le grand perron.

— On se retire plus tôt que je n'espérais, pensa le prince. Le sort me sert à souhait. Eh bien, c'est ce soir même que j'aurai avec le baron les explications d'où doit sortir une solution.

Il se dirigea lui-même vers les remises, où se trouvaient encore les palefreniers du château. Il chercha parmi eux, et ayant avisé un individu à longue barbe, au costume fait d'une tunique à larges plis et d'un bonnet rond, tels qu'en portent les moujicks, il lui dit quelques mots en langue russe. Celui-ci s'inclina. Bedleben revint alors dans la direction du château. Les voitures des invités s'ébranlaient. Il les suivit des yeux, vit les lanternes disparaître et entra d'un pas assuré dans le salon. Le baron de Brucourt y était seul. Brucourt était assis devant la cheminée, les pieds sur les chenets, les mains dans ses poches, les yeux perdus dans une rêverie sans but. Le prince put s'avancer jusqu'auprès de lui sans être entendu. Il toucha légèrement son épaule et dit :

— Baron, nous avons à causer.

Brucourt tressaillit, se leva, et frotta ses yeux comme s'il venait de se réveiller.

— C'est vous, prince ! répondit-il. D'où sortez-vous ? Tout à l'heure, mes invités vous réclamaient, désolés d'être obligés de partir sans vous voir. Je croyais que vous aviez été indisposé et que vous étiez remonté chez vous.

— Nullement. J'ai fait une promenade dans le parc.

— Malgré l'obscurité ?

— Malgré l'obscurité. Je suis soulagé. Vos vins sont excellents, mon cher baron, mais trop capiteux.

Brucourt sourit avec complaisance.

— Ne disiez-vous pas que vous vouliez me parler ? demanda-t-il.

— Oui, de choses graves.

— Je vous écoute.

— Mais, serons-nous en sûreté ici ?

— En sûreté ?

— Oui, personne ne se penchera-t-il aux portes pour surprendre notre entretien ?

— Quelle pensée ! c'est donc bien important ce que vous avez à me communiquer ?

— Vous en jugerez vous-même. Mais, si vous m'en

croyez, rendons-nous dans votre appartement. J'ai la certitude que là nous serons à l'abri de toute surprise.

Brucourt regardait le prince avec étonnement. Néanmoins, il ne fit aucune objection et, quittant avec lui le salon, se dirigea à travers les couloirs brillamment éclairés vers sa chambre située, nous l'avons dit, au premier étage du château. Ils entrèrent. Dans le salon qui précédait cette chambre, un domestique allumait les bougies placées dans les candélabres. Dans les cheminées des deux pièces, flambait un feu clair et joyeux.

— Sortez, dit M. de Brucourt. Ce soir, je me passerai de vous.

Le domestique obéit. Le baron l'écouta s'éloigner. Puis, fermant la porte, il tourna la clef dans la serrure et, revenant vers Bedleben, il lui dit, non sans ironie :

— Etes-vous satisfait, mon prince? Pensez-vous que nous soyons assez seuls?

— Ces précautions ne sont pas de trop, répondit gravement le prince. Vous le reconnaîtrez tout à l'heure.

— Ma foi, vous m'effrayez.

En parlant, Brucourt s'était étendu sur une chaise longue devant la cheminée, après avoir allumé un cigare. Le prince roulait entre ses doigts une cigarette et resta debout, tournant le dos au feu.

— Mon cher baron, dit-il enfin, je suis de plus en plus décidé à épouser votre charmante fille !

Brucourt leva la tête.

— Vous dites !...

— Je dis qu'après un séjour de deux semaines ici, mon amour pour mademoiselle Renée est devenu une passion violente et que je veux qu'elle soit ma femme.

— Je n'ai rien à y reprendre, si tel est son senti- ment. Vous n'avez pas oublié ce dont nous étions convenus lorsque vous êtes arrivé ici, à savoir que, si vous parveniez à lui plaire, je vous verrais avec joie entrer dans ma famille.

— Il est possible que telles aient été nos conven- tions.

— Ne voudriez-vous plus y être fidèle ?

— Je veux... je veux assurer mon bonheur. M. Da- niel de Maldrée aime, je le sais ; il vient ici, je le sais encore ; il y est bien accueilli... mais est-il aimé ? J'en doute.

— Et vous ?

— On m'aimera.

— Qu'en pense ma fille ?

— Votre fille ! Eh bien, puisque vous voulez con- naître la vérité, et autant vous la dire sur-le-champ, j'ai eu ce soir avec mademoiselle Renée un entretien plus orageux que long, durant lequel elle m'a déclaré, d'une manière formelle, qu'elle refusait absolument de m'épouser.

— Mais, alors, je suis surpris que vous persistiez...

— Oui, je persiste, et je viens vous demander, à vous son père, l'autorisation d'employer un moyen radical pour l'obliger à revenir sur cette décision.

— Et quel est ce moyen?

Le prince ne répondit pas sur-le-champ, comme s'il eût cherché les mots dont il allait se servir. Brucourt réitéra sa question.

— Mon cher baron, quand une jolie personne a un caprice, il est important, dans l'intérêt même de son bonheur futur, de ne pas la laisser libre d'y céder. Vous êtes père et vous pourriez, ce me semble, démontrer à votre fille qu'en persistant à vouloir épouser M. de Maldrée, et à refuser...

— C'est là un terrain qu'il faut abandonner, prince, interrompit vivement le baron. Renée est fille unique. Je peux lui donner une dot royale. Elle est adorée par moi. Je ne veux que son bonheur et, pour rien au monde, je n'essayerai de la contraindre.

— Mais, si l'on vous prouvait que c'est dans son intérêt.

— Alors même, je n'essayerais pas, étant certain de ne pas la faire céder. C'est un roc, que la volonté de cette enfant. Elle pourrait peut-être, pour me plaire, consentir à ne pas épouser M. de Maldrée, mais non à vous épouser, vous. Renoncez donc...

D'un sourire étrange et d'un geste impérieux, le prince arrêta Brucourt.

— Éloignez cette pensée. Je ne renonce pas.

— Cela, prince, dépasse la plaisanterie. Je vous refuse formellement ma fille.

Bedleben leva les épaules.

— Allons donc! Non-seulement vous ne me la re-
fuserez pas, mais vous allez même devenir mon
complice pour l'obliger à me céder.

— Prince !

— J'y compte si bien que j'ai combiné tout un plan
d'enlèvement auquel, j'en suis certain, vous donnerez
votre approbation.

— Un plan d'enlèvement?

— Il est minuit. J'ai une voiture toute prête, des
gens sûrs. A deux heures, j'enlève mademoiselle Renée, je file sur Paris, et là, je vous promets d'agir de
telle sorte qu'avant huit jours, elle sera princesse.

A ces mots débités avec un sang-froid impértur-
bable, Brucourt se leva, et regardant le prince :

— Êtes-vous ivre ou fou?

— Vous refusez donc?

— Il le demande! Voyons, prince, vous avez voulu
rire...

— J'ai parlé sérieusement.

— Et c'est à moi, père, que vous proposez de consentir à compromettre, par un acte odieux, l'honneur,
le repos de ma fille !

— Les compromettre momentanément, car le mariage effacera ces légères souillures.

— Je crois, prince, que vous ferez sagement de
vous retirer, de vous mettre au lit.

— Baron de Brucourt, continua Bedleben, je me

vois à regret dans la nécessité d'avoir recours à des
sommations douloureuses pour vous.

— Cessez ce langage ! il est une injure.

— Nous nous connaissons depuis plusieurs années,
et ce qui m'a surpris, c'est que le jour où la première
fois vous m'avez rencontré dans Paris, vous n'ayez
pas eu le souvenir de mon visage.

— Vous avais-je donc déjà vu ? fit Brucourt avec
inquiétude.

— Il y a dix ans environ, le lendemain du jour
où Sébastopol était tombé au pouvoir des armées
alliées.

Brucourt regardait attentivement Bedleben, et
tout son être trahissait la crainte qui venait de s'emparer de lui. Bedleben reprit :

— Je vous ai vu, baron, alors que vous vous appe-
liez tout simplement le capitaine Malory, alors que
vous receviez le dernier soupir du commandant Jacques de Maldrée, alors que vous étrangliez dans son
lit madame Sophie Sterowski et mettiez le feu
à sa maison après vous être emparé de ses biens
et de ceux du fils du commandant. Voilà quand je
vous ai vu. On m'appelait alors Ivan Goubine d'Eupatoria. J'ai donc bien changé depuis dix ans que
jamais mon visage n'a fait trembler votre âme criminelle !

Il aurait pu parler longtemps encore : Brucourt ne
semblait pas l'entendre. Il était retombé écrasé sur
sa chaise longue, et ses regards égarés paraissaient

ne pouvoir se fixer sur l'homme terrible, témoin de ce crime qui venait de se révéler à lui. Ce dernier continua :

— J'ai suivi dans tous ses détails l'enchaînement de vos forfaits, et si madame Sterowski n'a pas trouvé la mort dans l'incendie qu'allumèrent vos mains, c'est qu'après votre départ je la sauvai. Mais elle resta folle, entendez-vous ? et depuis elle est demeurée sous ma garde, morte pour tous, vivante pour moi seul, qui savais bien que le jour où je vous retrouverais, il suffirait de vous dire qu'elle vit pour vous rendre docile à mes désirs.

Il s'arrêta de nouveau, Brucourt ne répondit pas ; mais ses yeux, prenant une expression de plus en plus épouvantable, semblaient vouloir dévorer Bedleben. Le prince feignit de ne rien voir. Il reprit :

— Mes désirs, vous les connaissez. Je veux épouser votre fille, et j'avais raison de vous dire que vous seriez le premier à vouloir ce que je veux.

Cette fois le baron se leva. Il bondit à l'autre extrémité de la chambre, arracha une épée à une panoplie accrochée aux murs et d'une voix sombre :

— Ivan Goubine ! s'écria-t-il, vous allez mourir.

Et il s'avança, l'arme haute, vers le prince. Le prince ne sourcilla pas. Ni la colère ni l'épée de Brucourt ne le terrifièrent, et lorsque le baron se trouva à trois pas devant lui, il dit froidement :

— Je vous préviens que si vous me tuez, vous êtes assuré d'aller à l'échafaud.

L'arme que tenait Brucourt s'échappa de ses mains.

— Je vous connaissais trop bien, continua le prince, pour me livrer à vous sans avoir pris toutes mes précautions. Avant de quitter Paris, j'ai écrit le récit circonstancié des événements auxquels j'ai fait allusion. Ce récit, déposé en lieu sûr, sera remis dans huit jours au procureur général de la Cour de Paris, si je n'en ordonne autrement. Frappez-moi donc!

— Un récit! s'écria impétueusement le baron, qu'est-ce que cela prouvera, sinon votre infamie? Quelles preuves contient-il contre moi?

— Et le témoignage de la folle à laquelle votre présence rendra peut-être la raison, ne le comptez-vous pour rien? Et le sergent Jabin, croyez-vous qu'il sera difficile de le convaincre de votre participation dans ces crimes qu'il soupçonne? Et Daniel de Maldrée?

— Assez! assez! murmura Brucourt.

Et le misérable tomba accroupi sur ses genoux devant le prince Bedleben.

— Qu'exigez-vous? demanda-t-il.

Il était pitoyable.

— Je vous l'ai dit, répondit le prince, la main de votre fille. Et puisque vous m'avez déclaré que vous ne parviendriez pas à la persuader, à obtenir d'elle qu'elle consente à rompre avec M. de Maldrée pour accéder à mes vœux, ce que je vous demande, ce que j'exige, c'est que vous me laissiez libre d'employer les moyens que je jugerai bons à la rendre docile.

— L'enlever ! jamais ! jamais !

— Croyez-vous donc que je veuille la torturer, lui imposer des tourments ! Eh, mon cher baron, je ne suis pas un bourreau, mais un amoureux très-tenace, voilà tout. Assurément la belle personne commencera par se croire malheureuse lorsqu'elle aura été réduite à m'accorder sa main. Mais quand elle se verra entourée d'un amour sans limites, accablée de preuves de tendresse, son cœur se laissera toucher. On m'aime lorsqu'on me connaît, je peux vous l'assurer sans fatuité. Elle finira par nous bénir l'un et l'autre.

Et comme M. de Brucourt ne répondait pas, le prince ajouta :

— Ainsi, je l'enlève, c'est convenu ! Je ne vous demande pas de vous en mêler ; laissez-moi faire, voilà tout. Seulement, quand nous serons partis, n'allez pas courir sur nos traces.

— Non, non, c'est impossible, s'écria vivement le baron qui s'était relevé, je ne peux entendre froidement ces choses. Je pourrais encore moins demeurer chez moi, alors que je saurais ma fille dans les angoisses que vous prétendez lui imposer. Je volerais à son secours, et si un de ses cris arrivait à mes oreilles, je crois que je vous tuerais.

— N'ayez pas cette crainte, répliqua froidement le prince. La peur de l'échafaud...

— Oh ! c'est horrible, c'est horrible, murmura Brucourt. Quel châtiment !

Et de nouveau, il tomba sur ses genoux en laissant échapper les sanglots qui gonflaient sa poitrine. Le prince Bedleben restait insensible.

— Je trouve, dit-il sans sourciller, que vous prenez les choses par trop au tragique. Laissez-moi donc faire. Je ne veux pas la tuer, votre fille. Je veux la rendre heureuse. Fermez vos yeux et vos oreilles.

— Jamais ! jamais ! reprit sourdement le baron.

— Il faut pourtant s'arrêter à une décision. Nous ne pouvons passer la nuit à discuter.

Le baron se redressa lentement.

— Eh bien, dit-il, je verrai ma fille demain matin, je lui parlerai, je la convaincrai.

— Vous disiez tout à l'heure que c'était impossible.

— S'il le faut, je lui dirai...

— Lui direz-vous que vous avez trompé la confiance du commandant de Maldrée, mort dans vos bras, incendié la maison de madame Sterowski, étranglé la malheureuse, causé la mort de ses domestiques. Lui direz-vous tout cela ?

Brucourt demeurait silencieux, frémissant, écrasé, le front baissé. Le prince continua :

— Vous reculerez devant ces aveux qui vous déshonoreraient aux yeux de votre fille, qui tueraient son affection pour vous et qui, loin de la décider à vous écouter, l'éloigneraient à jamais de vous et de

14

moi. Elle prendrait la fuite, et peut-être vous avec
elle. Je ne veux pas courir ce hasard. Le parti que je
propose est le seul praticable, et, en vérité, je suis
bien bon de supplier tant et tant. Je veux, ai-je dit,
j'exige. Baron de Brucourt, si vous ne redoutez pas
la justice humaine, si vous croyez qu'elle ne saura
pas découvrir vos forfaits, comme ceux que je connais, et les autres, ceux que je devine, lorsque mon
testament lui en aura révélé les traces, tuez-moi, et
délivrez-vous ainsi d'un homme que le jour de demain trouverait votre implacable ennemi, à moins
que vous ne consentiez à devenir mon complice.
Allons, décidez-vous !

Il ne suppliait pas, il ordonnait. C'en était trop. Brucourt sentait son sang se glacer dans ses veines. Il
se voyait acculé dans une impasse, enserré comme
dans un cercle de fer. Tout lui manquait à la fois, la
force, le courage, le sang-froid, la présence d'esprit.
Il était affolé. Il pouvait tuer cet homme non moins
misérable que lui, transformé en instrument de la
vengeance divine pour justifier la parole sacrée : les
fautes des pères retombent sur leurs enfants. Il pouvait le tuer, déclarer à sa fille que c'était en défen-
dant son honneur qu'il était devenu assassin, s'enfuir
avec elle en Angleterre ou aux États-Unis, se soustraire ainsi aux conséquences dont le testament du
prince le menaçait. Oui, cette ressource suprême lui
restait. Elle ne se présenta pas à son esprit. Tandis
que le prince attendait son dernier mot, il resta hé-

bêté, stupide, roulant ses yeux agrandis démesurément, égarés, effarés ; puis, le prince ayant fait un
pas vers la porte, le baron étendit les mains comme
pour le supplier. Mais ses dernières forces l'aban-
donnèrent. Il roula sur le tapis de sa chambre, privé
de connaissance, inanimé. Le prince se pencha sur lui.

— Ma foi, pensa-t-il, voici ce qui pouvait arriver
de mieux pour tous. Il me laisse le temps d'agir.

Il sortit en courant de l'appartement du baron,
dont il ferma la porte à clef, descendit dans le parc
où il trouva son moujick qui, prévenu par lui, attendait ses ordres, après avoir préparé voiture et chevaux et averti les domestiques que son maître partait
dans la nuit.

— Amène la voiture devant la porte du grand salon. Puis, place-toi près de cette porte, avec une
couverture de laine, et ouvre l'œil aux signes que je
te ferai.

Le prince alluma un candélabre, car, tous les domestiques s'étant couchés, le salon était plongé dans
l'obscurité. Puis, ayant laissé son moujick, il remonta au premier étage. Il arriva devant la porte de
l'appartement de Renée et frappa doucement, après
s'être assuré, grâce à un rayon de lumière qui s'é-
chappait de la chambre par le trou de la serrure, que
mademoiselle de Brucourt n'était pas endormie.

— Qui est là? demanda-t-elle.

— Le prince Bedleben, mademoiselle. Êtes-vous
couchée ?

— Non, pourquoi? demanda Renée, qui avait tres-sailli au son de cette voix.

— Alors, mademoiselle, descendez vite. Votre père est souffrant et vous fait appeler.

— Mon père! s'écria Renée qui ne douta pas une minute de la vérité de ces paroles et qui ouvrit la porte.

Elle était encore habillée comme pendant la soirée, d'une robe de soie bleue qui dessinait sa taille élégante, n'ayant dans ses cheveux d'autre parure qu'un camélia blanc cueilli dans les serres du château.

— J'étais avec votre père dans le salon. Nous causions tranquillement. Il s'est subitement trouvé mal.

Renée allait courir pour arriver plus vite.

— Prenez au moins un châle, un manteau. Il fait très-froid dans ces corridors, lui dit le prince.

Elle se rendit à cette observation, rentra précipitamment chez elle, en sortit après s'être enveloppée dans la mante que quelques heures avant elle portait dans le parc et descendit si vite que le prince avait peine à la suivre. Il arriva cependant à la porte du salon en même temps qu'elle. Renée n'eut pas le temps de voir que son père n'était point dans cette pièce et qu'on l'avait attirée dans un piége. Le moujick du prince était embusqué derrière la porte. Il laissa entrer la jeune fille, Puis, sur un signe de son maître, il jeta sur la tête de Renée la couverture de laine qu'il tenait prête à cet effet et qui devait étouffer dans ses vastes plis les cris de la victime.

Mademoiselle de Brucourt n'eut ni le temps de se reconnaître, ni la force de se débattre. Comme une alouette prise au piége, elle fut sur le coup dans l'impossibilité d'agir. Et presque aussitôt, elle se sentit enlever, emporter à quelques de là, déposer sur les coussins d'une voiture qui ne tarda pas à s'ébranler et qui l'eut mise, en quelques minutes, loin de la protection de son père.

Le lendemain de ce jour, Daniel de Maldrée, étant venu dès le matin au château, trouva la gouvernante de Renée, mademoiselle Lisbeth, dans une terreur et un abattement difficiles à décrire. Il apprit de sa bouche qu'on avait trouvé M. de Brucourt enfermé chez lui, privé de connaissance, qu'on avait dû le mettre au lit, et qu'on craignait un transport au cerveau. Quant à Renée, elle avait disparu en même temps que le prince Bedleben. Daniel devina sur-le-champ que le misérable avait enlevé son amie. Il ne pouvait douter d'elle, et il le savait, lui, capable de toutes les infamies.

— Prince, s'écria-t-il, à nous deux, maintenant.

Le même jour, accompagné du fidèle Jabin, il quittait l'Ermitage, après avoir promis à Lisbeth de la tenir au courant du résultat de ses recherches.

FIN DE LA SECONDE PARTIE

TROISIÈME PARTIE

JUSTICE

L'avenue du Roi-de-Rome, qui s'ouvre devant l'Arc-de-Triomphe, et aboutit à l'ancienne terrasse de Chaillot, est l'une des plus splendides créations du Paris moderne. C'est une voie large, aérée, majestueuse, bordée de maisons monumentales, de riches hôtels, dont quelques-uns passent à bon droit pour les plus somptueux de la capitale. Parmi ces hôtels, il en est un, situé à droite, vers le milieu de l'avenue, en allant dans la direction du Trocadéro, remarquable autant par ses belles proportions architecturales que par sa physionomie mystérieuse. Il est précédé d'une cour d'honneur, qu'une grille, flanquée de deux pavillons de concierge, sépare du boulevard. Un lierre épais grimpe le long de cette grille et dérobe aux passants la vue de la façade de l'hôtel. Mais, lorsque les portes s'ouvrent pour laisser entrer ou

sortir une voiture, on peut voir, sous une marquise
en fer sculpté, un perron monumental qui donne
accès dans l'intérieur de l'habitation. L'hôtel a deux
étages soutenus par de lourdes colonnes d'un style
étrange rappelant celles qui soutiennent les temples
indiens. Au fond de la cour, à droite et à gauche,
deux passages conduisant, l'un dans une cour où
sont situées les écuries et les remises ; l'autre, dans
un jardin dont les pelouses s'étendent devant la façade
postérieure. Ce jardin, clos d'un mur élevé, est
planté d'arbres touffus, transplantés à grands frais,
et de plantes exotiques qui en font une merveille digne de l'opulente demeure à laquelle il sert de complé-
ment. L'intérieur de l'hôtel répond à l'extérieur. Un
escalier de marbre dessert les deux étages ; sur chaque palier, s'ouvrent de larges couloirs qui donnent
accès à toutes les pièces. Les salons de réception, la
salle à manger d'apparat, le fumoir, la bibliothèque,
la salle de billard sont au rez-de-chaussée ; les appartements intimes au premier étage, les chambres
d'amis au second. Les domestiques ont leur domicile hors de l'hôtel, au-dessus des communs, de telle
sorte que, le soir venu et leur service terminé, la
maison reste libre de leur surveillance et entièrement réservée aux maîtres. Le mobilier n'est pas
moins admirable que l'immeuble. C'est une collec-
tion merveilleuse de chefs-d'œuvre de l'art ancien et
moderne. On rencontre des richesses à chaque pas.
Ici, ce sont des tableaux aussi beaux que ceux du

Louvre ; là, des bahuts en chêne ou en cèdre, dont
les parois sont sculptées, ciselées, fouillées avec une
exquise habileté et dont les ferrures valent à elles
seules autant qu'un mobilier moderne. Puis, viennent des statues, des antiques, des médailles, des
chinoiseries, des rideaux en guipures de Venise, des
bronzes florentins, tout ce qui peut réjouir les yeux
d'un amateur des belles choses. On sent d'ailleurs,
que tous ces objets ont trouvé là leur place définitive
et assurément la plus convenable. Ils sont dans un
cadre fait à leur taille, et il semble qu'on ne saurait
les retirer de là sans porter atteinte à leur valeur et
à la valeur de la demeure qui les abrite. Aussi, bien
que l'hôtel ait changé deux fois de propriétaire depuis que s'y déroulèrent les événements que nous
racontons, le mobilier n'a pas quitté sa place. Il a été
vendu et acheté en même temps que la propriété, de
telle sorte que, pendant plusieurs années, rien n'a
été modifié dans la physionomie de chaque pièce.

C'était le soir, vers huit heures, quinze jours après
les événements qui terminent la seconde partie de ce
récit. Dans une chambre située au second étage de
l'hôtel, à l'extrémité droite de la façade qui regardait le jardin, une femme était seule. La chambre
était entièrement tendue de velours bleu. Un tapis
aux couleurs sombres couvrait le sol. Une lampe
en porcelaine de Sèvres, posée sur un guéridon de
bois noir incrusté d'or, répandait autour d'elle
une ombre indécise. Le lit, placé dans un angle

obscur, se devinait plutôt qu'il ne se voyait. En face
de la porte, dissimulée par d'épaisses portières, était
suspendu un tableau, copie savante et fidèle du *Christ
en croix* de Philippe de Champaigne, que l'on peut
admirer au palais du Luxembourg. Cet homme-Dieu,
aux trois quarts nu, penchant son front meurtri et
essayant de lever les yeux vers le ciel, donnait par sa
présence je ne sais quelle physionomie sinistre à
cette chambre sombre comme un cercueil et qui
semblait faite pour que tous les cris, qu'ils fussent
causés par le plaisir ou par la douleur, y demeu-
rassent étouffés. La femme qui se trouvait seule en
ce lieu était assise devant le feu sur un tabouret bas,
les coudes posés sur ses genoux, la tête dans ses
mains. Elle était jeune et belle. Mais la douleur avait
déjà fait des ravages cruels dans son âme. Cela se
devinait à la pâleur de son visage, à ses traits défaits,
au désordre de ses cheveux qui flottaient sur ses
épaules, à ses yeux perdus dans des rêveries où la
tristesse avait assurément plus de part que la joie.
Cette femme, c'était Renée de Brucourt, et cette
chambre, une chambre de l'hôtel du prince Bedleben.
Elle y était depuis quinze jours, brisée, anéantie, par
le cruel événement dont l'amour féroce du prince
l'avait rendue victime. Arrachée brusquement au
foyer paternel, ravie à l'amour de Daniel de Maldrée,
victime d'un odieux guet-apens, elle se trouvait maintenant loin de ceux qui pouvaient la protéger contre
les périls incessamment accrus sous ses pas, livrée

à ses propres forces, et ne pouvant se défendre d'une
indicible terreur, en songeant aux pathétiques circonstances de son enlèvement. Tout d'abord, revenue à elle et se sentant dans une voiture emportée
par des chevaux rapides, à côté de son ennemi le
plus cruel, elle avait essayé la résistance. Elle s'était
débattue, voulant se précipiter par la portière. Le
prince la contint. Doué d'une force herculéenne, il
l'avait réduite à l'impuissance en disant :

— Je vous supplie, et au besoin je vous ordonne
de vous apaiser. Par ce qui vous arrive, vous pouvez
voir de quoi est capable la passion que vous m'avez
inspirée. Maintenant que j'ai entrepris la lutte contre
vous que j'adore et qui m'obligez à ces moyens
violents, j'irai jusqu'au bout. Je suis décidé à vous
tuer plutôt que de vous céder à un autre. Si donc,
avant notre arrivée à Paris, vous tentiez de vous
échapper de mes mains, de me fuir, d'appeler au
secours, je vous poignarderais, je vous le jure. Ne
m'obligez pas à vous prouver que je n'ai qu'une
parole. Je vous respecterai, je m'y engage, et j'attendrai patiemment que l'amour que doivent vous inspirer des ardeurs capables même du crime, ou la lassitude vous pousse dans mes bras. Jusqu'à ce jour,
ma maison deviendra votre demeure, une chambre votre prison : l'unique supplice auquel je vous
condamnerai sera de me recevoir et de m'écouter. Je
vous obligerai à m'aimer ; vous ne sortirez de mon
hôtel qu'avec le titre de princesse, et parée de

mon nom. Vous serez ma femme. Je le veux.

Ce langage ferme, résolu, criminel, ramena Renée au calme. Mais, en ces tristes circonstances, elle n'avait pas perdu l'espoir de se soustraire à cet amour brutal qui ne lui inspirait que de l'horreur. Sans chercher à s'expliquer comment il se pouvait faire que son père ne se fût pas trouvé là pour la protéger, elle résolut de feindre une obéissance absolue ; l'âme déchirée, mais contenue par la grandeur du souvenir de Daniel, par le sentiment de sa dignité, se roidissant contre la persécution infâme dont elle était l'objet, elle se résigna. Elle ne descendit de voiture qu'à Paris, après un voyage qui ne dura pas moins d'une journée. Arrivée à l'hôtel de Bedleben, elle fut conduite par le prince lui-même à la chambre qui lui était destinée.

— Voici votre appartement, dit-il. Rien ne vous y manquera que la liberté. Une femme restera à vos ordres et les exécutera avec empressement. Ne tentez pas de la corrompre. Elle ne vous comprendrait pas. N'essayez pas davantage de fuir, vous êtes gardée à vue. Il en sera ainsi jusqu'au moment où il vous conviendra de vous unir à moi par les liens du mariage. Ce jour-là, un prêtre viendra nous bénir, et dès le lendemain vous serez libre. Je reste à votre disposition, et j'accourrai à l'heure où il vous conviendra de me faire appeler. Votre réputation ne court aucun danger, puisque tout le monde vous croit à Brucourt auprès de votre père. Quant à lui, il est convaincu que c'est de votre plein gré que vous vous êtes enfuie avec moi, et comme il sait que cette aventure ne peut finir que par un mariage, il n'éprouve pas des inquiétudes telles qu'il y ait lieu de vous en préoccuper.

Renée ne répondit pas. Elle avait pris le parti du silence. Elle jeta sur le prince un regard chargé de mépris. Il se retira. Une femme de chambre russe, qui n'entendait pas un mot de français, vint se mettre aux ordres de la jeune fille. On lui servit un repas qu'elle toucha à peine, et elle s'endormit, le soir venu, après avoir poussé contre la porte les meubles les plus lourds et s'être en quelque sorte barricadée chez elle. Elle était arrivée durant la nuit. Au matin elle courut à la croisée. Un vaste jardin entouré de murs élevés, au-delà desquels on ne voyait que des terrains vagues, s'offrit à ses regards. On était en hiver. Sous un ciel brumeux et gris, la neige couvrait les pelouses et les arbres. Elle comprit combien serait rigoureuse sa captivité et pleura amèrement. Peu à peu, cependant, elle parvint à s'apaiser. Elle envisagea froidement sa situation. Elle se dit qu'elle ne se sauverait qu'en opposant aux coupables desseins du prince une patience inaltérable ; qu'en attendant le terme de son emprisonnement, elle devait feindre un calme profond, étudier les lieux dans lesquels elle était enfermée et tenter de tromper la surveillance de ses gardiens, dont elle ne connaissait ni la puissance ni le nombre. Elle pria et fut rassé-

rénée, fortifiée. Quinze jours — un siècle — s'écoulèrent ainsi sans qu'elle vît le prince, et c'est le soir
du quinzième que nous l'avons trouvée seule dans
cette chambre d'où elle n'était pas encore sortie depuis son enlèvement. A quoi pensait-elle? On le
devine. A son père, à Daniel, aux inquiétudes qu'ils
devaient éprouver, aux moyens de s'enfuir, aux résolutions à prendre pour conjurer le danger qui l'entourait de toutes parts. C'est au milieu de ces médi-
tations douloureuses qu'elle entendit dans le couloir
voisin un bruit de pas. Presque aussitôt la porte s'ouvrit et elle vit apparaître le prince Bedleben. Elle se
leva.

— Prince, dit-elle, d'un accent où la colère le dis-
putait au mépris, vous manquez à votre parole.

— En quoi, je vous prie?

— Vous m'aviez promis de ne pas troubler ma
captivité par votre présence.

— Non, non, fit-il vivement, je ne vous ai rien
promis de semblable. Ce que j'ai promis, c'est de
vous respecter, mais non de renoncer à vous parler
de mon amour.

En prononçant ces mots, il eut l'audace de s'asseoir.

— Ne reviendrez-vous pas à des sentiments plus
raisonnables? Persisterez-vous à me tenir rigueur?
demanda-t-il en mettant dans sa voix toute la douceur dont il était capable. Qu'espérez-vous donc?
M'échapper? C'est impossible. Vous soustraire à mes

15

désirs ? Vous n'y pouvez sérieusement compter. Vous
condamnerez-vous à une captivité éternelle et ne
craignez-vous pas de lasser ma patience ? Remarquez,
je vous prie, que vous serez à moi quand il me plaira.
Ici, vous m'appartenez. Vous ne pouvez communiquer avec le dehors. Vos cris seront étouffés, et, le
jour où je voudrai obtenir par force ce que vous ne
voulez pas m'accorder de plein gré, j'ai mille moyens
de vous réduire à l'impuissance.

— Et vous dites que vous m'aimez ! s'écria Renée
qui voulait encore tenter d'adoucir ce personnage
brutal et féroce comme un Cosaque. Si vous m'aimiez, vous plairiez-vous à me persécuter ? si vous
m'aimiez, ne formeriez-vous pas des vœux pour me
voir heureuse, dussiez-vous souffrir du spectacle de
mon bonheur ? M'auriez-vous violentée ? Serais-je
votre captive ? Non ! non ! je ne croirai jamais à un
amour qui, jusqu'ici, n'a pu que torturer mon cœur,
troubler ma vie et se présenter à moi comme un objet
d'horreur !

— Que fallait-il donc pour mettre en vous la flamme
qui me dévore ?

Renée ne répondit pas.

— Vous voyez bien, reprit le prince, que vous ne
vouliez me laisser aucun espoir. Votre silence m'en
est un aveu. Ah ! je sais que si vous aviez pu prévoir
à quelles extrémités j'en arriverais, vous n'auriez pas
craint de jouer une comédie, dans le but de me laisser
espérer que vous pourriez me prendre en pitié, et

qu'après m'avoir trompé, vous n'auriez permis à la
vérité de se faire jour qu'après vous être mise hors
de ma puissance. J'ai bien deviné toutes ces choses,
et c'est pour cela que vous êtes ma prisonnière. Oui,
c'est vous qui m'avez entraîné dans ces violences,
parce que j'étais résolu, je le suis encore, à ne vous
céder à aucun prix, à qui que ce soit. Assurément,
la conduite que j'ai dû tenir n'est pas celle d'un
amoureux ordinaire. Ce n'est pas M. de Maldrée qui
vous aurait disputée ainsi à un rival. Je sais quelles
sont ses théories. Je sais qu'il était capable de renoncer à vous, si vous l'aviez exigé ; de souffrir en
silence plutôt que de se permettre une tentative contraire à vos désirs. Mais de telles tergiversations ne
sont point pour une âme comme la mienne. J'ai au
cœur une passion qui me brûle, qui a pénétré tout
mon être. Cette passion veut être et sera satisfaite.
Haïssez-moi ! libre à vous. Mais un jour vous m'ap-
partiendrez, et je compte qu'arrivant à partager mon
amour, vous me pardonnerez. Si votre pardon ne
m'est pas accordé, j'aurai la joie infinie de savoir
qu'aucun autre ne connaîtra la douceur de vos caresses, de vous tenir sous ma main, de vous contraindre à ne pas m'oublier. Puis, vous vous lasse-
rez de cette existence, votre énergie faiblira. Vous
direz qu'après tout, il vaut mieux être la femme légi-
time du prince Bedleben que sa maîtresse cachée et
contrainte. Ces luttes où je vous entraînerai, ont
quelque chose d'odieux. Elles vous couvriront de

honte. Vous n'y résisterez pas, et quelque jour, le
désir de vivre vous poussera dans mes bras.

— Jamais ! jamais ! s'écria impétueusement Renée.
Plutôt mourir que d'être la femme d'un homme pour
qui je ne peux avoir que du mépris, car vous ne va-
lez même pas que je vous haïsse.

— On dit ces choses à présent. Mais, après six
mois de captivité, le langage se modifie.

— Six mois ! Avant que six mois soient écoulés,
je serai morte ou loin d'ici.

— Loin d'ici, non ! Morte, j'en doute, car vous
êtes jeune et robuste. Je connais vos idées religieuses
et je sais que vous ne chercherez pas à attenter à
vos jours.

— Je mourrai plutôt que de vous céder, répéta
Renée.

Mais quelque effort qu'elle fît pour paraître énergique, ses forces la trahirent. Elle fondit en larmes.

— Je m'y attendais, répliqua Bedleben. Pleurez,
pleurez : vous êtes plus belle ainsi. Le spectacle de
vos larmes ne m'ébranlera pas, et vous obliger à les
verser, c'est vous obliger encore à penser à moi.

— C'est infâme ! murmura la jeune fille accablée
par l'immensité du péril qui la menaçait.

Tout à coup, frappée d'une idée subite, Renée dit
au prince :

— Je veux croire que l'amour vous rend fou jusqu'à la cruauté, jusqu'à l'infamie. Mais, cet amour,

aurait-il germé dans votre cœur si, au lieu d'être riche, j'eusse été pauvre?

Le prince se mordit les lèvres.

— Croyez-vous donc que votre dot me soit nécessaire ?

— Je sais que vous vous dites riche, que vous le faites croire. Mais je devine que la perspective d'une dot opulente n'a pas été étrangère à cet amour venu soudainement en vous, avant même que vous m'ayez vue. Eh bien, je peux vous enrichir, si vous consentez à me rendre la liberté. Je suis en votre pouvoir. Fixez le prix de ma rançon.

Il s'était déjà remis, secoua la tête et répliqua :

— Je vous aime. C'est vous que je veux et non votre dot.

— Sortez, sortez ! fit Renée en s'élançant vers lui. N'espérez pas me convaincre ni me contraindre. Je me défendrai et contre vos obsessions, et contre la lassitude sur laquelle vous comptez.

Le prince se leva, comme s'il eût redouté que la jeune fille ne se portât à un acte de violence.

— Je ne serai pas toujours votre esclave ; mon père saura me retrouver.

— Votre père ? s'écria-il, mais il sait où vous êtes et il ne tentera rien pour vous arracher de mes bras.

— Vous mentez !

— Faut-il donc vous dire toute la vérité ? demanda le prince avec un accent où la solennité se mêlait à l'ironie.

Il s'arrêta quelques secondes ; puis comme le regard de Renée semblait le provoquer à parler, il reprit :

— Votre père a commis jadis un grand crime, demeuré ignoré, et dont seul j'ai connaissance. J'en possède les preuves, et c'est parce que votre père sait que, d'un mot, je peux le couvrir de déshonneur et de honte, l'envoyer même à l'échafaud, que j'ai pu vous enlever, que vous êtes ici avec son consentement et que vous y demeurerez autant qu'il me plaira, sans que j'aie à craindre son intervention, ni vous à l'espérer.

— Un crime ! mon père ! fit Renée affolée.

— Croyez-vous donc, continua le prince, que je me serais engagé dans cette aventure sans avoir garanti ma sûreté ? Je voulais vous cacher ces choses. Vous m'obligez à les avouer. D'ailleurs, autant en finir, et, pour vous guérir en même temps de votre amour pour M. de Maldrée, je pousserai les aveux jusqu'au bout. Apprenez donc que vous ne pouvez épouser Daniel.

— Daniel ?... Je ne peux ?...

— Non ! car il y a du sang entre vous.

L'œil de Renée l'interrogea plein d'anxiété. Il reprit avec une volubilité satisfaite :

— Votre père n'a pas toujours porté le nom de Brucourt sous lequel il est connu aujourd'hui. Il fut un temps où il s'appelait Malory. Il était alors capitaine. Un jour, au lendemain d'un combat héroïque et sanglant qui eut la Crimée pour théâtre, il trouva sur le champ de bataille, parmi les morts, un officier grièvement blessé. Cet officier, c'était le père de l'homme que vous aimez. Il allait mourir loin de son pays, loin de son fils. Ce fils, il le confia au capitaine, en lui avouant que sa fortune était en grande partie entre les mains d'une femme polonaise qu'il était à la veille d'épouser. Il mourut après cet aveu. Votre père se rendit auprès de cette femme, qui habitait non loin du champ de bataille, l'étrangla, mit le feu à sa maison, après s'être emparé de l'héritage destiné à Daniel de Maldrée, et c'est cet héritage qui lui a permis de vous entourer, vous, sa fille, d'opulence et de bien-être. Ce crime odieux avait eu un témoin. C'était moi. Après le départ de votre père, je pénétrai dans la maison incendiée. J'arrachai sa victime à la mort et je la ramenai folle dans ma demeure. Elle vit encore, prête à se redresser contre celui qui voulut l'assassiner. Voilà pourquoi vous ne pouvez épouser Daniel de Maldrée, et voilà pourquoi votre père ne vous défendra pas contre mon amour. Je pourrais ordonner. Le reconnaissez-vous, maintenant? Eh bien! je prie. Consentez à devenir ma femme. Vous rassurerez à jamais votre père, qui saura bien que l'époux de sa fille ne le trahira pas. Nous ferons parvenir à Daniel une somme égale à celle qui lui fut ravie, et tout ce passé monstrueux que j'ai dû vous révéler, sera enseveli dans le mystère et l'oubli.

Renée, terrassée par ces confidences, était **hors**
d'état de penser, ne comprenant qu'une chose, c'est
que les mains de son père étaient ensanglantées,
souillées, qu'elle était la fille d'un voleur, d'un assassin, que l'homme auquel elle avait donné son cœur,
voué sa vie, était la victime de celui auquel elle devait le jour. Le prince devina qu'il n'avait qu'à se
retirer. Le parti violent auquel il s'était arrêté et
qu'il venait d'exécuter devait entraîner une décision.
Il l'espérait conforme à ses vœux, en se disant que
Renée chercherait, en l'épousant, à sauver son père
de l'échafaud et mettre entre elle et Daniel de Maldrée une barrière infranchissable.

Mais, soudain, un cri terrible, qui tenait à la fois
d'un éclat de rire et d'un gémissement, fit vibrer les
murs de la chambre. Le prince tressaillit. Renée leva
la tête. En même temps la porte s'ouvrit. Le visage
d'un moujik, le même qui avait été complice de l'enlèvement de Renée, apparut pâle, effaré. Cet homme
prononça quelques mots en langue russe :

— Imbécile ! s'écria le prince.

Et il se hâta de sortir, précédé par le domestique
qui donnait les signes d'une terreur profonde. Renée resta seule. Les révélations du prince Bedleben
étaient tombées sur son cœur comme autant de coups
imprévus et terribles. Le prince était encore devant
elle ; l'accent de sa voix n'avait pas cessé de se faire
entendre que, déjà, elle avait mesuré la profondeur
de l'abîme où elle se trouvait soudainement entraî-

née. Il fallait renoncer à Daniel. Elle ne pourrait plus avoir pour son père ni estime ni amour. Tout au plus, lui restait-il dans le cœur une immense pitié pour ce criminel qui lui tenait de si près et dont elle s'expliquait maintenant les hallucinations, les attitudes étranges. Elle n'avait eu aucune peine à ajouter foi aux assertions de Bedleben, car elle se rappelait encore la nuit épouvantable durant laquelle elle avait arrêté le bras de son père prêt à frapper Jabin, alors qu'il avait feint une folie momentanée pour expliquer sa tentative criminelle. Ainsi, elle était atteinte dans les deux plus chères affections de sa vie. Elle allait maintenant rester, pantelante et blessée, à la merci de son persécuteur, sans avoir, pour la protéger contre les périls qu'il dressait sous ses pas, l'espérance qui l'avait soutenue jusqu'à ce jour. Elle était seule, désormais, pour échapper aux obsessions du prince, elle ne pouvait compter ni sur son père, ni même sur Daniel. Réduite à se défendre seule, elle s'éleva, avec une audace rare chez une femme, jusqu'à la hauteur des obstacles accumulés devant elle. D'abord, elle résolut de répondre aux prières, aux menaces, par le mépris, l'indifférence et la résistance ; de redoubler d'efforts pour recouvrer sa liberté, de périr plutôt que de succomber. Si elle était assez heureuse pour échapper à son tyran, elle rejoindrait son père, et, tout en feignant d'ignorer son passé, elle l'obligerait à quitter la France pour que Bedleben ne pût se venger sur lui de ses ri-

15.

gueurs à elle. Puis, elle tâcherait de retrouver Daniel, et loin de considérer qu'une barrière infranchissable était entre eux, elle lui rappellerait ses serments, son amour, et deviendrait sa femme. Alors,
elle l'entourerait de tendresse et travaillerait avec
tant d'énergie et de persistance à le rendre heureux
qu'elle réparerait ainsi les torts de M. de Brucourt
envers lui. Si jamais Daniel apprenait la vérité, elle
implorerait le pardon de son père.et dirait à son
mari :

— Je savais tout. Mais, en vous laissant ignorer
que le passé de nos familles n'avait plus de secrets
pour moi, en me donnant à vous qui m'aimiez éper-
dument, en vous rapportant sous forme de dot la
fortune qui vous fut dérobée, j'ai cru accomplir mon
devoir.

Telles furent les résolutions qu'arrêta la vaillante
fille. Les ayant prises, elle se sentit pleine de courage. C'est durant la nuit qu'elle se dicta pour l'a-
venir un plan de conduite, avec la volonté, si ses
espérances ne se réalisaient pas, de mourir ou de se
jeter dans un cloître. Au matin, elle goûta quelque
repos. A son réveil sa première pensée fut pour Dieu.
Elle l'implora, lui demandant de lui conserver, dans
ces jours difficiles, la volonté, le sang-froid, la valeur.
Désormais, une vie nouvelle commençait. Elle allait
étudier les lieux dans lesquels on la retenait captive,
les habitudes, l'entourage du prince, feindre avec lui,
s'il le fallait, et, quelque horreur qu'un tel rôle lui

inspirât, chercher enfin à correspondre avec le dehors.

Il était neuf heures environ. La femme qui servait Renée entra, lui apportant une tasse pleine de chocolat qu'elle déposa sur une table. Cette femme était vieille, laide ; son visage exprimait à la fois la lâcheté et la servilité ; elle avait été élevée dans la crainte salutaire du bâton. On eût dit qu'elle était sourde et muette, et c'est par signes que Renée lui donnait ses ordres. On la nommait Catherine. Elle allait sortir quand tout à coup un cri se fit entendre, cri déchirant, cri d'angoisse, semblable à celui que Renée avait entendu la veille sans pouvoir s'en préoccuper, tant était grande son émotion. Ce cri la bouleversa. Une femme qu'on égorge ne gémit pas autrement.

— Qu'est-donc? demanda-t-elle vivement.

Pour toute réponse, Catherine se signa. Puis elle sortit, fermant à clef la porte de la chambre. Renée s'approcha vivement de cette porte, appuya son front contre la boiserie que couvrait une tenture de velours et prêta l'oreille. Dans le corridor, on marchait à pas précipités. Les gémissements qu'elle avait entendus redoublaient. Ils venaient du fond de l'aile droite, autant qu'elle put le comprendre. Elle s'avança vers la croisée et machinalement, souleva le rideau, regardant dans le jardin. Elle était là, depuis quelques instants, quand tout à coup plusieurs personnages sortant de l'hôtel s'engagèrent dans la grande allée. Il se passa sous les yeux de la jeune fille quelque

chose d'extraordinaire. Une femme venait d'entrer
dans le jardin, ou plutôt de s'y précipiter, fuyant
deux individus qui la poursuivaient, derrière lesquels
marchait Catherine, levant les bras, en signe de désespoir et de terreur. Cette femme poussait des cris
effroyables. Il eût été difficile, à la distance où la
voyait Renée, de dire son âge avec exactitude. Il
était cependant permis de croire qu'elle n'avait pas
quarante ans, car ses traits, malgré leur décomposi-
tion et bien que vieillis par une souffrance intime,
conservaient une pureté qui affirmait sa beauté
passée. Ses yeux étaient grands, égarés, profonds;
ses cheveux en désordre, ses membres maigres et
décharnés. Son costume se composait d'une sorte de
robe de chambre en drap gris, serrée à la taille par
une cordelière. Il suffisait d'apercevoir cette créature pour deviner qu'elle subissait un mal horrible.
Elle était folle. Pourquoi fuyait-elle ainsi? Dans sa
course échevelée, elle parcourait les allées du jardin,
franchissant les plates-bandes, déchirant ses mains,
son visage, ses vêtements aux arbustes épineux, traversant les pelouses, renversant sur sa route les
vases en marbre. Les deux hommes qui la poursuivaient pour s'emparer d'elle, étaient agiles, ardents
à la vouloir rejoindre; elle se montrait plus agile
qu'eux, et, lorsqu'ils croyaient la tenir, elle leur
échappait avec une merveilleuse adresse. A un moment, elle se trouva acculée contre le lierre, et de
telle sorte que les hommes crurent qu'elle allait

enfin tomber en leur pouvoir. L'un d'eux la saisit
même à la cordelière qui serrait la robe de chambre
autour de ses reins. Mais elle se jeta sur lui, égra-
tigna profondément son visage, et lui causa une si
vive douleur, qu'il s'écarta en hurlant. Elle s'enfuit
en riant d'un rire sinistre, et fut en une minute à
l'autre extrémité du jardin, placée derrière un arbre
d'où elle leur adressait des gestes horribles, en faisant des grimaces.

Renée assistait frémissante à ce spectacle. Soudain, un nouveau personnage apparut dans le jardin.
C'était le prince. Le visage impassible, la cigarette à
la bouche, il s'avança vers la folle, en jouant avec
une cravache que tenait sa main droite. Ses yeux
avaient une expression étrange. On eût dit qu'il voulait magnétiser la malheureuse. Il ne s'arrêta que
lorsque trois pas seulement le séparèrent d'elle. Il
leva sa cravache et prononça quelques mots qui parvinrent jusqu'à Renée sans qu'elle pût les comprendre.
L'œil hagard, l'écume aux lèvres, la folle, en le
voyant venir, avait subitement cessé ses contorsions
et ses gestes. Une expression de terreur envahit son
visage. Elle recula lentement, baissant le front, les
bras pendants le long du corps. Puis, lorsque le mur
qui se trouvait derrière elle l'empêcha d'aller plu
loin, elle s'accroupit en hurlant. Le prince s'élança,
la saisit au collet, la frappa rudement de sa cravache
et appela les hommes demeurés derrière·lui. Ceux-ci
se précipitèrent. La folle fut saisie et entraînée,

criant toujours, se débattant, et lorsqu'un de ses
bras était libre, portant les mains à son cou, comme
si elle eût voulu se défaire d'une corde invisible
qui la serrait à l'étrangler. Quand elle eut quitté le
jardin, le prince, resté seul, promena les yeux autour
de lui, puis les leva vers la croisée de la chambre de
Renée. La jeune fille n'eut que le temps de se jeter
en arrière pour n'être pas aperçue et vint tomber
haletante et terrifiée dans un fauteuil. Presque aussitôt, elle entendit les cris se rapprocher, un groupe
de gens passer en tumulte devant sa porte. Elle comprit qu'on ramenait la folle dans l'appartement
qu'elle occupait et d'où elle s'était enfuie.

— Quelle est cette femme ? se demanda-t-elle d'a-
bord, en proie à un trouble inexprimable.

Mais ses souvenirs lui revinrent aussitôt. Elle se
rappela que, la veille, le prince, en lui racontant
l'histoire du baron de Brucourt, avait fait allusion à la
fiancée de Jacques de Maldrée, étranglée par Malory
et qui, sauvée par le Russe, était restée folle et en
son pouvoir. Cette pensée que la misérable créature
qu'elle venait de voir était l'une des victimes de son
père, glaça d'épouvante le cœur de Renée. Ses douloureuses réflexions furent interrompues par l'arrivée
du prince. Étant entré, il lui dit brusquement :

— Je voulais, afin de ne pas troubler votre repos,
vous laisser ignorer que madame Sophie Sterowski,
arrachée par moi à une mort certaine, habite cet
hôtel. Les cris qu'elle a poussés et que vous avez

sans doute entendus m'obligent à vous révéler ce
mystère. Apprenez donc que la seule des victimes
de votre père qui ait échappé au trépas, habite sous
le même toit que vous. Mais apprenez aussi que si
jamais le baron de Brucourt se trouvait sur sa route,
elle le tuerait.

Le prince se retira sans ajouter un mot. Quant à
Renée, cette terrible scène, loin de détruire ses espérances, les raffermit. La pensée qu'elle n'habitait
pas seule cette maison, qu'il y avait à côté d'elle une
victime intéressante, la rassura. Le prince n'avait
permis à cette pauvre folle de vivre et ne l'avait
amenée de Crimée en France que pour l'avoir sous
sa main, prêt à s'en servir contre Brucourt, si ce dernier résistait à ses volontés. Or, il était bien évident
que le prince n'avait rien tenté depuis dix ans pour
guérir madame Sophie, pour l'arracher aux égare-
ments de la démence. Il semblait même, d'après ce
que Renée venait de voir, que les traitements que
Bedleben faisait subir à la malheureuse, n'avaient
pour but que d'aggraver son état, de l'enfoncer davantage dans l'abîme où gisait sa raison.

— Est-elle vraiment incurable ? se demandait Renée ; n'existe-t-il aucun moyen de la guérir ? Si j'étais
assez heureuse pour accomplir ce miracle, ne me
témoignerait-elle pas une reconnaissance sans bornes :
et si mon père fut son persécuteur, ne lui pardon-
nerait-elle pas en se rappelant que c'est à moi qu'elle
devrait sa guérison ? Le prince la maltraite, elle doit

le haïr; si elle possède encore quelques lueurs de
raison, il me sera facile, alors que je suis comme
elle, quoique à un autre titre, victime de Bedleben,
de conquérir sa confiance. Je pleurerai à ses pieds,
je vouerai, s'il le faut, ma vie à son service, afin de
lui donner une compagne, et lorsqu'elle saura que
Daniel de Maldrée m'aime et qu'il est aimé, par gratitude pour moi, par affection pour le fils de son
fiancé mort, elle oubliera ou feindra d'oublier les
maux que mon père lui fit subir. Seulement, comment arriver jusqu'à elle?

Cette question troublait Renée. Elle devinait bien
qu'elle ne parviendrait à rencontrer la folle, à pouvoir demeurer auprès d'elle, qu'en traversant des
aventures redoutables. Ce trouble fut de courte
durée.

— Il faut sortir d'ici, se dit-elle, ne serait-ce que
pendant une heure, pour connaître en quel lieu elle
est enfermée.

Elle était arrivée la nuit à l'hôtel du prince. La
voiture était entrée dans une cour; c'est alors seulement qu'elle avait mis pied à terre; elle ignorait
donc en quel quartier elle se trouvait. Mais ce qui
était demeuré présent à son souvenir, c'est la confi-
guration des lieux qu'on lui avait fait traverser pour
arriver jusqu'à la chambre dans laquelle elle était
enfermée. Elle savait qu'ayant passé dans une vaste
antichambre, remplie d'objets d'art, elle avait gravi
deux étages par un escalier de marbre dont chaque

marche était couverte d'un tapis et de vases de fleurs.
Au sommet de l'escalier, elle s'était trouvée dans un
couloir, à la gauche et au fond duquel on avait ouvert la porte de son appartement. D'après ces renseignements et d'après ce qu'elle avait entendu, il
était certain que la folle était au même étage qu'elle,
de l'autre côté de l'escalier. Elle savait encore que
l'appartement du prince était au premier étage. En
conséquence, il lui serait possible, si elle parvenait
à ouvrir la porte de sa chambre, de se rendre durant
la nuit auprès de madame Sophie. Tout en pensant
aux combinaisons qui pouvaient réussir, elle avait
ouvert la croisée qui, nous l'avons dit, prenait jour
sur le jardin. Elle se pencha pour voir, si cela était
possible, quels voisins elle avait. Elle ne vit rien
d'abord, que des toits de tous côtés. Mais, s'étant
penchée davantage, elle entrevit à l'extrémité d'une
ligne découverte sur l'horizon, le sommet de l'arc
de triomphe de l'Étoile. Elle poussa un cri de joie ;
elle ne pouvait plus douter qu'elle fût dans Paris.
Elle se réjouissait de savoir que l'hôtel du prince
Bedleben était situé dans le voisinage du bois de Boulogne. Celui de son père était à deux pas de là, avenue d'Eylau. Elle ferma la croisée, revint vers la porte
et, soulevant la tenture, se mit à examiner la serrure qui ressemblait à toutes les serrures. Mais encore fallait-il une main plus forte que celle d'une
jeune fille pour la forcer, et, d'ailleurs, elle n'aurait
pu le faire sans s'exposer sûrement au danger de

voir sa tentative découverte. Elle ne pouvait donc
rien espérer de ce côté, à moins d'un oubli de la
femme de service, ce qui était bien invraisemblable.
Alors, les romans qu'elle avait lus revinrent en foule
à sa mémoire. Elle se rappela qu'il existe souvent
des portes secrètes. Peut-être, sous l'épais velours
qui couvrait les murs de sa chambre, trouverait-elle
une ouverture qui lui permettrait de passer. Elle se
mit à marcher autour de l'appartement, frappant la
muraille avec la main. Soudain, le coup qu'elle venait de frapper résonna moins sourd que les autres.
En cet endroit, au lieu d'un mur en pierres, il y avait
une cloison en bois et du vide derrière cette cloison,
qui se trouvait à la tête du lit, cachée par les rideaux, de telle sorte que le velours dont la chambre
était tendue en cet endroit pouvait être déchiré sans
qu'on s'en aperçût. Il faut avoir connu les amertumes d'une rigoureuse captivité pour comprendre
quelle joie remplit le cœur d'un prisonnier lorsqu'il
entrevoit la possibilité de devenir libre.

— Je déchirerai la tenture, pensa Renée; ici, je
dois trouver une porte.

Elle colla son oreille contre la cloison. Elle n'entendit d'abord aucun bruit. Son cœur battait avec
violence. Mais des pas ayant résonné dans le couloir, elle se rejeta en toute hâte dans le milieu de la
chambre. Catherine entra, apportant le repas que la
jeune fille avait coutume de prendre à midi. Renée
se mit à table; Catherine la servit silencieusement.

Le repas terminé, elle se retira, et de nouveau Renée se trouva seule.

— Faut-il se mettre à l'œuvre en ce moment? se demanda-t-elle. Ne vaut-il pas mieux attendre la nuit afin de ne pas m'exposer à être surprise par le prince?

Elle se décida à attendre. Quelle que fût son impatience, sa prudence était plus grande encore. L'après-midi se passa comme de coutume. Vers cinq heures, Catherine revint, chargée d'une immense corbeille, d'où, avec l'aide du moujik que Renée avait déjà vu, elle retira deux robes, du linge et divers objets nécessaires à une femme. Renée était entrée chez Bedleben avec les vêtements qu'elle portait au moment de l'enlèvement. Le prince lui prouvait qu'il prenait soin d'elle. Quand les vêtements eurent été déballés, le moujik se retira et Catherine remit une lettre à Renée. Cette lettre était du prince. En voici la teneur :

« Je suppose que les vêtements et le linge que j'ai fait acheter pour votre usage vous conviendront. Je n'ai pas le dessein, alors que vous m'obligez à user de rigueur avec vous, de vous maltraiter, ni d'ajouter, aux souffrances morales que vous endurez par votre faute, une douleur physique. Si donc il vous est agréable de vous promener, de prendre l'air, vous n'avez qu'à dire un mot au moujik que Catherine a toujours à sa disposition, et il vous conduira dans le jardin. De même, s'il vous est cruel de manger dans

votre chambre, je serai heureux que vous me fassiez
l'honneur de vous asseoir à la même table que moi.
Quand vous aurez lu cette lettre, faites un signe à
Catherine. Elle appellera le moujik, qui entend assez
le français pour recevoir vos ordres. » Renée réfléchit un moment. Puis, obéissant malgré sa répugnance à une tentation violente, elle fit un signe.
Catherine comprit, car elle ouvrit la porte, et le
moujik, qui était sorti, rentra. C'était un homme de
quarante ans environ, grand, doué d'une force peu
commune, ayant un visage caché aux trois quarts
dans une barbe rousse, aux poils rudes, un front
étroit et bas, des yeux gris sans expression. En le
regardant, Renée se demandait si elle pourrait jamais
l'intéresser à son sort.

— J'essayerai, se dit-elle.

Et, tout haut, elle demanda :

— Quel est ton nom ?

— Alexis, demoiselle, répondit-il d'un accent dur
et d'une voix gutturale.

— Es-tu au service du prince depuis longtemps ?

— Depuis le jour où il est devenu le maître du pays
dont je suis serf, depuis dix ans.

— Lui es-tu dévoué ?

Alexis ne répondit pas. Catherine, ne pouvant
comprendre un mot à cet entretien, restait immobile
et les yeux baissés. Renée renouvela sa question.

— Je subis mon sort, répondit cette fois Alexis
avec simplicité. Le père qui est au ciel le veut ainsi.

— Si je te demandais un service, me le ren-
drais-tu ?

Le serf, qui penchait son front, le releva lentement, regarda fixement Renée, parut hésiter, et finalement garda le silence.

— Vas-tu souvent au dehors ? reprit Renée.

— Il m'est interdit de sortir.

— Mais ne parles-tu pas avec les autres domestiques ?

— Ils sont comme moi. Un seul est Français, c'est
celui qui correspond avec les fournisseurs. Il est
courbé sous la main du maître plus encore que
nous.

— Pour quelle cause ?

Pas de réponse.

— Alors tu ne connais pas l'étendue de tes droits,
continua Renée. Tu es ici sur une terre libre.
Tu peux, quand tu voudras, quitter ton maître, sans
qu'il puisse ni t'atteindre, ni te réclamer, ni te châtier. Le sais-tu ?

Le visage d'Alexis exprima une surprise telle, que
Renée se demanda d'abord s'il avait compris les paroles qu'elle venait de prononcer. En interrogeant
ainsi Alexis, elle avait voulu savoir si elle pourrait
compter sur le dévouement du moujik. Mais elle
n'espérait pas que l'entretien aurait pour résultat de
lui donner si vite un appui. Aussi sa joie fut grande
lorsqu'elle entendit Alexis lui dire, sans changer
d'attitude ni de ton :

— La femme qui est auprès de vous est l'âme damnée du maître. Elle ne comprend pas ce que nous disons, mais elle peut le deviner par la longueur de notre entretien. Ne vaut-il pas mieux que je revienne ?

— Oui, reviens ce soir, quand ton maître sera sorti.

— Et s'il ne sort pas ?

— Alors, viens me prendre demain, dès le matin, pour me conduire dans le jardin. Nous causerons en promenade.

Alexis s'inclina.

— Demoiselle, dois-je dire au maître que ce soir tu mangeras avec lui ?

— Dis-lui que j'accepte son invitation, répondit Renée.

Alexis sortit. Renée, restée seule, s'occupa de sa toilette, qu'elle avait négligée durant les derniers jours, trop préoccupée par les périls de sa situation, pour songer à se faire belle. Le soir, à sept heures, le prince entra chez elle.

— Vous m'avez fait la grâce d'accepter mon invitation, dit-il, le sourire aux lèvres.

— Vous ne devez pas me remercier, répondit vivement Renée. Ma captivité est dure. Pourquoi le cacherais-je ? C'est uniquement dans le but de me procurer une distraction que je consens à sortir de cette chambre pour aller m'asseoir à la même table que vous.

— Je ne m'attendais pas à un autre langage, reprit le prince. Il n'en est pas moins vrai que j'ai fait un progrès, ce qui doit me permettre d'en espérer d'autres.

Et, souriant, il offrit son bras à Renée. Elle l'accepta. Ils descendirent lentement l'escalier, qu'embaumait le parfum des fleurs les plus rares, qu'éclairait un lustre gigantesque qui descendait de la voûte couverte de peintures.

— Voyez, dit le prince, ne seriez-vous pas plus heureuse si, au lieu de me suivre comme une esclave, vous étiez avec moi parce que vous auriez le droit d'y être ; suspendue à mon bras, parce que vous auriez le droit de m'appeler votre mari ? Renée, il ne tient qu'à vous de changer votre sort.

Elle ne répondit pas.

— Elle y viendra ! elle y viendra ! se disait le prince.

Ils étaient au bas de l'escalier. A leur droite s'ouvrait la salle à manger. De chaque côté de la porte, se tenait un domestique russe, au visage farouche.

— J'en ai dix ainsi, fit Bedleben en les désignant à Renée. Chez moi, toutes les issues sont gardées de la sorte.

— C'est me dire que je ne dois pas songer à m'échapper. Avez-vous peur que je veuille fuir ?

— Et sait-on ce qui peut pousser d'idées audacieuses et folles dans la tête d'une fille comme vous ?

Ils entrèrent dans la salle à manger. C'était une

pièce somptueuse, meublée avec un luxe extrême. La
table, dressée dans le milieu de la salle, semblait
écrasée sous le triple poids de l'argenterie, des cristaux et des fleurs. L'atmosphère était chargée de
parfums étranges. Renée, saisie à la gorge par ces
odeurs capiteuses, devint très-pâle.

— Êtes-vous souffrante? demanda-t-il avec empressement.

— Oh ! de l'air ! de l'air ! murmurait-elle.

Il courut à la croisée qui donnait sur le jardin et
l'ouvrit. Une brise glaciale entra subitement, agi-
tant la flamme des lampes. Renée fut soulagée. Elle
prit place à table en face du prince. Le dîner fut
servi par deux domestiques qui semblaient sourds et
muets, tant était grande l'impassibilité de leur visage.

— Savez-vous, objecta soudain le prince, que si je
ne connaissais les caprices des femmes, j'aurais lieu
d'être bien surpris de vous voir ici, calme, en face de
moi, tolérant que je vous offre à dîner ?

— Cela n'a rien de surprenant, fit-elle. Je ne voulais mourir ni de faim, ni d'ennui. Toujours seule
dans ma chambre !...

— N'est-ce pas plutôt que vous espérez m'adoucir
et vous faire prendre en pitié, en vous montrant
meilleure que vous ne l'avez été depuis deux jours?

— Libre à vous de le croire !

— Si vous saviez pourtant comme je vous aime !
Renée feignit de vouloir quitter la table.

— Prince, dit-elle, j'espérais que vous m'épargne-riez la douleur de m'obliger à écouter ces témoigna-ges d'un amour au sujet duquel je ne peux, je ne dois rien entendre. Si je me suis trompée, j'aime mieux rentrer chez moi.

— Restez ! restez ! répondit Bedleben. Sans m'en-gager à conformer demain ma conduite à celle d'au-jourd'hui, je consens à me taire, à vous donner cette preuve de déférence.

Il tint parole et se mit à parler de toutes sortes de choses étrangères à son amour. Il entretint Renée de ses propriétés. Il énuméra ses richesses, exposa ses projets. Elle l'écoutait en silence, et plus elle le re-gardait, plus elle le trouvait odieux. Tout en par-lant, le prince mangeait avec avidité, buvait copieuse-ment, se grisant cependant moins encore de vin que de ses paroles. Elles sortaient de sa bouche en abondance. Son cerveau ne tarda pas à subir les ef-fets successifs de l'ivresse. Ses yeux se troublèrent. Il s'excita. Son langage devint incohérent. Renée, qui n'avait voulu boire que de l'eau, suivait tous les progrès de l'abrutissement auquel il se livrait chaque soir. D'abord, elle eut peur. Mais elle ne tarda pas à voir que, tout en divaguant, le prince restait maître de ses mouvements. Elle se demandait, non sans quelque appréhension, ce qui arriverait quand cet homme serait entièrement ivre. En ce moment, elle tenait un couteau d'or, à l'aide duquel elle coupait son fruit.

16

— Ceci suffirait pour m'aider à me défendre.

Et au moment où le prince ne la regardait pas, elle glissa le couteau dans la poche de sa robe. Tout à coup, oubliant les promesses qu'il avait faites quelques minutes auparavant, il s'écria :

— Ah ! si vous saviez comme je vous aime, et combien grand serait votre bonheur, si vous consentiez à exaucer mes vœux !

— Nous y voilà ! pensa-t-elle, en faisant appel à son courage.

Le prince, rouge comme une pomme d'api, joignit les mains, essaya de se lever pour s'avancer vers Renée, espérant sans doute la mieux convaincre s'il était plus près d'elle. Elle eut peur, prit dans sa poche le couteau qu'elle venait d'y mettre tout à l'heure. En même temps, elle regarda autour d'elle, espérant qu'elle trouverait au besoin un secours dans les deux domestiques qui avaient servi le dîner. Ils avaient disparu. Elle se leva précipitamment pour fuir, s'il en était temps. Le prince tendit vers elle ses bras suppliants comme pour la retenir, mais sans faire un pas. On eût dit que ses pieds étaient cloués sur place. Soudain, et alors qu'il tentait un effort pour marcher, Renée le vit chanceler, fermer, ouvrir et fermer encore les yeux, puis se laisser choir avec un grand air de lassitude sur le siége placé derrière lui et y demeurer immobile, comme mort. Sous l'empire d'un sentiment instinctif qu'elle ne raisonna pas, elle s'avança vers lui. Il avait la face écarlate. Elle le crut atteint d'apoplexie. Elle frappa sur un timbre. Un domestique entra.

— Vite, vite, secourez votre maître, s'écria-t-elle.

— Le maître n'a pas besoin de secours, répondit le domestique. Il dort.

Il dormait en effet du lourd sommeil de l'ivresse. Le domestique sortit. Il avait l'habitude de le voir ainsi.

— Ivre ! Privé de connaissance ! murmura Renée.

Une pensée rapide traversa son cerveau. Elle pouvait s'enfuir. Son persécuteur était hors d'état de la retenir. Elle quitta précipitamment la salle, agissant sous l'empire de cette pensée séduisante. Un large vestibule était devant elle, fermé par une grille. Elle courut de ce côté. Mais, comme elle y arrivait, d'une partie de ce vestibule plongée dans l'ombre, émergea, comme une statue qui marcherait, une sorte de géant vêtu d'une tunique de soie rouge, coiffé d'un fez, un nègre aux traits épouvantables. Il s'adossa contre la grille, ses bras vigoureux croisés sur sa large poitrine, barrant sans mot dire le passage à Renée.

— Par pitié ! s'écria-t-elle. Si vous avez un cœur capable de ressentir une émotion, si l'injustice le révolte, si vous...

Elle s'arrêta. Le nègre, toujours dans la même position, ouvrait la bouche, laissant voir entre ses lèvres épaisses ses dents blanches.

— Il ne m'entend pas ! s'écria Renée.

Elle essaya d'écarter ce cerbère terrible. Elle toucha même de ses mains blanches cette masse noire et solide. Le nègre ne broncha pas. Renée était bien gardée, si bien qu'elle renonça à fuir. Elle remonta l'escalier, se dirigeant vers sa chambre, sans passer par la salle à manger, où elle avait laissé le prince Bedleben endormi. Sur le seuil de son appartement, un homme était accroupi : c'était le moujik Alexis.

— Ton maître est-il donc sorti ? demanda Renée surprise.

— Il est ivre, c'est tout comme, répondit Alexis.

— J'ai voulu en profiter pour fuir. Mais les issues sont gardées. Peux-tu m'aider à quitter ces lieux, toi ?

— Une fois ici, personne n'en sort plus que par la volonté du maître ? Mais, je tenterai.

Alexis avait suivi Renée dans sa chambre, en continuant à parler.

— Oui, je tenterai, répéta-t-il.

— O mon Dieu ! m'abandonnerez-vous ! j'ai un père, cependant, un fiancé, autant de protecteurs qui veillaient sur moi. Comment ne devinent-ils pas que je suis ici ? Si du moins je pouvais leur faire parvenir une lettre.

— Une lettre ! je la ferai parvenir, moi !

— Mais, tu ne sors jamais, m'as-tu dit ?

— Je sors souvent, assis sur le siége de la voiture du maître, à côté du cocher.

— Et tu pourrais me servir, sans crainte d'être trahi par ce cocher?

— Il me trahirait s'il devinait, mais j'agirai à son insu.

— Demain tu auras mes lettres.

Alexis s'inclina. Il allait se retirer. Renée le retint.

— Écoute-moi bien, lui dit-elle, je te demande de me servir. Y consens-tu? La crainte de compromettre tes jours ne sera-t-elle pas plus forte que l'envie de m'être utile en t'enrichissant?

— Le maître m'a maltraité souvent, trop souvent. Je veux me venger de lui, et d'abord, quitter cette maison, après avoir favorisé votre fuite.

— Sans redouter ce qui pourra survenir après mon départ?

— Non, car je fuirai avec vous. En attendant, préparez vos lettres.

— Ah! ma reconnaissance sera sans bornes! s'écria Renée. Tu seras heureux...

Alexis s'agenouilla et baisa respectueusement le bas de la robe de Renée. Elle s'était assise. Il resta devant elle, debout et tête nue.

— Pour fuir, comment ferons-nous? demanda-t-elle.

— Je vais étudier le terrain... Je chercherai. En sortant d'ici, où irons-nous?

— Chez mon père.

Renée était extasiée. Elle ne s'était pas attendue au résultat que lui faisait prévoir avec tant d'as-

16.

surance le moujik. Elle prit place devant un bureau,
mais alors son embarras fut grand. On ne lui avait
donné ni papier, ni plume, ni encre. Alexis comprit.

— Demain, dit-il, je vous remettrai ce qui vous
manque.

— Maintenant, fit-elle en l'approuvant d'un regard, parle-moi de la malheureuse créature enfermée
ici, de cette folle que le prince tient sous sa garde.

— Quoi ! vous savez ? s'écria Alexis en tremblant.

— Qui elle est ? Sans doute. Je l'ai vue hier, lorsqu'elle s'est enfuie dans le jardin. Cette femme, je
veux me rapprocher d'elle.

— Vous voudriez !... C'est impossible, elle vous
tuerait.

— Non. Je pense, au contraire, que, loin de vouloir
me tuer, elle me sourira. D'ailleurs, je peux la voir
en ta présence, et au besoin tu me défendrais contre
elle.

Alexis réfléchissait.

— Soit, répondit-il. Chacun de nous veille jour et
nuit, à tour de rôle, à la porte de la chambre où la
pauvre folle est enfermée. La femme qui la sert
couche dans une chambre voisine. Ce soir, j'ai la surveillance, c'est mon tour. Je vous introduirai.

— A quelle heure ?

— A dix heures, si le prince ne sort pas ; sinon à
minuit, quand nous rentrerons.

— Ne vaudrait-il pas mieux, au contraire, profiter
de son absence ?

— Non, car il peut vouloir m'emmener.

— Mais, lui présent dans cette maison, n'y aurait-il aucun danger? S'il allait surprendre notre entrevue?

— Impossible, puisque je veillerai. Je vous préviendrai toujours assez tôt pour que vous puissiez vous cacher.

— Soit! je me confie à toi.

— Attendez-moi donc. A dix heures ou dans la nuit, je viendrai frapper à votre porte. Seulement...

— Seulement?

— Pour gagner la chambre de la folle, il faut traverser un long couloir, passer devant l'appartement de la gardienne; nous pouvons être entendus, surpris...

— Suis-moi, interrompit vivement Renée, en se dirigeant vers l'endroit où, quelques heures avant, elle avait cru découvrir une porte secrète. Soulève la tenture.

Alexis comprit et obéit. En quelques minutes, il eut mis à jour une boiserie dans laquelle était une issue.

— Où va-t-on par ici? demanda Renée.

Alexis réfléchit un instant,

— Dans le salon bleu qui communique avec le salon des faïences et la galerie des tableaux qui précèdent la chambre de la folle.

— Ne pourrons-nous passer par ce chemin?

— Assurément, assurément.

Parlant de la sorte, Alexis poussa la boiserie, qui
s'écarta sans bruit. Il ne s'était pas trompé. On allait
par là dans le salon bleu.

— Tout est pour le mieux! s'écria-t-il joyeusement.

Au même moment un violent coup de timbre résonna dans les corridors de l'hôtel. Puis on entendit
un roulement de voiture.

— Une visite! dit Alexis. Alors le maître ne sor-
tira pas.

— Mais est-il en état de recevoir?

— Il suffit d'un sommeil de quelques instants pour
dissiper son ivresse. J'ai l'assurance qu'il est déjà
sur pied. Voyez, le visiteur ne part pas. Je vais d'ailleurs savoir qui vient de se présenter, et je jugerai
alors si je dois revenir pour vous conduire chez la
folle.

Alexis sortit. Renée attendit une heure environ
avant de le voir revenir. Enfin, il apparut devant
elle.

— Je n'ai pu savoir qui est ce visiteur. Je n'ose
pas interroger les concierges. Ils sont si soupçonneux! Le maître s'est enfermé dans son cabinet avec
le personnage dont j'ignore le nom et la qualité, ne
l'ayant pas vu.

— Peu importe, si nous sommes libres.

— Oh! très-libres, et nous pouvons aller chez la
folle, puisque tel est votre désir. Mais, vous n'aurez
pas peur.

Renée mit en souriant ses doigts sur ses lèvres et
Alexis s'inclina respectueusement. Elle jeta sur ses
épaules un manteau et suivit le moujik qui, après
avoir pris un flambeau sur la cheminée, venait d'entrer dans le salon bleu. Cette pièce était vaste, très-
élevée de plafond, glaciale. Elle avait trois croisées
sur le jardin, et, comme on s'y tenait peu, on n'y
faisait que rarement du feu. Les meubles étaient
couverts de housses, et sur les tentures des murs,
on avait jeté une toile destinée à les protéger
contre la poussière. Il s'exhalait là une odeur singulière, commune à tous les appartements inhabités.
Nulle expression ne saurait qualifier ce parfum écœu-
rant qui est le résultat du défaut d'air, de circulation,
et qui impressionna douloureusement Renée. Elle frissonna. Mais, aussitôt, Alexis ouvrit une autre porte,
et ils entrèrent dans une pièce immense dont les
murs étaient, du haut en bas, garnis de plats en
faïence. Il y en avait de toutes les époques, de tous
les temps, la plupart chargés de dessins ou de fleurs
à faire pâmer d'aise un collectionneur. Dans la salle
se trouvaient encore des curiosités de toutes sortes,
meubles anciens, vases sculptés en marbre, en bronze
et en porphyre, statues, armes, tout une réunion
admirable d'objets de grand prix. Au delà de ce salon, on voyait la galerie des tableaux, espèce de couloir large et long qui recevait son jour par un plafond
vitré, et qui, à cette heure de la soirée, était éclairée
par des candélabres placés de façon à ne donner à

chaque tableau que ce qu'il fallait de lumière pour
mettre en relief ses beautés. On ne comptait pas
moins de deux cents toiles réunies en ces lieux,
choisies peut-être avec un art peu délicat, mais ayant
encore une valeur considérable. A l'extrémité de la
galerie, Alexis s'arrêta.

— C'est ici, dit-il.

Et il montra à Renée une porte cachée sous une
tenture de velours. Entre cette tenture et la porte, il
y avait un espace vide, dont une partie était plongée
dans l'ombre et pouvait au besoin servir d'abri à
quelqu'un qui aurait souhaité de ne pas être découvert.

— Voulez-vous entrer? demanda Alexis. La folle
est couchée et doit dormir.

— N'y a-t-il personne auprès d'elle?

— Non. La gardienne, à cette heure, est enfermée
dans la chambre voisine. Elle dormira toute la nuit
pendant que je veillerai ici.

— Entrons, alors.

Alexis posait déjà la main sur le bouton de la porte
et se préparait à précéder Renée chez madame Sophie, quand soudain un bruit de pas se fit entendre
dans l'escalier qui donnait accès à la galerie.

— On vient! fit sourdement Renée.

— Soyez sans crainte, répondit Alexis avec tranquillité. Jetez-vous seulement derrière ces rideaux.

Renée obéit. Il était temps. Les personnes dont
elle avait entendu les pas s'approchaient. Elle entre-

vit deux ombres qui passaient presqu'à son côté, entre elle et Alexis, lequel s'était placé debout devant la porte de la chambre.

— Ouvre-nous! dit une voix que Renée reconnut pour être celle du prince. Et vous, mon cher, soyez prudent, Il suffira, pour vous rendre compte de l'effet que vous allez produire, qu'elle vous voie de loin.

La porte se referma sur eux. Alexis se rapprocha de Renée, se pencha vers elle et lui dit doucement :

— Fâcheux contre-temps! C'est le prince avec un inconnu, un médecin, sans doute. Voulez-vous rentrer chez vous? nous reviendrons demain.

Renée hésitait. Mais son œil fut attiré tout à coup par une petite clarté faible comme celle d'une veilleuse, qui s'échappait d'une fente ou plutôt d'un petit trou pratiqué dans la porte. Elle regarda à travers ce trou et son regard embrassa toute la chambre.

— Je reste! dit-elle à Alexis.

Elle ne pouvait voir le visage des visiteurs. Mais, au fond de cette vaste pièce, elle apercevait, étendue sur un grabat, la malheureuse folle qu'une chaîne attachée par un bout à son pied, et par un autre bout à un anneau rivé dans le sol contre son lit, mettait dans l'impossibilité de fuir. La misérable créature dormait, et pendant que l'un des personnages enfermés chez elle en ce moment s'avançait vers sa couche, Renée put remarquer l'ameublement de la chambre. Du haut en bas, les murs étaient garnis de

matelas qu'on y avait appliqués autant pour étouffer
les cris de madame Sophie que pour l'empêcher de
se briser la tête. Tous les meubles étaient capitonnés.
Pour croisée, une lucarne percée très-haut. C'était
bien un véritable cabanon. Cependant le prince avait
secoué fortement par le bras la folle endormie, en lui
disant :

— Allons, réveillez-vous !

A ce moment, le second personnage fit quelques
pas en arrière et se retourna, de telle sorte que Renée
distingua son visage au moment où elle s'y attendait
le moins. Elle ne put retenir un cri, qui, fort heureusement, resta étouffé par les tentures qui abritaient
sa personne : elle venait de reconnaître le baron
de Brucourt. Son père ! c'était bien lui ! Comment,
pourquoi était-il venu dans cette maison ? Était-ce
dans le but de réclamer sa fille ? Ou bien avait-il
voulu supplier le prince Bedleben de la lui rendre ?
Renée n'en pouvait croire ses yeux. Mais ce qui la
terrifiait, c'est que la présence de son père dans la
chambre de la folle, la docilité avec laquelle il y
avait suivi le prince, l'appréhension que ses traits
exprimaient, prouvaient clairement que Bedleben
n'avait pas menti en déclarant que Brucourt était
l'auteur de grands forfaits. Son cœur se déchirait.
Tout était détruit : ses espérances, sa foi dans l'avenir ; et sur ses ruines, restait seul debout son amour
pour Daniel, drapeau que, en dépit de ses précédentes rdsolutions, elle n'osait plus arborer, se

croyant indigne de cet amour, et voyant entre elle
et celui qui l'inspirait un ruisseau de sang. Cependant, l'œil collé contre la porte, elle regardait avidement ce qui se passait dans la chambre. A l'appel
du prince, madame Sophie s'était réveillée en gémissant. Elle se dressa sur son lit.

— Levez-vous, ordonna Bedleben.

La malheureuse obéit, sans être retenue par un
sentiment de pudeur. Rien de plus horrible ne se
pouvait voir que cette créature dégradée par la démence. Ses épaules, ses bras décharnés, que son
linge laissait nus, ses cheveux gris avant l'âge, mê-
lés, embrouillés, fouillis inextricable où le peigne
passait rarement, sa face osseuse et blême, ses yeux
enfoncés profondément dans l'orbite, tout révélait
une maladie sans espoir. Arrivée à ces degrés, l'âme
n'existe plus, la créature est pire que la bête, dont
elle conserve à peine les instincts. Madame Sophie
n'était pas toujours à l'état furieux cependant. Pour
qu'elle en arrivât à l'exaspération qui se traduisait par
les cris que Renée avait entendus et par des scènes
semblables à celles dont elle avait été témoin, il fallait qu'on l'eût irritée, en voulant arrêter les mouvements qui étaient la preuve de sa folie. Le plus souvent, elle demeurait calme. Alors, qu'elle fût dans le
jardin à respirer l'air pur ou dans sa chambre, seule
ou sous la surveillance de sa gardienne, elle ne cessait de passer les mains sur son cou. Sa folie consistait à croire qu'elle portait encore la corde à l'aide de

17

laquelle le capitaine Malory avait voulu l'étrangler.
C'est cette corde qu'elle ne cessait de vouloir arracher. A peine debout, elle recommença ce geste qui
prouvait l'absence de la raison.

— Venez de ce côté, lui dit brusquement le prince.

Elle obéit comme le chien à son maître. Dans sa
folie, elle comprenait que Bedleben avait la puissance, qu'elle devait se coucher devant lui. Elle le
redoutait. Mais elle le haïssait aussi. Elle conservait, semblable à un animal intelligent et rancuneux,
le souvenir des mauvais traitements auxquels elle
avait été en butte de la part du misérable. En effet,
ce dernier, après l'avoir arrachée à la mort, loin de
chercher à la guérir, avait tout fait pour la plonger
plus profondément dans cet abîme où gisait sa raison. Deux motifs l'avaient décidé à agir ainsi. D'a-
bord l'espérance de retrouver un jour le capitaine
Malory et de le rendre docile à ses désirs en l'épouvan-
tant sur les conséquences de son crime, à l'aide de
cette folle qui en était la première et principale victime. En outre, Bedleben, alors qu'il portait le nom
d'Ivan Goubine, s'était emparé des papiers de madame Sophie, et, à l'aide de ces papiers, de toute la
part de fortune de celle-ci que Brucourt n'avait pu
emporter et qui était déposée en argent chez divers
banquiers de Pétersbourg. En maintenant la pauvre
femme à l'état de folle, Bedleben était assuré que
personne ne lui disputerait le prix de son vol. De
là, les mauvais traitements en souvenir desquels la

folle le haïssait et le redoutait. Elle obéit donc à ses ordres et marcha vers lui sans avoir vu Brucourt, qui restait debout, immobile dans un coin. Lorsque madame Sophie eut fait quelques pas, Bedleben dit :

— Maintenant regardez par là.

Toujours docile, elle porta ses regards dans la direction que le doigt du prince indiquait. Ils rencontrèrent le baron de Brucourt. Elle s'arrêta stupéfaite, frappée d'effroi, de surprise, et sa main passa sur son cou, avec une vivacité fébrile, tandis que sa tête se renversait en arrière et qu'elle semblait toute convulsée par cet effort suprême. Soudain, ses bras tombèrent le long de son corps. Ses yeux s'écarquillèrent démesurément et restèrent fixés sur Brucourt avec une persistance inquiétante.

— Lui ! lui ! s'écria la folle.

Et tendant la main, elle voulut s'élancer. Le prince essaya de la retenir.

— L'assassin ! l'assassin ! reprit-elle en se débattant. Oh ! le bâillon sur la bouche ! Au secours ! Au feu ! Ah ! la corde ! Elle serre, elle entre dans la chair. Au feu ! au feu ! A mort !

Brucourt avait reculé, pâle, en proie à une angoisse cruelle, jusque contre le mur. Il cherchait de tous côtés une issue.

— Ne craignez rien. Elle n'ira pas plus loin !

— Oh ! je vous en supplie, fit-il d'une voix altérée, mettez un terme à cette comédie.

— Une comédie ! dites donc un drame, reprit le

prince, qui retenait la folle entre ses bras puissants. Croyez-vous maintenant qu'elle vous ait reconnu et qu'elle vous reconnaîtrait si les juges ordonnaient une confrontation?

— Assez! assez! murmura Brucourt affolé.

Bedleben appela. Alexis entra dans la chambre.

— Emmène-la, ordonna le prince.

Alexis prit doucement madame Sophie, lui dit quelques mots en russe. Elle résista d'abord; mais, Brucourt s'étant, sur le conseil du prince, caché derrière un rideau, elle se laissa entraîner, non sans promener ses regards à droite et à gauche comme si elle eût cherché à savoir par quelle issue son ennemi avait disparu. Le prince rappela Brucourt, qui s'avança.

— Eh bien, serez-vous raisonnable, maintenant? demanda-t-il. Je vous tiens. Vous n'en pouvez douter. M'obéirez-vous?

— Que dois-je faire?

— Renoncer à soustraire votre fille à mes désirs. Elle est en mon pouvoir, il faut l'y laisser et ne pas vouloir m'empêcher d'agir comme bon me semblera pour atteindre le succès.

Brucourt courba la tête en gémissant.

— J'attends encore autre chose de vous, continua le prince. Il faut voir votre fille, lui conseiller, lui ordonner au besoin d'être docile à mes vœux.

— Vous savez bien que c'est impossible!

— Dites-lui que Daniel de Maldrée est mort.

— Elle ne me croira pas. D'ailleurs, elle refuserait quand même de vous épouser. Elle ne peut que vous détester et je n'ai aucun moyen de la contraindre. Il faudrait, pour la décider à accomplir le sacrifice que vous exigez, qu'elle y fût poussée par le désir de sauver mon honneur et ma vie, et pour cela qu'elle connût l'origine de votre pouvoir sur moi.

— Elle la connaît.

— Vous dites ?

— Je dis que je lui ai révélé la conduite du capitaine Malory.

Ce dernier changea de visage. La colère anima ses traits.

— Vous avez, pour avoir la fille, déshonoré le père ! misérable !

Il s'élança sur le prince. Celui-ci ne broncha pas.

— Prenez garde, le récit de vos crimes est toujours à la disposition de la justice.

— Et que m'importe ? s'écria Brucourt. Quand je vous aurai tué, je prendrai la fuite. Tout est préparé pour cela.

Et comme il avait fait trois pas, un seul le séparait à peine du prince. Celui-ci plongea rapidement la main dans la poche de son pantalon, en tira un revolver et se mit en défense. Renée était haletante. Elle allait s'élancer. Mais elle vit son père reculer tout à coup et aller s'appuyer, défaillant, contre le mur.

— Triple fou ! s'écria Bedleben, qui croit qu'on me

prend au dépourvu. Allez! vous êtes en mon pouvoir
et nul ne vous délivrera de moi, à moins que vous
obligiez votre fille à devenir ma femme. Oh! alors,
nous serons amis comme autrefois, et mon intérêt,
comme mon amour, seront pour vous le gage de mon
silence. Renée me tiendra de trop près pour que je
songe à livrer son père aux tribunaux.

— Infâme! infâme! murmura Brucourt.

— Nous nous valons, baron! répondit cynique-
ment le prince.

— Où puis-je voir ma fille? demanda Brucourt
d'un ton farouche.

— Allons donc! vous voilà devenu raisonnable,
je m'y attendais. Je vais vous conduire auprès
d'elle.

Renée ne voulut pas en entendre davantage. Elle
s'enfuit précipitamment de façon à arriver dans sa
chambre avant son père et le prince. Elle ne les
attendit pas longtemps. Elle n'avait pas eu le temps
de se remettre, quand la porte de sa chambre s'ouvrit. Ils entrèrent tous les deux, Bedleben triomphant,
Brucourt sur ses pas, comme un condamné qu'on
traîne au supplice.

— Mademoiselle, dit le prince, voici une personne
qui désire vous voir. Je vous laisse seule avec elle.
Prêtez à ses discours une oreille attentive. Elle vous
fera connaître mes volontés.

Ayant dit ces mots, il se retira. Le père et la fille
demeurèrent en présence. Resté seul avec Renée,

M. de Brucourt tomba lourdement sur ses genoux, et, sans oser la regarder en face, il dit :

— Pardon ! pardon ! Tu dois me mépriser, me haïr !

Elle essaya de surmonter la douleur déchirante qu'elle éprouvait, l'horreur profonde qui s'était emparée d'elle, et, d'un geste relevant son père, elle lui dit :

— Je vous en supplie, pas de vaines paroles. Notre situation serait intolérable. Le temps presse. Je ne vous méprise ni ne vous hais, je vous plains. Je me plains, moi, d'être mêlée, innocente, à ces turpitudes...

— Oh ! dis, dis, faut-il tuer cet homme ?

— Ajouter un crime à tous les autres !

Brucourt poussa un gémissement.

— Que faire ? que faire ?

— Je vais vous le dire, moi ! répondit fièvreusement Renée. Il faut fuir.

— Avec toi ?

— Non ! seul !

— Moi, partir ! Pour aller où ?

— Pour vous soustraire aux poursuites dont le prince vous menace, pour me laisser ma liberté d'action.

Et comme il paraissait ne pas comprendre, elle reprit :

— Mon père, veuillez écouter attentivement ce que je vais vous dire. Le prince, après vous avoir effrayé par la vue de madame Sophie folle, vous a renvoyé près de moi. Vous étiez venu pour essayer encore de m'arracher à ses mains, et vous avez une fois de plus constaté votre impuissance en face de lui, puisque vous avez consenti à essayer votre influence sur moi, à m'engager à l'épouser.

— Oh! je jure que j'ai agi comme un perdu sous l'empire de la peur. Ma tête n'est pas encore bien solide. Après l'enlèvement, je suis resté bien malade durant trois jours. Lisbeth a cru que j'allais mourir. Ne t'étonne donc pas si j'ai eu la faiblesse d'obéir au prince. Et puis, la pensée que j'allais te revoir!...

— Qu'importe le motif qui vous a guidé? La vérité, c'est que vous êtes venu me dire : « Ma fille, cède à cet homme pour me sauver! »

— C'est vrai, murmura Brucourt.

— Eh bien, je ne céderai pas.

— En effet, je comprends. Si tu m'eusses aimé encore, tu aurais cédé. Mais tu ne m'aimes plus et je ne vaux pas, tu le penses sans doute ainsi, le sacrifice qu'on te demande.

— Que je vous aime ou non, mon père, je suis incapable d'un dévouement semblable. Si le mariage n'était qu'une liaison platonique, laissant à chacun des époux la liberté de son cœur et de son corps, j'aurais pu consentir; mais me donner à cet homme que je hais, m'exposer à devenir la mère de ses enfants, oh! jamais. Ce serait un déshonneur, et l'honneur de la femme ne saurait être compris au nombre

des choses qui peuvent, un jour se donner par dévouement.

— Et alors tu m'abandonnes !

— Ayez un peu de patience. Non, je ne vous abandonne pas. Je veux, au contraire, vous sauver, mais
sans me perdre. Je vous ai demandé de partir. Oui,
expatriez-vous. Allez-vous-en dans un lieu où la
justice de votre pays ne puisse vous atteindre. Quand
je vous saurai loin, j'agirai ; je saurai fuir cette
maison, retrouver Daniel, l'épouser, et chercher auprès de lui, non le bonheur, car il y aura toujours du
sang entre nous, mais le moyen de réparer, en
exauçant tous ses vœux, en l'enrichissant, tout le
mal que vous lui avez fait. Que le prince alors vous
dénonce, s'il veut. Peut-être, il n'osera pas. En tous
cas, vous et moi nous serons hors de ses mains.

— Mais tu me condamnes à vivre sans toi, à ne
plus te voir ?

Renée baissa la tête sans répondre.

— Ah ! oui, je comprends, reprit douloureusement Brucourt. Je ne suis plus ton père, mais un
criminel auquel tu ne tiens plus que parce que tu
portes son nom et qu'il ne peut être déshonoré sans
qu'il en rejaillisse quelque chose sur toi. Oh ! mon
Dieu ! mon Dieu !

Et il tomba, tout en larmes, à genoux au milieu de
la salle.

— Je n'ai rien dit de semblable, mon père !

— Mais tu le penses ! Et cependant, si tu savais

17.

que, lorsque je commis ce crime, je n'étais animé par aucune ambition personnelle! Je voulais m'enrichir, pour qui! si ce n'est pour toi. Je rêvais pour ma fille une dot opulente, une éducation de grande dame, tout le bonheur que donnent la fortune et le luxe. Oui, c'est pour toi!

Renée se redressa superbe d'indignation.

— Ah! ne parlez pas ainsi. Pour moi! pour moi! dites-vous. Mais vous ne m'aimiez donc pas? ou vous étiez fou? Eh quoi, pour me donner la fortune, vous vous exposiez à me laisser un nom infâme! Ainsi, c'est donc vrai; vous ne niez pas! Vous avez reçu les confidences d'un mourant. Vous en avez odieusement abusé; vous avez voulu étrangler sa fiancée, mis le feu à une maison, causé la mort de deux serviteurs, volé une fortune, et le mobile de ces actions monstrueuses, c'était moi! Ah! mais l'amour paternel est donc aveugle ou barbare!

Elle s'arrêta, brisée. Brucourt n'osait plus ouvrir la bouche. Renée reprit bientôt d'une voix plus douce:

— Il ne faut pas dire que c'est pour moi que vous avez tué, volé? Non, je ne vous demandais rien. J'étais inconsciente, je n'ai pas été votre complice. Ne dites pas que c'est pour moi. Cela n'atténue en rien le crime. C'est l'aggraver, au contraire.

Elle s'arrêta encore.

— Agirez-vous selon mon désir? demanda-t-elle ensuite. Comprenez-vous que, dans ce péril extrême, il ne saurait y avoir un parti meilleur que celui que je propose?

— J'obéirai. Je partirai! répondit-il avec amertume.

— Quand?

— Ce soir, demain, que sais-je? je ne prendrai que le temps d'adresser des ordres à mes hommes d'affaires, afin qu'après mon départ, les embarras ne naissent pas autour de toi! Pourrai-je partir du moins avec la conviction que tu m'aimes encore?

Le cœur de Renée fit explosion.

— M'appartient-il donc de vouloir vous aimer ou de ne pas vouloir? Vous êtes mon père. Suis-je libre de faire taire mon cœur, d'oublier ce passé joyeux où j'ai grandi, vous adorant? Ne me demandez rien. Ne cherchez pas à approfondir l'horreur de notre position mutuelle. Allons au plus pressé, c'est-à-dire à ce qui doit conjurer le péril qui nous menace tous les deux.

Elle n'avait pu lui répondre autrement. D'ailleurs, les reproches, la malédiction même de sa fille, l'auraient moins châtié qu'il ne l'était en ce moment, en présence de cette adorable enfant, tombée aux mains d'un infâme, sans qu'il pût rien, lui son père, pour sa défense. Son cœur était cruellement déchiré et son trouble tel, qu'il ne pouvait, en cette heure horrible, arrêter d'autre projet que celui que sa fille venait de lui faire adopter. Il se leva enfin. Il allait sortir. Renée le retint encore.

— Avez-vous vu Daniel?

Il secoua la tête. On se rappelle, en effet, que lorsque, après l'enlèvement de sa fiancée, Daniel s'était rendu au château de Brucourt, le baron avait perdu connaissance et n'avait pu le voir. M. de Maldrée était aussitôt parti pour Paris avec Jabin.

Il faudrait lui apprendre que je suis ici, objecta Renée.

Mais le lui apprendre, c'est lui révéler l'impuissance où je suis de te délivrer. Il voudra connaître la cause de cette impuissance.

— Ne vous montrez pas vous-même. Faites-lui savoir par Lisbeth que je suis ici. Il croira ou que vous êtes toujours hors d'état de venir à mon aide ou occupé à me chercher ailleurs. Je ne veux pas vous compromettre, mon père; je voudrais, au contraire, enfouir si profondément l'horrible secret que personne, jamais...

Elle n'acheva pas sa phrase, et jamais Brucourt n'avait expié plus cruellement son forfait. Il sentait, en dépit des efforts de Renée pour dissimuler ses impressions, qu'il était pour elle un objet de pitié, sinon de mépris, qu'il avait perdu tout droit à son amour et que, sa fille vivante, il ne goûterait plus le bonheur d'être père.

— Avant de quitter la France, ajouta Renée, vous laisserez vos instructions entre les mains de Lisbeth, ainsi qu'un acte dans lequel vous déclarerez consentir à mon mariage avec Daniel. Vous indiquerez la dot que vous m'accordez.

Elle vit sur le visage de son père un signe d'étonnement.

— Ce n'est pas pour moi que je demande une dot, ce n'est pas pour moi que je veux être riche ; c'est afin d'avoir la possibilité de restituer à Daniel, en devenant sa femme ou autrement, la part de votre fortune qui lui appartient.

Brucourt baissa la tête sans répondre. Renée continua :

— En me quittant, vous allez retrouver le prince. Il voudra connaître sans doute ma décision.

— Que répondrai-je ?

— Répondez qu'il ne doit pas désespérer de me fléchir ; que, d'après ce que je vous ai dit, vous avez lieu de croire que je reviendrai sur ma décision.

— Quoi ! tu reviendrais !...

— Je ne veux rien, sinon que vous répétiez mes paroles. Ajoutez que les bons traitements seuls auront raison de moi. Ce qu'il me faut en ce moment, c'est le moyen de tromper les impatiences du prince et de vous laisser le temps de fuir, de mettre l'Océan entre lui et vous.

— Si mon départ doit hâter ta délivrance, dans vingt-quatre heures, je serai à l'abri de toutes poursuites.

Ils n'échangèrent pas d'autre parole. Brucourt gémissait, n'ayant pas, dans le repentir et dans le châtiment, l'énergie qu'il avait eue dans le crime. Renée, grave, froide, dut se faire violence pour accepter le baiser que son père déposa sur son front. Elle le regarda sortir : il était comme un désespéré. Mais lorsqu'elle fut seule dans sa chambre, elle éprouva comme un immense déchirement de tout son être et fondit en larmes.

Peu de jours après les événements qui viennent d'être racontés et dont nous devons, pour l'intelligence de ceux qui vont suivre, suspendre un moment le récit, Daniel de Maldrée et Jabin étaient assis dans une chambre de l'hôtel dans lequel ils étaient descendus, situé au quartier Latin. Depuis qu'ils étaient à Paris, c'est en vain qu'ils s'étaient mis à la recherche de Renée de Brucourt. Ils avaient laissé le baron malade au château, en compagnie de Lisbeth, et, de ce côté, ils n'avaient pu avoir aucun renseignement qui pût les mettre sur la trace de la jeune fille. Portant avec sûreté ses soupçons sur le prince Bedleben, qu'il croyait capable d'avoir enlevé Renée, Daniel voulut connaître sa demeure. Il chercha même à arriver jusqu'à lui. Mais le jour où il le demanda, on lui répondit que le prince serait absent jusqu'à la fin de l'hiver.

— Eh quoi ! se demanda-t-il en tremblant, aurait-il entraîné Renée hors de France, en Russie, peut-être ? Oh ! j'irai jusque-là !

Mais, quelques jours après, traversant l'avenue des Champs-Élysées, il vit au fond d'un petit coupé qui remontait rapidement vers l'arc de triomphe, le prince Bedleben.

— Il est arrivé, pensa-t-il, ou peut-être n'était-il pas parti ?

Il se présenta de nouveau à l'hôtel du prince. On lui fit la même réponse qu'à sa première visite.

— Vous mentez ! s'écria-t-il furieux. Vous mentez ! Dites à votre maître que je saurai bien le retrouver.

A dater de ce moment, il se mit en faction à la porte de l'hôtel, tous les soirs, à partir de sept heures. Il étudia les lieux autant qu'il le pouvait faire. Accompagné de Jabin, il fit le tour des murs élevés qui défendaient le jardin.

— Renée est là, pensa-t-il, mon cœur me le dit.

Il fut sur le point d'aller à la préfecture de police dénoncer le prince, comme retenant, au mépris de tout droit, une jeune fille qui ne voulait pas de lui. Il n'osa le faire. Il savait que le prince, en dépit de sa réputation, avait des relations, une grande influence. Il lui serait facile de nier les faits qu'allé-guerait Daniel de Maldrée', et à supposer qu'une visite domiciliaire eût lieu chez lui, plus facile encore de cacher Renée à tous les yeux. Il était plus simple d'épier Bedleben, de l'attendre dans la rue, de le relancer partout où il serait, jusqu'au moment où il aurait consenti à recevoir Daniel et à lui fournir les renseignements que ce dernier demandait. Malheureusement, le prince semblait se défier. Il ne sortait qu'en voiture, et les chevaux étaient toujours

lancés de telle sorte que toute conversation était
impossible. Enfin, un soir, la veille du jour où nous
les retrouvons, Daniel et Jabin étant devant l'hôtel,
les portes s'ouvrirent et une voiture sortit de la cour.
Deux hommes étaient sur le siége. A neuf heures, le
quartier de l'Arc-de-Triomphe est solitaire. Jabin,
que depuis quelque temps l'état de Daniel tourmen-
tait, excité par ses craintes, se jeta à la tête des chevaux. Le cocher voulut passer outre. Mais Jabin
tenait les mors d'une main sûre et ne les lâcha pas.
Daniel, ayant compris, s'était précipité vers la portière. Il vit le prince Bedleben qui, d'un ton furieux,
donnait en vain l'ordre d'avancer.

— Enfin, prince, je vous trouve !

— Que désirez-vous de moi, monsieur ? Pourquoi
arrêtez-vous ma voiture avec des procédés de malfaiteur ?

— Je désire savoir, prince, pourquoi, depuis dix
jours, vous refusez de me recevoir ?

— Parce qu'il ne me plaît pas que vous entriez
chez moi !

— C'est une raison. Me permettrez-vous de vous
demander compte de la disparition de mademoiselle
Renée de Brucourt ?

— De quel droit m'interrogez-vous ? Avez-vous un
pouvoir sur elle ? Êtes-vous son père, son frère, son
mari ?...

— Je suis son fiancé !

— Allons donc ! exclama le prince. Elle est mariée!

— Mariée, Renée !

— Elle est ma femme, ne le savez-vous pas ?

Daniel recula comme s'il eût été mordu par une bête fauve. Le prince eut un sourire plein de cruauté et ajouta :

— Vous comprenez maintenant, monsieur, pourquoi je ne veux pas que vous vous rencontriez avec elle. Vous l'aimez et je ne saurais vous permettre le tête-à-tête. J'ajoute, mon cher monsieur, que je ne tolérerai pas d'être encore arrêté et que si ces faits se renouvellent, je brûlerai, sans hésiter, la cervelle à ceux qui se trouveraient à la tête de mes chevaux ou à la portière de ma voiture. Voilà, monsieur, ce qu'il est bon que vous n'ignoriez pas.

Pendant que le prince parlait ainsi, la grande porte s'était refermée, et lorsque la voiture eut filé rapidement, Daniel et Jabin n'eurent devant eux que la solitude.

— Elle est là ! elle est là ! et perdue pour moi, pensa Daniel.

— Allons, venez ! fit Jabin.

Et il l'entraîna. C'est au lendemain de cet événement qu'ils étaient ensemble dans la chambre de Daniel. La nuit porte conseil. L'esprit reposé, Daniel se trouva en état d'envisager froidement la situation.

— Après la déclaration du prince m'affirmant que Renée de Brucourt est devenue sa femme, que puis-je faire ? demandait-il.

— Partir, mon cher enfant, oublier à jamais cette jeune fille dont le courage n'a pas été à la hauteur des périls qui se dressaient sous ses pas...

Daniel l'interrompit.

— Partir ! aimer ailleurs ! Quels conseils me donnes-tu là ? Non, je resterai ! Ah ! ne te récrie pas. Si comme moi tu connaissais Renée, son amour, sa vaillance ; si tu avais entendu de quel accent elle formula les promesses qui m'ont attaché étroitement à elle, tu comprendrais qu'elle n'a pu épouser le prince qu'après quelque scène infâme que le misérable aura préparée. Et puis, m'a-t-il dit vrai ? Est-il bien certain que Renée soit sa femme ?

— Il n'eût osé l'affirmer, s'il en était autrement.

— Qu'en sait-on ? il a voulu m'éloigner, voilà le plus clair en tout ceci. Débarrassé de moi, croyant que je partirai, il se propose sans doute de prouver à Renée que je ne veux plus d'elle ! Voilà pourquoi je ne dois pas m'éloigner, mais tout tenter pour la revoir.

— A quelles aventures ne vous exposez-vous pas ?

— Je l'aime. Je l'aime, et serais-je convaincu qu'elle n'est plus libre, qu'elle lui appartient, à lui, que je chercherais encore à la revoir, assuré que je pourrais la servir. Mais elle n'est pas sa femme. J'en ai presque la certitude.

— Il faut s'en assurer.

— Comment ! L'hôtel est inabordable. D'ailleurs, est-ce là qu'elle est cachée ?

— Puisque le prince l'habite.

— Il pourrait avoir enfermé Renée dans quelque maison d'un quartier éloigné...

— Tâchons de le savoir. On peut corrompre les domestiques.

— Mauvais moyen. Cet homme doit être entouré de gens sûrs. Non, j'ai une idée tout autre.

— Laquelle?

— Il est positif que Renée n'a pu se marier sans le consentement de son père.

— Rien de plus vrai.

— Eh bien, ce consentement, M. de Brucourt l'a-t-il donné? Nous l'avons laissé au château il y a huit jours, dangereusement malade. Était-il en état de faire acte de volonté?

Jabin secoua la tête en signe de doute.

— C'est donc lui qu'il faut voir, interroger, reprit Daniel. Par lui nous saurons la vérité.

L'idée était excellente. Jabin l'approuva.

— Je vais me rendre à Brucourt, continua Daniel. Je m'expliquerai franchement avec le baron. Je saurai si, dans l'enlèvement de sa fille, il a été complice ou victime.

— Il peut refuser de s'expliquer. Je me suis toujours défié de lui, vous le savez. M'est avis qu'il nous joue.

— Oh! il parlera, dussé-je l'y contraindre.

Jabin sourit amèrement.

— Il est bien habile, fit-il. Néaumoins, je ne veux pas vous décourager. Allons à Brucourt.

— J'irai seul.

— Vous me laissez ici ?

— Ta présence y est nécessaire.

— Dans quel but ?

— Afin d'épier les habitants de l'hôtel Bedleben. Il faudrait savoir si Renée est enfermée là ou ailleurs. Tu peux essayer de te mettre en rapport avec les gens. Il est impossible que, parmi eux, il n'y ait pas un bavard ou un homme ayant besoin de se venger du prince. C'est un de ceux-là qu'il faut trouver et intéresser à notre cause. Passe tes journées dans le voisinage de l'hôtel. Observe, épie, informe-toi. Mets-toi en rapport avec les fournisseurs, avec le facteur de la poste. Il y a dans Paris quelqu'un qui entre chez le prince, qui connaît son intérieur. C'est celui-là qu'il faut découvrir.

— La tâche n'est pas facile, objecta Jabin.

— Cela veut-il dire que tu y renonces ?

— Eh non, je veux y réussir, au contraire ; je constate seulement les difficultés de l'entreprise.

— Tu as ce qu'il faut pour les surmonter. D'ailleurs, mon absence ne se prolongera pas au delà de deux jours. A mon retour, tu me feras savoir le résultat de tes recherches, et, s'il est nécessaire de se mettre à l'œuvre en commun, nous nous y remettrons. Quelque chose me dit que le prince a menti, que Renée est en son pouvoir, mais qu'elle n'a pas oublié les serments que j'ai reçus d'elle. Elle m'est fidèle, j'en ai la conviction. Ce qu'elle doit souffrir,

tu le devines. Mon sergent, tu m'aideras à la délivrer.
Il s'agit de son bonheur, non-seulement du sien, mais
du mien aussi.

— Allons ! allons ! apaisez - vous, s'écria vivement Jabin. Je m'efforcerai d'accomplir un miracle.

Le même soir, Daniel partait pour Trouville, d'où
il devait se rendre au château de Brucourt. Il promit
de ne pas être absent plus de quarante-huit heures.
A dater de ce moment, Jabin commença sa faction
devant l'hôtel Bedleben.

La route qui va de Trouville à Brucourt est tout à
fait pittoresque. Après avoir longé la mer jusqu'à
Villers, on entre dans les terres au-dessus d'une fa-
.laise plantureuse qui domine les eaux d'un côté et,
de l'autre, se réunit aux grasses vallées qui vont rejoindre Lisieux et Caen. En traversant ce pays cher
et familier à ses souvenirs, Daniel se rappelait les
heures enchantées qu'il y avait passées avec Renée.
Alors tout était espérance en lui et autour de lui.
Maintenant, découragé, n'agissant plus que sous
l'empire d'un pressentiment auquel il s'était crû tenu
d'obéir, il parcourait seul ces sentiers remplis d'une
mélancolie moins âpre que sa douleur. Il était dix
heures du matin quand il arriva devant le château.
Pour aller plus vite, il avait loué un cheval à Trouville. La bête, surmenée, couverte d'écume, franchit
la barrière du parc, à l'endroit même où il avait acquis des droits imprescriptibles à l'amour de Renée, en
'arrachant à la mort. Tous ces souvenirs lui revinrent :

— Oh ! ce passé beau comme un rêve ne peut avoir été le prologue de la réalité telle que je la vois ! se dit-il. Non, il y a, derrière un voile qui le dérobe à mes regards, un bonheur qui m'est destiné et que l'avenir me donnera.

Il leva les yeux. Le château semblait s'être couvert de deuil. Les plantes qui grimpaient le long des murs s'étaient flétries. Les massifs de fleurs étaient semblables au fumier, l'eau les ayant réduites à l'état de pourriture. Les feuilles mortes, qui cachaient sous un humide tapis le sable des allées, venaient jusque sur le perron. Les persiennes étaient aux trois quarts closes. La maison avait perdu son rayon, son sourire. Un palefrenier était accouru à sa rencontre. Daniel mit pied à terre, lui jeta la bride de son cheval et entra dans le chateau. C'est Lisbeth qu'il vit d'abord. La pauvre fille errait silencieusement dans les vastes salles désertes. A l'aspect de Daniel, elle poussa un cri de joie.

— Monsieur ! monsieur ! apportez-vous des nouvelles de mademoiselle Renée ?

— Hélas ! non, je viens en chercher, au contraire.

— On n'en a pas ici !

— M. de Brucourt ?

— M. de Brucourt, s'il en a, les cache mystérieusement, même à moi.

Lisbeth entraîna Daniel dans une petite pièce, le fit asseoir et lui raconta ce qui suit :

— Après le départ mystérieux de mademoiselle,

après le vôtre, M. le baron resta ici malade, comme fou, mais d'une folie calme et silencieuse. On avait craint d'abord un transport au cerveau, une fièvre cérébrale. Grâce à Dieu, ces craintes ne se réalisèrent pas. Au bout de douze jours, il était en état de voyager. Il alla à Paris. Il resta absent une semaine. A son retour, à toutes nos demandes, il se contenta de répondre qu'il avait vu Renée et consenti à ce qu'elle fît un long voyage.

— Et depuis ? demanda Daniel.

— Depuis, dix jours se sont écoulés. M. le baron vit ici comme un sauvage. Il ne voit personne que son valet de chambre et moi. Il n'a pas encore quitté son appartement. Il y prend ses repas. Quels repas ! Tout juste de quoi ne pas mourir de faim. Le soir venu, il fait allumer quatre candélabres, un grand feu, et s'enferme jusqu'au lendemain. Voilà sa vie.

— Qui donc me révélera cet horrible mystère ? s'écria Daniel.

— Mais, Renée, Renée, l'avez-vous vue ?

— Non ! Toutes mes tentatives ont été vaines.

Et Daniel raconta ce que le lecteur sait déjà, ses soupçons, ses craintes, ses démarches. Il fit part à Lisbeth de l'espoir qui l'avait conduit au château.

— Vous ne saurez rien par M. le baron.

— C'est impossible, s'écria Daniel. Faites-lui savoir que je suis ici.

— Il refusera de vous recevoir.

— Ne m'annoncez pas, alors ; je me présenterai seul.

Daniel monta jusqu'à l'appartement de M. de Brucourt, sans que Lisbeth osât l'en empêcher. Il frappa contre la porte un léger coup, et aucune voix n'ayant répondu, il poussa la porte. Le salon qui précédait la chambre du baron était vide. Il alla jusqu'à la chambre dans laquelle Brucourt était seul, accroupi dans un fauteuil devant le feu. En un mois, il avait vieilli de dix ans. Ses cheveux, naguère gris, étaient blancs. Son visage était sillonné de rides profondes. Ses yeux rougis n'avaient plus d'autre expression que celle d'une terreur vague. Ses mains tremblaient, et tout son corps avait ces frissons légers qui sont le symptôme des vieillesses maladives. Au bruit que fit Daniel en entrant, il tourna la tête et tressaillit.

— Bonjour, monsieur le comte de Maldrée, fit-il d'une voix affaiblie et d'un accent sans énergie. Qui donc vous a dit que je consentirais à vous recevoir ?

— Personne, monsieur le baron. On a même voulu m'empêcher de monter. Mais j'avais besoin de vous voir, de vous parler, et me voilà.

— Parlez donc ! répondit Brucourt avec résignation.

Daniel aborda résolûment le sujet qui l'amenait.

— J'arrive de Paris, dit-il. J'ai vu le prince Bedleben. Il m'a déclaré que mademoiselle de Brucourt était sa femme. Il a menti, n'est-ce pas ? Vous n'avez pas donné votre adhésion à ce mariage ?

— Il vous a dit qu'il avait épousé ma fille ?

Il y eut dans le regard de Brucourt comme un éclair de joie, mais si rapide, que Daniel ne le vit pas et ne comprit pas qu'il venait de procurer au baron un soulagement inespéré. Après avoir promis à sa fille de quitter la France, il était arrivé sans courage dans son château. Là, malade, accablé par les coups successifs qui le frappaient, il était tombé inerte dans ce fauteuil et ne l'avait plus quitté.

— Que fera Renée ? se demandait-il. Épousera-t-elle le prince ?

Et dans la terreur qu'il éprouvait, il arrivait à souhaiter qu'elle consentît à faire son propre malheur pour le sauver. Aussi la nouvelle que lui apportait Daniel le rassura-t-elle un moment, et telle avait été la cause de ce mouvement de joie qui avait échappé à ce dernier.

— Il affirme que votre fille est sa femme ! s'écria ce dernier.

— S'il l'affirme, c'est que cela est, répondit Brucourt.

— Non ! non ! c'est impossible. Pour que ce mariage eût lieu, il fallait votre consentement écrit, et ce consentement, vous ne l'avez pas donné.

— Vous vous trompez ! je l'ai donné !

Il mentait, et tout son espoir s'envola en pensant que cette union qu'il avait pu, pendant cinq minutes,

croire accomplie, ne pouvait l'être, puisqu'il n'y avait
pas participé. Néanmoins, il se faisait le raisonnement suivant :

— Si le prince déclare qu'il est le mari de ma fille,
c'est qu'il veut éloigner son rival et qu'il espère obtenir d'elle ce qu'il désire. Or, tant qu'il espère, je
suis à l'abri de ses poursuites.

Cependant Daniel avait écouté le baron.

— Ainsi, lui dit-il, vous n'avez pas craint d'adhé-
rer à ce mariage? Vous n'avez pas craint d'y contraindre votre fille? Vous saviez cependant qu'elle
m'avait donné sa foi ! Et l'homme dans les bras duquel vous l'avez poussée, savez-vous ce qu'il est ?

— C'est mon ami et c'est librement que Renée a
consenti à devenir sa femme.

— Mensonge ! mensonge ! On me trompe. Non, Renée n'est pas à cet homme. Telle que je la connais, elle
serait morte plutôt. Le misérable l'a enlevée. Arrachée
d'ici par la violence, elle n'aurait pas voulu porter ce
nom infâme. Vous mentez ! baron de Brucourt.

— Monsieur !

— Vous mentez et vous vous conduisez en mauvais
père. Vous n'ignorez pas qu'elle est prisonnière du
prince et qu'elle souffre cruellement. Cependant
vous ne faites rien pour la retirer de ce gouffre horrible. C'est donc à moi d'agir. Quelque chose me dit
que Renée est libre, qu'elle n'a pas manqué de courage. Elle aura en moi un protecteur, et dussé-je y
périr, je saurai la soustraire à l'infamie.

Cette violente sortie épouvanta Brucourt. Alors il fit sur lui-même un violent effort, se leva, et s'approchant de Daniel :

— De quel droit iriez-vous troubler le repos de ma fille? J'affirme qu'elle est heureuse et unie au prince Bedleben.

— Pourquoi la cache-t-il alors?

— Elle-même le souhaite ainsi. Le bonheur cherche l'ombre.

— Le bonheur ! Dites donc ou qu'elle a voulu que nul ne pût voir ses larmes ou que le prince la retient captive ! Croyez-vous que je ne connais pas Renée autant et mieux que vous pouvez la connaître vous-même?.Qu'elle ait été capable, après m'avoir fait les plus doux serments, de les violer, de consentir à être à un autre ..

Le baron l'interrompit.

— Et si, en agissant ainsi, elle s'était sacrifiée !

— Sacrifiée ! A qui?

— A son père.

Et comme Daniel le regardait sans comprendre, Brucourt ajouta :

— Qui vous dit qu'elle ne s'est pas trouvée dans une de ces situations créées par la fatalité qui s'abat sur certaines familles, placée entre son amour pour son père et son amour pour vous? Qui vous dit qu'elle n'est pas contrainte, par souci de l'honneur du nom qu'elle porte, à oublier les promesses qu'elle vous avait faites?

— Vous avez accepté un tel sacrifice ? demanda Daniel avec défiance.

— Il le fallait.

L'impétueux jeune homme n'était pas convaincu.

— Monsieur le baron, fit-il après un silence, il y a dans tout ceci un mystère que je ne peux encore pénétrer, mais qui se révèlera. En ce moment j'ai acquis la conviction que le prince et vous, vous vous êtes mis d'accord pour me tromper. J'ai l'assurance que, même pour vous sauver, Renée n'eût pas compromis sa pudeur et sa dignité, en se donnant à un coquin, et je ne crois pas que votre honneur ait nécessité de tels sacrifices ; il y a, je le répète, autre chose qu'on me cache. Je veux tout connaître et je vais agir en conséquence. J'agirai seul, mais j'agirai, et ma certitude est qu'en faisant ainsi, je sers Renée mieux que si j'abandonnais la partie.

Ayant dit ces mots, il se retira, laissant le baron de Brucourt livré aux plus cruelles anxiétés, et se rendit auprès de Lisbeth. La pauvre fille attendait avec impatience le résultat de leur entrevue.

— Eh bien ! demanda-t-elle.

— Si le baron n'agit pas sous l'empire d'un sentiment de folie, c'est un père dénaturé.

— Que voulez-vous dire ?

— Qu'il sacrifie de gaîté de cœur sa fille à je ne sais quelles considérations ; qu'il ne se montre soucieux ni de son honneur, ni de son bonheur ; qu'il reconnaît qu'elle est à la merci du prince Bedleben et qu'il ne se préoccupe en rien de savoir si elle est mariée, si elle ne l'est pas ; si elle a été entraînée d'ici, volontairement ou contrainte.

— Décidément, monsieur le baron est fou ! objecta Lisbeth.

— Je le crains.

— Comment admettre autrement qu'il ait toléré que le prince enlevât, la nuit, ma pauvre Renée ? Ah ! que faire, monsieur Daniel, que faire ?

— Je retourne à Paris dès ce soir, et, de nouveau, je me mettrai à la recherche de la chère enfant.

Le même soir, Daniel partit pour Paris, sans avoir revu M. de Brucourt. Jabin, prévenu de son arrivée, était venu à sa rencontre à la gare de l'Ouest.

— Eh bien, lui demanda Daniel, as-tu fait quelque découverte ? Moi, je n'ai rien appris !

— En partant, répondit Jabin, vous m'avez ordonné de veiller sans cesse sur l'hôtel du prince, d'épier les gens qui entreraient et sortiraient. J'ai vu Bedleben plusieurs fois. Il sort et rentre tous les jours aux mêmes heures. J'ai voulu savoir où il allait. Sa vie est très-uniforme, et le but ordinaire de ses sorties est le bois de Boulogne, où il fait une promenade, et le Cercle impérial, où il se rend tous les jours de quatre à sept heures, et assez souvent après minuit. Il doit passer chez lui la plus grande partie de ses soirées, car j'ai su qu'en une semaine, il n'est sorti que deux fois à huit heures, pour aller un soir à l'Opéra, l'autre soir aux Italiens, et, de là, à son club.

18.

— Es-tu bien certain qu'il ne se rende à aucun autre endroit ?

— Ce que j'ai vu, les renseignements que j'ai pris me permettent de le penser, et à moins que ce ne soit durant la nuit qu'il visite mademoiselle Renée...

— Oh! c'est impossible.

— Il est évident qu'elle habite le même hôtel que lui.

— Y est-elle volontairement ou involontairement ? Voilà toute la quetion, dit Daniel.

— Si elle y était volontairement, elle jouirait autrement de la vie qu'elle aurait consenti à partager. Elle ne passerait pas des journées entières enfermée. Elle sortirait avec le prince quand il se rend au bois. Or, il est toujours seul, avec ses deux domestiques, deux grands diables dont l'un me regarde attentivement. Si mademoiselle Renée est chez lui, c'est à l'état de prisonnière.

— Il faut que nous pénétrions la nuit dans l'hôtel, répondit Daniel.

— Comme des voleurs? demanda Jabin.

— Comme des voleurs, soit. Je dois savoir où est Renée. Elle souffre. Un pressentiment m'en avertit. Qui courra à son secours, si ce n'est moi?

— Nous pénétrerons dans l'hôtel en passant par-dessus les murs du jardin, dit froidement Jabin. Cependant...

— Cependant?

— Ne serait-il pas plus simple de tâcher d'avoir des

relations dans la maison, de gagner à notre cause
l'un des domestiques du prince?

— C'est jouer le tout pour le tout.

— Il en est un, continua Jabin, qui a la physionomie d'un honnête homme. C'est le valet de pied que
j'ai vu trois fois sur la voiture, assis à côté du cocher.

— Et si tu te trompes, si l'homme auquel tu t'a-
dresses révèle au prince les confidences que tu lui as
faites?

— Pourquoi croire qu'il n'existe pas, même dans
l'entourage d'un Bedleben, des cœurs généreux?

— Que veux-tu? je doute de tout.

Jabin sourit, et, se rapprochant de Daniel, il lui
dit :

— Mon cher enfant, nous allons jouer une partie
désespérée. Soyons prudents, mais fermes. Il s'agit
du bonheur de Renée et du vôtre.

— Tu as raison, répliqua Daniel.

Le résultat de cet entretien fut d'entraîner le même
soir Daniel et Jabin devant l'hôtel du prince Bedleben. A la faveur de la nuit, ils purent, sans crainte
d'être observés, faire le tour des murs du jardin.
C'est par là seulement que cette demeure leur était
accessible. Le quartier est solitaire. On pourrait
grimper le long de ce mur, dont le sommet était au
niveau de quelques arbres qu'il serait facile d'atteindre
et qui aideraient à descendre dans le jardin. Il faudrait
profiter pour cela d'un soir où le prince se serait
éloigné. Il serait surtout nécessaire de ne pas agir

sans avoir des relations dans la place et sans s'être
assuré qu'une fois de l'autre côté du mur, on ne serait pas dévoré par des chiens ou assommé par des
valets. Nos amis revenaient. inquiets, perplexes,
anxieux, vers la porte cochère, quand soudain ils la
virent s'ouvrir pour donner passage à la voiture du
prince. Bedleben était assis dans l'ombre de son
coupé, où sa présence ne pouvait se signaler que
grâce à la lueur de son cigare, semblable à un gros
ver luisant dans la nuit. Sur le siége, il y avait un cocher et un valet de pied. Ils ne portaient pas des
livrées telles qu'on les porte en France ; ils n'avaient
ni culottes en peluche, ni bas blancs tirés sur d'é-
normes mollets, ni dorures, ni aiguillettes, mais des
tuniques en laine grise, à grands plis, et des bonnets
ronds ayant une lointaine ressemblance avec une
toque d'avocat.

— Toujours les mêmes, dit Jabin à Daniel.

Et lui montrant le valet de pied, qui jeta sur eux
un rapide regard, au moment où ils furent inondés
par la clarté des lanternes, il ajouta :

— Celui-ci me convient assez.

La voiture allait au pas, car il avait neigé durant
le jour, et la neige étant gelée, le sol formait une
surface unie comme un miroir et glissante comme un
lac glacé, qui ralentissait l'allure des chevaux. Cette
circonstance frappa Jabin. Il avertit Daniel par un
léger coup sur le bras. Daniel essayait de porter ses
regards dans l'intérieur de l'hôtel, dont les portes

étaient lentes à se refermer. Mais il ne vit rien qu'un vestibule large et long, à l'extrémité duquel on apercevait une massive grille de fer qui le séparait de la cour, de telle sorte que l'on ne pouvait ni entrer dans cette cour, ni en sortir, ni voir ce qui pouvait s'y passer.

— Que veux-tu? demanda Daniel que l'avertissement de Jabin arracha à son observation.

— Écoutez, mon enfant. M'est avis qu'il faut entrer résolûment en campagne en captant la confiance de ce laquais, si toutefois il parle le français, car il doit être Russe, comme son maître.

— Comment faire?

— La voiture marche au pas. Je vais la suivre, et quand elle aura déposé Bedleben à l'endroit où il se fait conduire, je tâcherai de lier conversation avec mon homme.

— Allons! essayons, répondit Daniel, qui semblait tout à fait découragé. Je vais avec toi.

Ils suivirent le coupé. Sur l'avenue des Champs-Élysées, ils montèrent dans un fiacre dont le cocher reçut l'ordre de suivre la voiture du prince. On s'arrêta devant l'Opéra. Il était dix heures. Daniel vit le prince mettre pied à terre, entrer dans le théâtre, et son équipage aller l'attendre au coin de la rue Le Peletier et de la rue Rossini, à quelques pas d'un marchand de vin chez lequel se réunissent les domestiques pendant que leurs maîtres assistent au spectacle de l'Académie de musique. Daniel avait renvoyé le fiacre. Il se mit avec Jabin à suivre les mouvements des gens du prince. Le cocher jeta une couverture sur chacun de ses chevaux, quitta son siége en descendant d'un côté, tandis que le laquais descendait de l'autre. Jabin trouva ce moment propice pour parler. Il s'avança aussitôt vers le domestique et lui dit vivement :

— Vous êtes au service du prince Bedleben. Connaissez-vous une jeune fille nommée mademoiselle Renée de Brucourt, qu'il retient prisonnière dans son hôtel pour la contraindre à l'épouser ?

Le domestique regarda Jabin avec autant de surprise que de défiance et ne lui répondit pas.

— Je comprends votre silence, reprit l'ancien soldat; vous craignez que je ne sois un émissaire chargé d'éprouver votre discrétion. Eh bien, je ne vous demande en ce moment aucune réponse. Mais si vous voyez mademoiselle Renée, dites-lui que vous avez rencontré le sergent Jabin ; retiendrez-vous ce nom-là ? oui ! et demandez-lui, à la chère enfant, si vous pouvez avoir confiance en moi.

Le Russe ne put retenir un sourire et dit :

— La prochaine fois que vous pourrez m'aborder, j'aurai une réponse à vous donner. Maintenant, éloignez-vous; mon camarade revient.

Il prouvait par ces mots qu'il était prêt à servir Renée et ses amis. Jabin et Daniel s'en réjouirent.

— Si celui-là nous trahit, objecta le sergent, je lui casserai la tête.

Depuis la visite que son père avait faite au prince
Bedleben et l'entretien solennel qu'elle avait eu avec
le baron de Brucourt, Renée était en possession d'un
calme que rien ne troublait encore. En donnant à
son père le conseil de partir, elle avait voulu rester
libre d'user de tous les moyens qu'elle jugerait bons
pour échapper aux poursuites de son ennemi. Elle
voulait sauver en même temps son père, elle-même
et son bonheur. Pendant les jours qui suivirent sa
résolution, elle resta chez elle, ne consentant à quitter sa chambre que pour descendre au jardin, et uniquement lorsque Alexis, le moujik auquel elle avait
donné sa confiance, venait lui dire que le prince était
hors de l'hôtel. Dans ces promenades, elle apprit
bien des choses sur le prince Bedleben. Elle connut
toute la partie de son passé à laquelle Alexis avait été
mêlé. Elle trouva des motifs nouveaux pour justifier
l'horreur que cet homme lui inspirait. Elle puisa
dans ce sentiment le courage de lui résister. C'était
un personnage horrible, monstrueux, entre les mains
duquel la fatalité l'avait poussée et auquel il fallait
échapper à tout prix, tout moyen devant être bon
pour arriver à ce résultat. Elle demanda à plusieurs
reprises à Alexis s'il était possible de fuir.

— Attendez, je cherche ! répondit celui-ci.

Sur ces entrefaites, elle fut mise en présence de la
folle. Ce fut un soir, vers neuf heures, tandis que
Bedleben était à l'Opéra, que Renée, conduite par
Alexis, entra dans la chambre où la malheureuse

créature demeurait. La femme affectée à son service
ayant prolongé son repas, était encore à table avec
les domestiques de l'hôtel, et Alexis gardait la folle
en son absence. Grâce à cette circonstance, Renée
put pénétrer dans cette partie de l'hôtel, arriver jusqu'à madame Sophie. Quand Renée entra, madame
Sophie était assise dans un coin, ou plutôt accroupie
l'œil perdu dans la contemplation d'objets visibles
pour elle seule, mais qui devaient l'épouvanter, car
son regard était égaré, tandis que sa main droite, se
portant fébrilement et par un mouvement régulier
jusqu'à son cou, essayait d'en arracher la corde qu'elle
croyait sans cesse y sentir. A l'aspect de Renée, elle
s'arrêta, regarda d'abord avec effarement, ensuite
avec une tranquillité sans cesse grandissante, cette
jeune fille au visage doux et sympathique. Puis elle
se leva, marcha vers elle à petits pas, craintive encore, ainsi qu'un enfant qui irait vers une belle pou-
pée, et au lieu de se mettre en fureur, ainsi qu'elle le
faisait en présence du prince, elle sourit. Alexis était
resté au dehors; mais, par la porte entr'ouverte, il
vit cette expression nouvelle sur le visage de la
folle.

— C'est un miracle! pensait-il.

Jamais il ne l'avait vue sourire. Renée, encoura-
gée, se laissa approcher par madame Sophie. Celle-ci
posa sa main sur la main de la jeune fille, et,
comme elle la voyait immobile, mais pleine de
bonté, elle se mit à caresser cette main.

— Vous avez un gros chagrin dans le cœur ? demanda Renée.

La folle ne répondit pas sur-le-champ. Puis, livrée soudain à un accès de terreur, elle se mit à dire d'une voix brisée :

— La maison brûle. Je vous dis qu'elle brûle. Je vois les murs embrasés. Et la corde, la maudite corde m'étrangle. Par pitié, brisez ce lien qui m'oppresse. Brisez-le.

Elle s'arrêta un moment et tenta vainement de débarrasser son cou de cette corde qui n'existait que dans son imagination.

— Quand le bien-aimé reviendra, reprit-elle bientôt, je cesserai de souffrir. C'est lui qui me délivrera.

— Le bien-aimé ne reviendra pas ! répondit Renée.

— Il ne reviendra pas ! Je l'attends et je le vois déjà s'approcher.

— Ce n'est pas lui, car il est mort ; c'est son fils que vous verrez apparaître, son fils Daniel de Maldrée.

La folle hocha la tête.

— Daniel peut être beau, mais Jacques de Maldrée, son père, l'est bien davantage. Il est plus grand que tous les hommes, et d'une force telle qu'il enlèvera, comme en se jouant, la chaîne rivée autour de mon cou.

Ces paroles, l'attitude de la folle touchèrent profondément Renée. Ce qu'elle savait du passé de madame Sophie, des mauvais traitements que le prince

19

lui avait fait subir, ayant intérêt à la maintenir à l'é-
tat incurable, tout démontrait à Renée que, par la
douceur, la patience, on ramènerait la pauvre alié-
née à un état meilleur et plus proche de la raison.
Et puis, Renée se sentait pleine de compassion, de
tendresse pour cette femme malheureuse comme elle
et malheureuse par la faute de M. de Brucourt. Ne
serait-ce pas commencer l'expiation des fautes de ce
dernier que de rendre la raison à sa victime ? Renée
ne savait pas tous les crimes de son père et elle voulait racheter le seul qu'elle connût en entreprenant
la guérison de madame Sophie. Guérir madame Sophie ! Cette pensée se présenta à l'esprit de Renée
comme l'expression de la tâche qu'elle avait le devoir d'accomplir. Sans admettre qu'elle dût être res-
ponsable des fautes de son père, elle pensait que
travailler à améliorer l'état de madame Sophie, à
faire disparaître les effets du crime, ce serait travailler à son propre bonheur et se rendre digne de Daniel. Lorsqu'elle se retira, sa décision était prise. La
folle la regarda partir à regret. Elle la suivit même
et se montra toute joyeuse quand Renée se pencha
sur elle pour l'embrasser. Puis la jeune fille étant
sortie et la porte de la chambre ayant été fermée,
elle entendit la prisonnière qui s'efforçait d'ouvrir
pour la voir encore et qui exprimait le chagrin que lui
causait cette séparation par des plaintes à demi-voix.

— Il faudra me ménager souvent des rendez-vous
semblables à celui-ci, dit Renée à Alexis.

— Quand vous voudrez, répondit celui-ci. Il suffira seulement que le maître soit sorti. Mais vous ne pouvez pas vous occuper longtemps de cette malheureuse et vous feriez peut-être bien de ne pas commencer.

— Pourquoi donc?

— C'est que si vous l'accoutumez à votre présence, lorsque vous partirez, vous lui laisserez des regrets qui la rendront plus malheureuse que si elle ne vous avait pas connue.

— Je ne me séparerai pas d'elle.

— Mais votre fuite est prochaine, je l'espère.

— Je ne fuirai que si je peux emmener madame Sophie avec moi, ma place est auprès d'elle.

— Emmener la folle!

— Pourquoi pas?

— Pouvez-vous la guérir?

— Peut-être!

Alexis regarda Renée avec admiration, s'inclina et ne répondit pas. La jeune fille rentra dans sa chambre sous l'empire d'idées nouvelles et telles que si, en ce moment, on fût venu l'avertir qu'il lui était possible de quitter l'hôtel et de n'y plus rentrer, quelque désir qu'elle eût de voir Daniel, elle ne serait pas partie. Ce n'était plus seulement par le désir de retenir la colère dont le prince était animé contre son père et de permettre à ce dernier de trouver un asile sûr, qu'elle ne cherchait plus à quitter ces lieux ; c'était aussi parce qu'elle venait de découvrir qu'il y avait pour elle une tentative suprême à faire. Si les enfants sont responsables des fautes de leurs parents, ou plutôt si, tout en étant innocents, ces fautes retombent sur eux, il leur appartient de les racheter pour prévenir les vengeances qui les menacent. Telle était l'opinion de Renée. C'est pour cela qu'elle restait et qu'elle était résolue à consacrer ses soins à cette malheureuse créature que le prince s'était plu à faire descendre plus profondément chaque jour dans les abîmes de la démence. Mais guérir une folle, cela n'est point facile, alors qu'on ne peut avoir recours à aucun des moyens propres à frapper son imagination malade. Ce qu'il eût fallu avant tout à ces deux femmes, l'une pour opérer la guérison, l'autre pour en jouir, c'était la liberté. Renée savait que Daniel était le vivant portrait du commandant de Maldrée, son père. Elle l'avait fréquemment entendu dire à Jabin, et nos lecteurs se rappellent que Brucourt, en le voyant pour la première fois, avait été ému comme s'il eût vu sa victime elle-même.

— Si Daniel était mis soudain en présence de madame Sophie, cela ne provoquerait-il pas une réaction salutaire ? se demandait Renée. Elle prétend, dans sa folie, que le bien-aimé seul la délivrera de ses maux. Le fils du bien-aimé ne l'en délivrera-t-il pas également ?

C'est pour procéder à de telles épreuves que Renée avait hâte de quitter sa prison. A dater de ce jour, elle vit régulièrement madame Sophie, tantôt dans la chambre de celle-ci, tantôt dans la sienne, car la folle se montrait docile en sa présence. Alexis, qui prenait ces entrevues sous sa surveillance et sa responsabilité, n'empêchait en rien Renée d'agir à sa guise. Autant qu'on peut juger ce qui se passe dans un cerveau détraqué, Renée ne tarda pas à voir ces entrevues réitérées produire des effets inattendus et la folle entrer dans une série d'heures calmes qui ne semblaient plus devoir être troublées que par la présence et les brutalités du prince Bedleben. Certes, la raison était loin de revenir. Mais le calme se faisait dans cette nature si brutalement secouée. Pendant que Renée était auprès d'elle, elle souriait, elle prononçait quelques paroles qui n'étaient pas dénuées de sens, et sa main cessait de se porter à son cou pour en arracher la corde invisible qui l'étranglait. La femme qui veillait sur madame Sophie ne tarda pas à remarquer certains changements qui s'étaient produits dans la personne de la folle. Ses cheveux étaient coiffés, les déchirures de ses vêtements réparées, son linge renouvelé. Sa surprise fut extrême. Elle ne s'expliqua pas d'abord les modifications qu'elle remarquait. Elle crut ensuite que c'était l'effet d'un caprice et ne s'en préoccupa pas autrement, si bien que Renée eut le loisir de poursuivre l'œuvre qu'elle avait commencée. Ce fut dans ces circonstances qu'un matin, Alexis lui apprit que, la veille au soir, tandis qu'il attendait le prince devant l'Opéra, il avait été abordé par un homme qui voulait s'informer d'elle.

—Comment était cet homme? demanda vivement Renée.

A la description que fit Alexis, elle reconnut Jabin.

— Que lui as-tu répondu?

— Je craignais un piége, et j'ai déclaré que je ne répondrais que dans deux jours ; je voulais avoir le temps de vous consulter.

— Cet homme est un ami.

— Je l'avais bien pensé ; cependant je n'ai pas osé lui répondre... Si je m'étais trompé!...

— Que désirait-il savoir?

— Si vous étiez ou non dans l'hôtel du prince.

—Daniel et Jabin sont sur mes traces ! pensa Renée. Que faire?

Si elle avouait qu'elle habitait l'hôtel, nul doute que Daniel ne voulût aider à la faire sortir. Or, si elle sortait en ce moment, elle laissait la folle aux mains du prince, et non-seulement la cure qu'elle avait entreprise ne s'achevait pas, mais encore elle laissait un danger sur la tête de son père. Soudain une idée traversa son esprit.

— Je veux bien tenter de fuir, se dit-elle, mais à la condition que madame Sophie fuira avec moi.

Et, s'adressant à Alexis, elle lui dit :

— Te sens-tu le courage, lorsque tu m'ouvriras les portes de cette maison, de les ouvrir aussi à la folle?

— Vous voulez l'emmener?

— Il le faut !

Alexis réfléchit un moment.

Puis il répondit :

— Puisque vous le voulez, nous l'emmènerons.

Renée s'assit alors devant son bureau et écrivit les lignes suivantes : « Ayez confiance dans l'homme qui vous remettra ce billet. Faites ce qu'il vous ordonnera de faire, et n'entreprenez rien sans l'avoir consulté. — Renée. » Elle voulait empêcher Daniel et Jabin d'accomplir un coup de tête dont elle les savait capables, alors qu'il s'agissait de la sauver. Elle remit ce billet à Alexis et lui dit :

— Ce billet est destiné à l'homme qui t'a parlé hier. Tu le lui donneras, et, après qu'il l'aura lu, tu te concerteras avec lui sur les moyens à prendre pour conduire à bonne fin notre projet de fuite.

Alexis promit d'obéir. Le lendemain au soir, le prince Bedleben se fit de nouveau conduire à l'Opéra, et, tandis que sa voiture l'attendait rue Rossini, Alexis vit Jabin s'approcher de lui. Il passa aussitôt derrière les équipages qui formaient la file, de façon à cacher ses faits et gestes au cocher du prince dont il se défiait. Jabin le suivit. Alexis, sans mot dire, lui remit le billet. A peine l'ancien soldat eut-il lu les trois lignes tracées par Renée, que Jabin poussa un cri de joie et d'un geste appela près de lui un jeune homme qui le suivait à distance. C'était Daniel. Celui-ci dévora des yeux ce billet, qui, sans dissiper ses inquiétudes et ses doutes, lui apprenait que Re-

née vivait et ne cessait pas d'avoir confiance en lui.
Puis, se rapprochant d'Alexis, il lui dit brusquement :

— Est-elle mariée ?

— Mariée ! Qui ?

— La demoiselle qui t'a remis ce billet...

— Elle résiste au prince qui voudrait l'épouser.

— Tu nous aideras à la lui arracher, reprit-il en
s'adressant à Alexis.

— Ce sera difficile, répondit ce dernier. Mais nous
y parviendrons.

Daniel était dans le ravissement. S'il se fût écouté,
il aurait embrassé le moujik qui lui donnait de si
bonnes nouvelles et ranimait ses espérances. Ainsi le
prince avait menti. Renée n'était pas sa femme. Elle
était libre. Elle attendait patiemment l'heure de sa
délivrance. Elle comptait sur Daniel et sur Jabin pour
la délivrer.

— Comment devons-nous nous y prendre pour
ouvrir à ma fiancée les portes de sa prison ? Parle,
dit Daniel à Alexis. Faut-il, durant la nuit, franchir
les murs du jardin ?

— Mauvais moyen !

— Pourquoi donc ?

— La nuit, on lâche des chiens dans le jardin. Ils
mordent et aboient. Ils feraient tout découvrir.

— C'est ce que j'avais prévu, objecta Jabin.

A ce moment, Daniel remarqua que ses interlocuteurs et lui avaient les pieds dans la boue, car le
temps était humide et brumeux, et que le froid les

envahissait. Il leur fit un signe. Ils gagnèrent le passage de l'Opéra et entrèrent dans un café à peu près désert en ce moment.

— Je ne peux rester longtemps ici, dit Alexis ; le maître pourrait sortir.

— Le temps seulement d'arrêter un plan. Voyons, toi, que conseilles-tu ? lui demanda Daniel.

— Je ne vois qu'un moyen d'arracher la demoiselle à la captivité, c'est de la faire sortir de la maison le soir, en voiture.

— Mais comment cela ?

— Le prince dîne fréquemment hors de chez lui. Ces jours-là, nous allons le conduire où il dîne ; puis nous rentrons à l'hôtel jusqu'à l'heure où nous sortons pour l'aller chercher. A ce moment, la voiture est vide. Si donc je parvenais à y faire monter secrètement la demoiselle, vous étant dans la rue, vous pourriez, sur un signe de moi, arrêter les chevaux, faire descendre votre amie ; puis nous fuirions tous ensemble.

— Tu viendrais donc avec nous ?

— Mademoiselle m'a promis de m'emmener.

— Soit ! Ton plan est excellent. Quand pourras-tu l'exécuter ?

— Je ne sais encore. Il faut d'abord que je sois prévenu que le prince dîne en ville.

— Il est facile de le savoir.

— Il faut encore que je parvienne à faire monter sûrement la demoiselle en voiture !

19.

— Tu y parviendras!

— Mais elle ne voudra pas partir seule.

— Et qui donc?

— Elle a pris en amitié une pauvre folle qui habite l'hôtel, et qu'elle veut soustraire aux brutalités du prince.

— Elle ne doit songer qu'à elle en ce moment! s'écria Jabin.

— Pourquoi? demanda Daniel. Laisse-la faire, mon sergent. L'accomplissement d'une bonne action nous portera bonheur.

— Dieu vous entende !

— Maintenant, reprit Alexis, nous n'avons plus qu'une chose à arrêter : le moyen de correspondre.

— Voici l'adresse de notre demeure. En outre, tous les jours, à six heures du soir, Jabin ou moi serons devant la porte de l'hôtel.

— Ne vous faites pas trop voir. Cela pourrait inspirer des soupçons.

— Nous serons prudents!

Alexis allait se retirer. Ils n'avaient plus rien à se dire. Daniel le retint. Il voulait envoyer une lettre à Renée. Il l'écrivit à la hâte, sur la table de marbre du café. Il recommandait à son amie de ne pas perdre espoir, lui annonçant qu'il veillait sur elle. « J'aurais pu, disait-il, tenter votre délivrance en allant faire une déposition à la préfecture de police; mais il me semble que vous souffririez d'abord du bruit qu'une aventure semblable pourrait provoquer autour de votre nom, et que, d'ailleurs, le moyen ne serait pas des plus sûrs, le prince pouvant vous cacher, vous faire disparaître, lorsqu'il saurait les agents de la police à votre recherche. » Alexis quitta les deux amis pour se rendre auprès de son maître, et ceux-ci regagnèrent leur domicile. C'est là que, le lendemain, Daniel reçut une longue lettre de Renée. Elle le remerciait, l'approuvait en tout. Seulement, elle disait qu'elle ne pouvait quitter l'hôtel du prince qu'à deux conditions : la première, c'est qu'elle aurait la certitude que son père n'était plus à Brucourt ; la seconde, c'est qu'elle pourrait faire fuir avec elle une folle, victime, comme elle, du prince. Enfin, elle désirait que Lisbeth se trouvât à Paris, afin qu'elle-même ne fût pas seule lorsqu'elle serait parvenue à s'échapper. Sans chercher à comprendre la cause de ces conditions Daniel ne songea qu'à obéir. Trois jours plus tard, il faisait savoir à Renée que Lisbeth était à Paris, dans l'hôtel de Brucourt, prête à recevoir sa maîtresse et sa malheureuse compagne, et que le baron avait quitté son château pour se rendre au Havre, où il voulait, disait-il, s'embarquer pour un voyage en Amérique. Tout était réglé, arrangé pour la fuite de Renée. Elle n'attendait plus qu'une occasion propice. Alexis pouvait à toute minute entrer chez elle et lui dire :

— C'est pour ce soir.

Elle était donc anxieuse, émue, comme à la veille d'un événement important, décisif. Depuis un mois

elle était prisonnière. Mais son courage n'avait pas
faibli et les derniers jours qui s'étaient écoulés l'a-
vaient rendue d'autant plus confiante qu'elle avait,
d'une part, pu concevoir l'espérance de ramener
madame Sophie à la raison et que, d'autre part, le
prince lui avait épargné ses visites. Depuis sa rapide
entrevue avec M. de Brucourt, le prince était venu
chez elle deux fois seulement. Au point de ce récit
où nous sommes parvenus, il convient de faire
remarquer que Bedleben avait joué son rôle avec
autant de calme que de scélératesse. C'était l'audace
même de ses diverses résolutions qui en avait permis
l'exécution. Enlever une jeune fille en pleine société
moderne, l'arracher à sa famille, à ses amis, la sé-
questrer et la retenir captive jusqu'au jour où son
courage s'amollira, sont des choses qui peuvent paraître extraordinaires au premier abord et qui le
sont bien moins qu'on ne le suppose. Les exemples
en sont rares, mais ils existent, et les tribunaux ont
retenu récemment de l'une de ces désolantes affaires,
où l'on voit la force brutale, l'intrigue, l'audace,
avoir raison de la jeunesse et de l'innocence. Bedleben avait bien combiné son coup. Il avait enlevé
Renée, après avoir acquis la certitude que M. de Brucourt ne ferait rien pour la retrouver ou la défendre.
Il avait en quelque sorte lié les mains du père afin de
pouvoir garder la fille. En enfermant celle-ci dans
son hôtel, au cœur de Paris, il déjouait les poursuites
qui pourraient être dirigées contre lui. En effet, qui

oserait penser qu'il aurait eu cette audace de laisser
sa prisonnière si près de ceux qui la cherchaient?
Mais, après tant d'efforts, Bedleben était pressé d'arriver à un résultat. Cette jeune fille lui résistait depuis un mois. C'était trop. Il avait usé de la violence,
de la brutalité ; et c'est lorsqu'il vit que ni la brutalité
ni la violence ne le serviraient, qu'il se décida à essayer de la douceur. Le moment était bon lorsqu'il
s'y décida, car c'était après la visite du baron de
Brucourt, et il se figurait que Renée, ayant vu son
père, ayant appris de sa bouche les causes de son
impuissance à la délivrer, deviendrait docile. Il la
vit deux fois et la traita doucement. Puis, il cessa de
se montrer à elle, espérant qu'il s'opérerait dans ce
jeune esprit un travail résultant de la terreur et des
craintes de l'amour filial, qui tournerait à son propre
bénéfice. Durant huit jours, il s'abstint de paraître
chez Renée. C'est de ce moment qu'elle profita pour
approcher la folle et arrêta avec Alexis les plans que
l'on connaît. Cependant le prince était las d'attendre, et voyant que Renée, non-seulement ne le faisait
pas appeler, mais encore, par la tranquillité avec laquelle elle subissait son sort, semblait le braver, il
résolut de la voir, de la supplier une fois encore et
d'exiger si elle refusait. Il était pressé de se marier.
Nous tromperions le lecteur si nous voulions prouver
que l'amour n'entrait pour rien dans ce désir. Bedleben était éperdûment épris de Renée, dont la présence sous son toit l'aiguillonnait. Mais à côté de cet

amour grossier, il y avait des nécessités urgentes.
Sa fortune était de plus en compromise. On commençait à le dire ruiné, à répéter tout haut certaines
rumeurs restées longtemps à l'état de mystère, et
selon lesquelles l'origine de ses richesses était un
vol. Il ne soutenait plus qu'avec peine son train de
maison. Les créanciers commençaient à montrer les
dents, et le mariage seul pouvait le sauver, en l'enrichissant d'abord, puis en l'alliant à une famille con-
sidérée. Donc, un jour, vers cinq heures, tandis que
Renée, seule dans sa chambre, essayait de se distraire, on lui annonça le prince.

— J'espérais ne pas le revoir avant de fuir, se dit-
elle.

Elle ordonna cependant de le faire entrer. C'était
la première fois qu'il se présentait après en avoir demandé l'autorisation.

— Que veut dire cette douceur succédant à son
absence de dix jours? se demanda Renée.

Elle était défiante, effrayée, et il est permis de
dire qu'elle avait raison de l'être. Le prince s'avança
vers elle, le sourire aux lèvres, la bouche en cœur. Il
était vêtu avec recherche. De sa moustache et de sa
barbe s'exhalaient des parfums pénétrants. On devinait qu'avant de se rendre auprès de Renée, il avait
voulu se faire séduisant. Quant à elle, en le voyant
entrer, elle s'arma de courage et de patience. La délivrance était si proche qu'elle ne voulait pas la compromettre par une attitude qui eût blessé le prince.

Elle sentait qu'il était nécessaire de jouer une comédie odieuse, mais à laquelle il eût été impossible de se soustraire.

— Vous ne m'attendiez sans doute pas, belle Renée, dit Bedleben avec grâce.

— Je vous attendais tous les jours ! répondit-elle sans colère, en essayant même de donner quelque douceur à sa voix.

— Aviez-vous donc le désir de me voir ?

— Me sachant en votre pouvoir, je savais bien qu'il ne m'appartenait pas de me soustraire à vos regards.

Ces paroles le surprirent. Il n'était pas habitué à en entendre de telles.

— Comment dois-je interpréter ce langage ? demanda-t-il anxieux et surpris.

— Comme un acte de soumission.

Parlant ainsi, Renée rougit. Elle était honteuse de ce rôle. Mais elle était obligée de le jouer. Son salut était à ce prix. Il fallait que le prince la quittât convaincu qu'elle était séduite par lui, décidée à exaucer ses désirs.

— Un acte de soumission ! s'écria le prince. Est-ce bien vous qui me parlez ainsi, vous l'orgueilleuse fille qui m'avez obligé à agir ainsi que je l'ai fait! Me direz-vous pourquoi, vous ayant trouvée si cruelle naguère, je vous trouve aujourd'hui si résignée ?

— J'ai vu mon père, il y a quelques jours.

— C'est lui qui vous a décidée ?

— Il m'a tout au moins entraînée vers le parti de la résignation.

— Ainsi, vous consentez à m'épouser?

Renée ne répondit pas d'abord. Un éclair passa dans ses yeux. Puis elle dit :

— Êtes-vous donc si pressé de me voir prendre une décision?

— Songez aux douleurs de mon attente!

— Ne m'accorderez-vous pas encore quelques jours ?

Le prince était ravi. Une telle question n'équivalait-elle pas à un consentement?

— Allons, pensa-t-il, la visite du père a fait merveille.

En même temps, il dévorait des yeux cette jeune fille, belle, charmante, séduisante; son sang s'échauffait. Sous l'empire de sa passion, il s'écria :

— Attendre! toujours attendre! Puisque vous êtes destinée à me rendre heureux, pourquoi tarder encore?

— Pourquoi? s'écria vivement Renée.

Elle se contint; elle avait été sur le point de se trahir, et pour se sauver elle eut recours au mensonge :

— Pour être plus sûre de me donner volontairement, sans regret.

Bedleben n'avait pas espéré un tel résultat. Son attente était dépassée. Avec la fatuité naturelle aux hommes, il ne pouvait croire que Renée le trompât.

La pensée ne lui en vint même pas. Il ne comprit qu'une chose : c'est qu'elle se soumettait au destin, plus fort qu'elle, et qu'elle essayait de tirer de sa soumission des éléments de bonheur pour l'avenir. Il fut donc vaincu par la douceur, la résignation de la jeune fille, alors qu'il se croyait conquérant et vainqueur.

— Je vous considère comme ma femme, dit-il. Ce que j'ai entendu de votre bouche, je l'ai pris pour l'expression sincère de votre volonté. Il ne me reste plus qu'à attendre qu'il vous plaise de fixer le moment de notre mariage. Je vous demanderai la réponse dans deux jours, et lorsque je la connaîtrai, j'écrirai à votre père pour le prier d'apporter lui-même son consentement.

Le visage du prince rayonnait d'une joie sans égale, où se voyaient sa cupidité et sa passion. Il se croyait assuré et se retira sans rien ajouter aux paroles qu'on vient de lire.

— Dans deux jours, il faudra prendre un parti ! pensa Renée épouvantée.

Elle demeura seule jusqu'à huit heures. A ce moment, Alexis entra. Elle se précipita vers lui.

— Demain il faut que j'aie quitté cette maison, lui dit-elle ; demain, entends-tu ?

— Je venais vous prévenir que nous partirions ce soir. Tout est prêt ! répondit simplement Alexis.

Tout, en effet, était prêt pour leur fuite. Avec la ténacité, le sang-froid propre aux Cosaques, il avait, en vue de réaliser les désirs de Renée et de recouvrer sa liberté, admirablement combiné son plan et attendu patiemment l'occasion de le réaliser. Ce soir-là, le prince dînait hors de chez soi. A sept heures, sa voiture l'avait accompagné dans le faubourg Saint-Germain. Elle était ensuite rentrée à l'hôtel, avec l'ordre d'aller le chercher à dix heures. Alexis avait aussitôt pensé que jamais une occasion meilleure ne se présenterait. Il fallait que le coupé du prince, en quittant l'hôtel pour aller le prendre, emportât Renée. Au dehors, on trouverait Jabin et Daniel. Sur un signe d'Alexis, ils arrêteraient le cheval, enlèveraient Renée et tous partiraient ensemble. Telles étaient les nouvelles que le moujik vint faire connaître à la jeune fille. Il était huit heures environ. Il fallait qu'à neuf heures, avant même que le cocher songeât à atteler, Renée s'installât dans la voiture. Cette voiture était placée dans une cour à gauche de l'hôtel, contre les écuries. C'est là qu'on devait arriver et on ne le pouvait faire qu'en usant des plus grandes précautions.

— Je serai prête à neuf heures, dit Renée à Alexis, après l'avoir attentivement écouté. Tu sais que je ne partirai pas seule?

— Mais... je vous suis.

— Sans doute. Mais il est une autre personne qui doit nous accompagner aussi.

— Madame Sophie. Vous tenez à l'emmener?

— Ne t'en avais-je pas prévenu?

— Sans doute. Mais si elle allait ne pas vouloir nous suivre, crier, attirer les gens de l'hôtel ?

— Ne crains rien, fit Renée en souriant. A neuf heures, j'irai moi-même dans sa chambre, et elle me suivra sans mot dire.

— C'est qu'à cette heure-là, la femme qui la garde est auprès d'elle.

Renée réfléchit. Puis elle dit :

— Il faut, sans faire aucun mal à cette femme, l'effrayer, la mettre hors d'état de s'opposer à notre départ.

— Je comprends, répliqua froidement Alexis. Tout sera prêt comme vous le désirez. A neuf heures je reviendrai vous prendre. Nous irons chez la folle d'abord, puis nous descendrons par un escalier dérobé jusque dans la cour des remises.

En quittant Renée, Alexis descendit dans le cabinet du prince Bedleben. Il prit sur la cheminée, parmi les objets d'art et les curiosités qui l'encombraient, un petit poignard à manche d'ivoire, à lame acérée, le mit dans sa poche, afin d'être en mesure de se défendre sans bruit, si cela était nécessaire. Puis, il se rendit dans la petite chambre qu'il occupait sous les combles de l'hôtel, réunit en un paquet ceux des objets lui appartenant qui pouvaient avoir quelque prix pour lui, et les porta dans le coupé qui devait sortir. Ces précautions prises, il remonta jusqu'au second étage où était situé l'appartement de la folle, et sans avoir frappé pour s'annoncer, il ouvrit la porte et

entra brusquement. Madame Sophie, vêtue avec plus
de recherche que de coutume, était debout, dans un
coin de la chambre, appuyée contre le mur, la tête
dans ses mains, dans l'attitude d'un enfant désobéis-
sant, qui est effrayé des résultats de sa désobéis-
sance, mais qui, cédant à un caprice, y persiste. En
face d'elle, la gardienne, femme vigoureuse, aux traits
durs, la menaçait en criant :

— Couchez-vous ! couchez-vous ! il est temps de
dormir.

Mais la folle résistait et semblait vouloir obliger la
gardienne à la maltraiter, afin d'avoir elle-même le
droit de pousser ces cris de détresse que Renée avait
maintes fois entendus et qui l'avaient mise sur la
trace de la vérité. L'entrée d'Alexis arrêta les coups
que la pauvre créature allait recevoir. La gardienne
se tourna vivement vers lui, et, d'un ton altier, dur,
qui prouvait combien grande était l'autorité que lui
donnait son emploi et qui résultait de la connaissance qu'elle avait de l'un des plus redoutables secrets du prince Bedleben, elle s'écria :

— Qui donc se permet d'entrer ici ? Avez-vous
perdu la tête ? Qui vous a autorisé ?...

La veille encore, Alexis eût tremblé au son de cette
voix, qui pouvait ordonner contre lui un traitement
cruel. Mais, ce soir-là, il se mit à rire, leva les épaules, marcha vers la gardienne, la saisit par le cou, et,
appuyant son poignard sur le dos de la misérable, il
lui dit :

— Un mot de plus et vous êtes morte !

La violente menace d'Alexis, le geste redoutable par lequel il prouva qu'il était prêt à la mettre à exécution, surprirent, émurent à ce point la gardienne, qu'elle resta bouche béante, sans oser pousser un seul cri. Donc, la gardienne obéit et demeura immobile, bouche close, jusqu'au moment où elle vit Alexis retirer de sa poche une ficelle solide et commencer à lui attacher les pieds et les mains.

— Que faites-vous ? demanda-t-elle épouvantée. Je ne peux plus me tenir debout.

Alexis ne répondit pas, mais il avança un fauteuil où la femme put s'asseoir. Alors il chercha autour de lui jusqu'à ce qu'il eût trouvé un mouchoir. Il le roula, le pressa de façon à en former un tampon. Puis il serra brusquement le nez à la malheureuse, l'obligeant ainsi à ouvrir la bouche. Il y fourra lentement le mouchoir. Elle se trouva bâillonnée. Elle promenait autour d'elle des regards effarés. Alexis en eut pitié.

— Je ne veux vous faire aucun mal, lui dit-il ; mais votre présence ici me gênait. Je n'ai pas eu la pensée de vous tuer. Il me suffit que vous soyez hors d'état de nuire. Vous resterez ainsi jusqu'à ce qu'on ait la pensée de rechercher ce que vous êtes devenue.

Ayant dit ces mots, il la prit entre ses bras, impuissante et consternée, la transporta dans la chambre voisine, la déposa sur un lit et l'y laissa, livrée

aux réflexions que peut suggérer la situation cri-
tique dans laquelle elle se trouvait. Madame Sophie
avait assisté à ce spectacle avec une expression indé-
finissable de surprise, de terreur et de plaisir. Elle
ne pouvait deviner les causes de la conduite d'Alexis,
et l'instinct de la conservation lui mettait l'effroi
dans l'âme. Mais, en même temps, elle éprouvait une
joie profonde, quoique difficile à caractériser, en
voyant punir si cruellement la femme dont elle avait
à se plaindre. Alexis passa devant elle sans mot dire
et la quitta, afin d'aller chercher Renée, avec laquelle
il revint au bout de quelques instants. La jeune fille
était enveloppée dans un large manteau, celui qu'elle
portait lorsqu'elle avait été enlevée par Bedleben.
Elle avait sous le bras un châle destiné à madame
Sophie. Celle-ci, en la voyant entrer, courut à sa
rencontre en marchant sur la pointe des pieds. Une
main sur les lèvres, elle montrait de l'autre la porte
qui servait de prison à sa gardienne, et, oubliant en
présence de Renée ce qui, dans l'action d'Alexis,
l'avait effrayée, elle ne songeait plus qu'à ce qui
l'avait réjouie, ce qu'on devinait au sourire enfantin
qui voltigeait sur ses lèvres. Alors, Renée s'approcha
d'elle, la prit par la main, et l'entraîna. La folle se
laissa docilement conduire. Alexis marchait devant.
Au milieu d'un corridor, il ouvrit une petite porte
dérobée qui laissa voir un étroit escalier en spirale.
Ce fut dans cet escalier qu'ils s'engagèrent tous les
trois, à la clarté d'un flambeau que portait le mou-

jik. Renée compta quarante marches. Au bas de la quarantième, une bouffée d'air glacial fouetta son visage. La cour des remises était là, et de l'autre côté de la porte, on voyait le coupé, qu'Alexis avait rapproché le plus qu'il avait pu de l'endroit par où Renée et madame Sophie allaient sortir. Il passa le premier, regardant à droite et à gauche dans la cour, ne vit personne, ouvrit la portière du coupé et fit un signe. Renée s'avança, monta, entraîna la folle après elle, et les deux femmes furent installées. Les stores étaient relevés.

— Maintenant, dit Alexis à Renée, soyez patiente et surtout n'ayez aucune crainte, je veille sur vous. Seulement, faites en sorte que madame Sophie ne crie pas.

— J'en prendrai soin et elle gardera le silence, répondit Renée.

La portière se ferma. Les deux femmes se trouvèrent dans l'obscurité profonde. Si, au bout de cinq minutes, Alexis avait jeté un coup d'œil dans la voiture, il aurait vu madame Sophie accroupie, la tête posée contre la poitrine de Renée, qui la pressait entre ses bras, en chantonnant à voix basse une de ces romances naïves qu'on dit aux enfants pour les endormir. Elle n'avait pas trouvé d'autre moyen d'entretenir la folle dans cet état de calme qui avait quelque chose de véritablement providentiel. Un cri pouvait tout perdre. Madame Sophie semblait le comprendre et se taisait. A dix heures moins un quart, le coupé du prince Bedleben passait avec fracas sous la voûte de l'hôtel, dont les portes se refermèrent aussitôt qu'il fut sorti. Le cheval se cabrait, caracolant, ainsi que fait tout noble coursier lorsqu'il sent l'air pur monter dans ses naseaux, le cocher le retenait et le faisait aller au pas. Cette circonstance, Alexis l'avait prévue. Elle favorisait ses projets. A cette heure, l'avenue du Roi-de-Rome était entièrement déserte. Soudain, de l'ombre formée par une maison à l'extrémité de laquelle était placé un bec de gaz, on vit surgir deux hommes.

— A moi ! cria Alexis. Ouvrez la portière.

En même temps, il saisissait entre ses doigts nerveux les mains gantées du cocher, et, du même coup, se rendait maître des rênes et du conducteur. Daniel et Jabin s'étaient élancés. Ils ouvrirent la portière et, en une minute, les deux femmes se trouvaient sur l'avenue, entraînées par leurs amis. Le cocher avait tout vu. Il comprit qu'il venait d'être, sans le savoir, complice d'une conspiration.

— Misérable ! hurla-t-il en s'adressant à Alexis. Je vais vous suivre, je saurai où vous allez... Je dirai au maître...

Mais, déjà, Alexis n'était plus à son côté. Il avait mis pied à terre, et voulant éloigner au plus vite ce témoin compromettant qui pouvait attirer les spectateurs, ce qui eût obligé à rendre publiques les infortunes de Renée, il eut recours à un moyen extrême. Dans une de ses poches, il avait encore son poignard. Il le prit.

— Tiens-toi bien, cria-t-il au cocher, ton cheval s'emporte.

En même temps, il passa la pointe de l'arme sur le ventre du cheval, ainsi qu'on fait d'une allumette en la frottant contre un mur, traçant à la surface de la chair vive un sillon sanglant. Ce n'était qu'une égratignure. Mais le cheval n'avait jamais été touché, même par le fouet. L'ombrageuse bête fit un bond formidable, au risque de briser la voiture, puis elle partit comme un trait, vainement retenue par le cocher qui jurait, vociférait et s'efforçait de la maintenir dans le milieu de l'avenue, afin de n'être pas brisé contre les trottoirs. Le léger équipage disparut dans la nuit, et bientôt le bruit des roues cessa de se faire entendre. Alors Alexis rejoignit ceux qui l'attendaient et qui venaient d'assister à ses prouesses. Daniel et Jabin lui tendirent les mains. Il répondit en tendant les siennes. Elles rencontrèrent celles de Renée et il se sentit pressé frénétiquement.

— C'est lui qui m'a délivrée ! s'écria Renée.

— Je vous devais bien cela, mademoiselle. Grâce à vous, me voilà libre aussi. C'est vous qui avez fait naître en moi le désir de la liberté. A votre instigation, j'ai voulu être homme et non plus esclave.

— Ma maison est désormais la tienne, ajouta Renée. Tu resteras à mon service autant qu'il te plaira d'y rester, toute ta vie, si tu veux.

Alexis s'inclina, ne trouvant pas d'expression pour remercier Renée, tant était grande son émotion, causée autant par ce qu'il entendait que par le succès qu'il venait d'obtenir.

— Où nous conduisez-vous? demanda Renée à ses compagnons.

— Chez vous, mon amie, répondit Daniel. Lisbeth vous attend.

— Lisbeth! quel bonheur! Sans doute, elle m'apporte des nouvelles de mon père?

Une voiture attendait dans une rue voisine. Nos personnages y prirent place. Jabin monta sur le siège, afin de diriger le cocher, et l'on se mit en route. Le trajet était très-court, l'hôtel de M. de Brucourt étant situé, on s'en souvient, sur l'avenue d'Eylau, à l'entrée du bois de Boulogne. En quelques mots, Renée raconta à Daniel, qui l'avait questionnée sur madame Sophie, ce qu'elle pouvait en dire sans la nommer. Elle la présenta comme une victime du prince Bedleben dont elle avait entrepris la guérison et qu'elle voulait soustraire aux mauvais traitements. Daniel l'approuva sans réserve. Que n'eût-il pas approuvé d'ailleurs en ce moment? Il était si heureux en pensant que Renée — Renée libre et l'aimant toujours — lui était rendue! En cinq minutes, on arriva à l'hôtel de Brucourt. La voiture s'arrêta devant une de ces jolies grilles tapissées de lierre, qui séparent de l'avenue les habitations qui la bordent. On traversa un petit jardin et l'on entra dans une demeure élégante, luxueuse, chaude, confortable, où tout semblait à souhait pour le repos de la vie.

— Quelle douceur de revenir aux lieux qu'on pouvait ne plus revoir! murmura Renée en mettant le pied dans sa demeure.

Un cri de joie lui répondit, et Lisbeth tomba dans ses bras.

— Retrouver une amie chère est plus doux encore, ajouta Renée embrassant avec effusion sa gouvernante.

Dix minutes plus tard, les personnages que les circonstances précédemment racontées venaient de réunir, étaient ensemble dans le salon de l'hôtel de Brucourt. Par les soins de Lisbeth, une collation se trouvait servie, autour de laquelle chacun prit place. Madame Sophie se mit à manger avidement, comme une femme affamée et déshabituée des fins repas. Grâce à cette circonstance, elle continua à demeurer calme, et Renée put raconter en quelques mots à ses amis l'histoire de la pauvre créature, dont elle tut le nom et les aventures antérieures au moment où elle l'avait connue. Cependant les mets placés devant Daniel restaient intacts. Il était à ce point sous l'empire de son bonheur si longtemps désiré, qu'il ne songeait guère à manger. Renée était auprès de lui et il ne cessait de lui demander, en la contemplant, s'il était vrai qu'elle lui fût rendue, et si maintenant il pouvait former des plans pour l'avenir. Renée interrogeait Lisbeth au sujet de son père et apprenait de sa bouche que M. de Brucourt avait quitté son château pour se rendre au Havre. Cette nouvelle rassura entièrement Renée. Si le prince, ainsi qu'il l'avait affirmé, possédait des pièces propres à prouver la criminalité du baron de Brucourt et à mettre la justice à sa recherche, celle-ci ne trouverait pas le coupable réfugié à l'étranger.

— Mon père ne t'a-t-il chargée d'aucune mission pour moi? dit Renée à Lisbeth.

— Avant de partir, il m'a remis une lettre à votre adresse, répondit Lisbeth, qui prit dans le corsage de sa robe un pli cacheté de noir.

Renée allait l'ouvrir, quand son attention fut soudainement attirée par l'attitude de madame Sophie. La folle, placée entre Alexis et Lisbeth, avait cessé de manger. Ses bras étaient croisés sur sa poitrine, et son visage exprimait une émotion faite de surprise et de joie. Ses yeux étaient anxieusement fixés sur Daniel. Elle semblait ne plus voir que lui. Il parlait en ce moment à haute voix. Elle l'écoutait avidement. Renée ne s'expliqua pas d'abord cette attitude. Elle fit un signe à Alexis pour l'engager à veiller sur madame Sophie, car elle redoutait une crise. Soudain, elle vit la folle se lever, désigner Daniel d'un doigt tremblant et murmurer d'une voix douce ce nom :

— Jacques! Jacques!

Nous avons déjà dit que le père de Daniel s'appelait ainsi et que la ressemblance de ce dernier avec le comte de Maldrée était extraordinaire.

— Que dit-elle? s'écria Daniel en entendant prononcer par une folle ce nom qui lui était si cher.

— Elle a parlé de M. de Maldrée, votre père, mon enfant, reprit Jabin, qui regarda attentivement la folle.

Celle-ci répétait :

— Jacques ! Jacques !

— Dans l'enfant, elle reconnaît les traits de l'homme qu'elle aimait, pensa Renée.

Soudain, Jabin, se leva à son tour.

— Cette femme ne m'est point inconnue, fit-il. Je l'ai déjà vue, il y a longtemps. Elle était jeune, belle, alors. Mais l'âge et la souffrance ne l'ont pas à ce point défigurée qu'elle ne soit reconnaissable. C'est madame Sophie Sterowski.

— Madame Sophie ! s'écria Daniel.

Et tout son passé ressuscita devant ses yeux. Il se vit petit et maladif, bercé entre les bras de cette créature charmante que son père aimait et voulait lui donner pour seconde mère. Le cœur a de la mémoire, et dans le sien se reformèrent ces traits dont il n'avait gardé qu'un lointain souvenir. Il se précipita pour se presser contre la poitrine de la pauvre folle. Mais soudain, il la vit s'éloigner, tandis que, secouant la tête, elle disait amèrement :

— Il ressemble à Jacques, mais ce n'est pas lui !

Puis elle porta brusquement la main à son cou, et se renversant en arrière, elle cria :

— Oh ! la corde ! la corde !

— La crise ! fit Alexis, qui la reçut dans ses bras.

20.

Renée voulut s'élancer.

— Restez ici, mademoiselle, reprit le moujik. Avec l'aide de votre gouvernante, je vais la conduire dans sa chambre. Nous la soignerons, et le sommeil viendra lui apporter l'apaisement.

Lisbeth le comprit, et tous deux entraînèrent madame Sophie, qui se débattait entre leurs bras.

— Quel est ce mystère? demanda Jabin. Madame Sophie, que l'on croyait morte, retrouvée au pouvoir du prince Bedleben. Il faudra bien que la vérité se fasse. Je savais bien qu'un jour, elle se découvrirait et que nous connaîtrions le nom de l'homme qui déroba la fortune de votre père et tenta d'assassiner sa fiancée. Cet homme, c'est le prince Bedleben, j'en suis sûr. Il n'est plus à redouter maintenant, car nous voilà sur la trace de son crime.

Renée tremblait en entendant ce langage. Elle ne pouvait se faire illusion. Si l'on allait demander des explications à Bedleben, il dévoilerait toutes les circonstances du crime et la part que M. de Brucourt y avait prise. Il fallait à tout prix empêcher qu'un semblable fait se produisît. Combien était douloureuse et cruelle sa situation! Elle aimait ardemment l'homme qui avait tant à se plaindre de son père. Elle n'ignorait rien du forfait de ce dernier. Elle voyait Daniel désireux de connaître le nom de l'assassin et de le découvrir. Elle avait à préserver son bonheur menacé et l'honneur de son père en péril.

Aussi que de transes quand elle entendit Jabin, qui voulait approfondir la vérité.

— Ah! laissons là tout le passé, dit-elle en tremblant. Pourquoi remuer ces tragiques souvenirs! Que les morts demeurent en repos, et ne cherchons une réparation douce à leurs cendres qu'en conservant dans nos cœurs chèrement leur mémoire.

— Quoi! mademoiselle, s'écria Jabin, vous voudriez que M. Daniel renonçât à venger son père?

— Je veux qu'il songe à me rendre heureuse. J'ai tant souffert et j'ai tant besoin d'être aimée.

Jabin ne semblait pas convaincu.

— Eh quoi, fit-elle, à peine échappés aux tempêtes, voudriez-vous nous y exposer de nouveau? La paix! la paix! je la demande à Daniel comme cadeau de noces. Vous ne songez pas à vous venger de cet homme, n'est-ce pas, Daniel?

— Je vous le promets, répondit Daniel.

Et, s'adressant à Jabin :

— Elle a raison, vois-tu. D'ailleurs, quand on est heureux, songe-t-on à châtier ceux qui vous font souffrir?

Jabin était ébranlé.

— Cependant, dit-il, si vous aviez à vous défendre contre cet homme! S'il cherchait...

— Oh! ce serait différent! se hâta de répondre Renée.

— Et puis, ajouta Daniel, ne suis-je pas là?

Renée soupira, soulagée. Elle était assurée, au

moins pour un temps, que ni Jabin, ni Daniel ne rechercheraient le prince Bedleben, et elle comptait sur Dieu pour faire surgir des circonstances qui obligeraient ce dernier à retourner en Russie. Quelque calme succéda à cette scène. Renée en profita pour lire la lettre qui lui avait été remise par Lisbeth. Cette lettre était ainsi conçue : « Ma chère fille, suivant ton désir, je pars, je m'expatrie. Où irai-je? je n'en sais rien encore. Je m'éloigne, emportant dans le cœur un remords semblable à une horrible blessure qui aura promptement raison de moi. Si la vie, plus dure que ma peine, persiste, je reviendrai quelque jour, afin de savoir si, après tant de crimes, j'ai encore à me reprocher ton malheur. Supplice épouvantable, je te sais aux mains d'un vil coquin et je ne peux rien pour t'arracher à lui! Cependant, je ne peux croire que le ciel t'abandonne et te livre, innocente, à cet être infâme et cruel. Je ne peux exprimer ici d'autre espérance, et je n'ose te parler de ma tendresse. Rougir devant toi, me sentir indigne de ton amour, il ne se peut de pire châtiment. » A cette lecture, où se voyait l'empreinte de larmes, était jointe une donation de deux millions, ainsi qu'un consentement régulier au mariage de Renée. Le nom du mari était demeuré en blanc. Lorsque Renée, ayant terminé la lecture de cette lettre, releva les yeux, Jabin avait quitté la salle. Elle était seule avec Daniel.

— Chère Renée, lui dit doucement ce dernier, avez-vous de bonnes nouvelles ?

Elle secoua la tête et répondit :

— Mon père a quitté la France.

— Il s'expatrie ! Pour quelle cause ? fit Daniel.

Il avait été si vivement frappé par l'insouciance singulière avec laquelle le baron semblait envisager l'enlèvement de sa fille et la conduite infâme du prince Bedleben, qu'il ne pouvait éviter de rapprocher ces divers événements de ce départ précipité. Quant à Renée, elle tenait à le justifier par un prétexte plausible et, faisant une allusion au passé, elle dit :

— Depuis longtemps, mon père, sous l'empire d'une idée fixe dont j'ignore l'origine et le sujet, est en proie à des préoccupations qui, parfois, vous le savez, touchent à la folie. C'est à une de ces préoccupations qu'il a obéi en partant.

Daniel parut se contenter de cette explication.

— Ainsi, vous voilà seule, désormais?

Renée le regarda tendrement, et lui tendant la main, dans laquelle elle tenait le papier qui accompagnait la lettre de son père, elle dit :

— Seule, jusqu'au jour où il vous plaira que je cesse de l'être. Mon père a donné son consentement à notre mariage.

— Et vos idées n'ont pas changé. Vous voulez consentir à être ma femme ?

— J'y consens avec joie. J'avais promis ; je suis heureuse de tenir ma promesse.

Daniel s'agenouilla, prit la main de Renée et y mit un baiser. Elle continua :

— Le temps presse, ami. Assurément, demain, ce soir, le prince va se mettre à ma poursuite. Il faut que, lorsqu'il me retrouvera, je sois votre femme et j'aie un défenseur.

— Ce défenseur, vous l'avez dès à présent, s'écria Daniel. J'accepte les droits que vous me donnez et je vais agir de manière à acquérir au plus vite ceux d'un mari, j'espère que d'ici à huit jours, vous serez ma femme. Jusque-là, soyez sans crainte. Alexis, Jabin et moi veillerons sur vous.

À la suite de ces divers événements, Renée dormit d'un sommeil profond. À son réveil, elle courut à la croisée. Le petit jardin dans lequel elle avait passé les meilleurs jours de sa jeunesse, s'étendait sous son regard charmé. Sa seconde pensée fut pour madame Sophie. S'étant habillée, elle se rendit dans la chambre où la folle avait passé la nuit, sous la surveillance de Lisbeth.

— A-t-elle dormi? demanda-t-elle.

Pour toute réponse, Lisbeth lui montra madame Sophie étendue sur son lit, les yeux fermés et calme.

— Est-elle ainsi depuis longtemps?

— Depuis hier soir. La pauvre femme s'est montrée docile, et j'ai pu la mettre au lit sans avoir à subir aucune résistance.

La folle entrait donc dans une période meilleure. Les paroles de Lisbeth le prouvaient clairement. Renée se réjouit. Il était certain que l'état de madame Sophie subissait une influence heureuse. Les brutalités calculées du prince Bedleben avaient été la cause principale de l'aggravation de cet état.

— Je ne désespère pas de la guérir ! s'écria Renée.

— Avez-vous donc le dessein de lui donner vous-même des soins ? demanda Lisbeth.

— Sans doute, répondit vivement Renée. C'est de moi seule qu'elle doit recevoir ceux qui la sauveront.

Et comme elle voyait Lisbeth étonnée, elle ajouta :

— Que rien de ce que tu verras ne te surprenne. Sache seulement que je ne serai véritablement heureuse que le jour où la raison sera revenue à la pauvre femme.

Lisbeth ne comprenait pas, mais elle ne demanda aucune explication. Elle était accoutumée depuis long-temps à exécuter docilement les volontés de Renée. La matinée s'écoula rapidement. Renée dut s'occuper de certains détails domestiques. Lisbeth, en arrivant de Normandie, avait trouvé l'hôtel de Brucourt complétement abandonné, livré aux concierges. Tous les autres serviteurs étaient demeurés au château, et la jeune fille devait organiser sa maison de manière à pouvoir y vivre durant les quelques jours qui s'écouleraient jusqu'à son mariage. Vers deux heures de l'après-midi, Daniel se présenta. Dès le matin, il avait fait les démarches nécessaires à son mariage. Son notaire devait s'aboucher avec celui de M. de Brucourt, qui avait reçu de ce dernier des instructions spéciales relatives au contrat. Daniel s'était occupé aussi de la publication des bans et il venait annoncer à Renée que leur union pourrait être célébrée à dix jours de là.

— Dix jours! c'est bien long, dit Renée. J'ai hâte d'avoir le droit de me placer sous votre protection. Je redoute les menées du prince Bedleben.

— Il n'est pas à craindre, répondit Daniel. Alexis et Jabin ne quittent pas cette maison, et moi-même je veille sur vous.

Ils arrêtèrent divers détails concernant l'avenir ; puis leur entretien prit un tour plus tendre. Le temps s'écoula sans qu'ils s'en fussent aperçus. La nuit, qui vient de bonne heure en hiver, les surprit assis l'un près de l'autre. Soudain la sonnerie d'une pendule se fit entendre.

— Déjà cinq heures ! s'écria Daniel en se levant.

— Êtes-vous donc si pressé ? demanda Renée.

— J'ai donné rendez-vous à mon notaire chez le vôtre. Il est indispensable que j'assiste à leur entrevue. Ma chère Renée, ajouta Daniel en souriant, en ce moment je ne suis pas seulement votre fiancé, je suis aussi un peu votre père et je dois veiller sur vos intérêts, avec autant de sollicitude qu'il en mettrait lui-même.

— Allez donc! répondit Renée avec un accent de regret... Mais revenez au plus vite. Vous dînerez avec moi.

Daniel sortit, Renée voulut l'accompagner jusqu'à la grille qui séparait le jardin de l'avenue. La nuit

était complète et l'avenue était déserte. Cette obscurité, cette solitude impressionnèrent désagréable-
ment Renée.

— Ne sortez pas seul, je vous en prie, dit-elle à
Daniel qui se préparait à s'en aller à pied.

— A cinq heures ! s'écria celui-ci.

— C'est peut-être puéril. Mais j'ai le cœur plein
de pressentiments. Je me figure que le prince Bedleben est homme à vous tendre un guet-apens. Priez
Jabin de vous accompagner. Vous rentrerez avec
lui.

— Qu'à cela ne tienne, dit Daniel en souriant.

Jabin fut appelé, et cinq minutes plus tard, les
deux hommes s'éloignaient de compagnie, en promettant de revenir promptement. Renée se dirigea
lentement vers la maison. En entrant, elle vit dans
une salle basse madame Sophie, que Lisbeth essayait
de distraire. Elle passa sans s'arrêter et gagna sa
chambre située à l'étage supérieur. Elle poussa la
porte et pénétra chez elle. Soudain, avant qu'elle se
fût retournée, elle entendit la porte se refermer derrière elle avec fracas. Elle tressaillit, regarda derrière
elle et ne put retenir un gémissement d'horreur.
Bedleben était là, dans sa chambre, debout, appuyé
contre la porte, tenant un pistolet d'une main, un
poignard de l'autre, avec lesquels il menaçait la pauvre fille épouvantée.

— Mes pressentiments ne m'avaient pas trompée !
s'écria-t-elle.

21

Avant de continuer, il y a lieu d'expliquer sa présence chez Renée.

La veille, au moment où avait lieu l'enlèvement, le prince se trouvait en joyeuse compagnie dans l'un des salons du café Anglais. Les restes d'un fin et copieux repas se voyaient encore sur la table, autour de laquelle les convives étaient assis. Ce dîner avait lieu à la suite d'un pari perdu par le prince. Afin de le rendre plus gai, il y avait convié la fine fleur des élégants gentlemen de sa connaissance, au nombre de cinq, plus quatre femmes choisies parmi les plus belles et les plus réputées de celles qui font commerce de leur beauté aux dépens de leur réputation. On n'avait guère dépensé d'esprit dans ce cercle intime. Les femmes avaient dit entre elles du mal de leurs amies et des hommes auxquels elles avaient prodigué leurs faveurs, fait assaut de cynisme et poussé jusqu'à ses limites extrêmes le dévergondage et la débauche. Le spectacle donné par elles aux libertins conviés par le prince, avait eu pour résultat, le vin et la bonne chère aidant, de plonger ceux-ci dans une béatitude somnolente, avant-courrière de l'ivresse. Le prince, qui, en compatriote de Pierre le Grand, ne savait pas résister à l'influence des vins fins et des liqueurs capiteuses, commençait à déraisonner. Les bougies se consumaient lentement dans les bobèches de cristal. Il était dix heures.

— Allons-nous finir notre soirée ici? demanda soudain l'une des femmes, aux cheveux blonds, à la peau blanche, qui depuis le commencement du repas ne cessait d'accabler le prince de ses regards provocants.

— Où aller? demanda sa voisine.

— Nous égayer un moment aux Bouffes ou au Palais-Royal; ces messieurs deviennent lugubres.

Tous, en effet, étaient à cette période où la langue épaissie refuse son service.

— Le moyen d'aller au théâtre avec des hommes dans cet état? répliqua une petite brune, couverte de diamants, en montrant les six convives mâles.

— Laissons-les ici, reprit la blonde. Ils auront le temps de cuver leur vin. Nous les reprendrons en passant.

— Ou nous ne les reprendrons pas, s'écria sa voisine. Ils dorment déjà.

D'un commun accord, les quatre femmes se levèrent.

— Il faut demander une voiture, dit l'une.

Au même moment, la porte s'ouvrit. Le maître d'hôtel se présenta.

— La voiture du prince Bedleben attend Son Excellence, fit-il.

— Son Excellence ne veut pas sa voiture, s'écria la blonde. Voilà bien notre affaire. En route, mes enfants.

Et s'adressant au maître d'hôtel, elle ajouta:

— Ayez bien soin de ces messieurs. Nous reviendrons vers minuit.

Le maître d'hôtel s'inclina en homme accoutumé
à ne plus s'étonner de rien. Les femmes disparurent.
Alors, il jeta un regard autour de lui. Les personnages présents s'endormaient, qui sur la table, qui
dessous. Le maître d'hôtel éteignit les bougies, à
l'exception d'une seule, prit sur les divans des coussins qu'il plaça sous la tête des dormeurs, et se retira
discrètement, en ayant soin de fermer la porte à clef.
Ce n'était pas la première fois qu'il traitait ces messieurs, et, en garçon bien appris, il savait qu'aucun
œil profane ne devait pénétrer le mystère auquel ses
fonctions l'initiaient. Cependant les femmes, ayant
quitté le café, trouvèrent sur le boulevard la voiture
du prince. Elles allaient ouvrir la portière, quand le
cocher dit avec agitation :

— Le prince ! le prince ! Où est-il ?

— Il ronfle ! répondit une voix.

— Il a trop bu, reprit une autre.

Le cocher poussa un gémissement. Alors, seulement, elles remarquèrent qu'il était sous l'empire
d'une vive émotion, que le cheval était blanc d'é-
cume.

— Mais cette bête est fourbue ! dit la blonde qui
s'y connaissait.

— Elle s'est emportée, répondit le cocher avec
inquiétude.

— J'aime mieux aller en fiacre, alors !

— Nous aussi !

Le garçon du restaurant qui les avait suivies appela

sur-le-champ une voiture de remise qui stationnait sur le boulevard. Les femmes y montèrent, en donnant l'adresse des Bouffes. Le garçon revint auprès de l'équipage. Le cocher avait mis pied à terre et se promenait autour de son cheval avec émotion.

— Gardez ma bête un moment, dit-il, je vous en prie. Il faut que je parle à mon maître.

— Allez! allez! répondit le garçon, je vous attends ici. Mais vous le trouverez dans un triste état, je vous en préviens.

Le cocher entra précipitamment dans le café. Il gravit quatre à quatre les degrés de ce petit escalier intérieur que tant de libertins ont monté et, s'adressant au premier individu qu'il rencontra :

— Le prince Bedleben? demanda-t-il.

L'homme ainsi interpellé n'était autre que le maître d'hôtel, qui avait servi le prince et ses convives.

— Qui êtes-vous? fit-il avec défiance.

— Son cocher. J'ai besoin de lui parler.

— On ne lui parle pas en ce moment.

— Il faut que je le voie.

— Mais, puisque je vous dis qu'il est ivre, mais là, ivre mort! s'écria le maître d'hôtel impatienté.

— Il faut que je le ramène alors! répondit le cocher. Il m'a donné des ordres formels.

Le maître d'hôtel ne résista plus. Il ouvrit au cocher la porte du petit salon dans lequel le prince avait dîné. A la faible clarté d'une bougie, les six hommes, couchés çà et là, dormaient profondément, et Bedleben plus profondément encore que les autres. Le cocher courut à lui, le souleva et lui secouant le bras :

— Prince ! fit-il avec angoisse.

Bedleben ne remua pas.

— La demoiselle a pris la fuite avec la folle et Alexis.

Bedleben fit entendre un grognement.

— Le malheureux ! murmura le cocher découragé.

Puis, enveloppant le prince tant bien que mal dans sa pelisse, il le prit entre ses bras robustes, ainsi qu'il aurait pu faire d'un enfant, et descendit chargé de ce fardeau jusque vers la voiture, sur les coussins de laquelle il le plaça. Puis il monta sur le siége, fouetta son cheval qui s'était calmé, et rentra à l'hôtel. A minuit, le prince, qui n'avait pas repris connaissance, était dans son lit. Il demeura endormi jusqu'au lendemain matin dix heures, et n'apprit qu'à son réveil la fuite de Renée. Son premier mot fut celui-ci :

— C'est impossible.

Mais le récit de son cocher vint lui prouver bientôt que rien n'était plus vrai. Il entra dans une colère violente, n'épargnant ni les reproches ni les injures à ses serviteurs. Ce qui l'exaspérait plus encore peut-être que le départ de Renée, et ce qu'il appelait la trahison d'Alexis, c'était l'enlèvement de la folle. Sa disparition le désarmait.

— La gardienne! que faisait-elle donc? Ne pouvait-elle s'opposer au départ de la folle?

— Alexis était plus fort qu'elle! répondit sentencieusement le cocher.

— Le chenapan! le drôle! Il me payera son infamie. Qu'on me laisse!

Resté seul, il se mit à réfléchir.

— Que faire? se demanda-t-il.

Deux partis s'offraient à lui : se résigner ou recommencer la lutte. Il rejeta le premier et se rattacha au second avec le désir d'en finir au plus tôt. Il ne lui serait pas difficile de retrouver les traces de Renée. Il pensait qu'elle avait dû se réfugier, soit dans l'hôtel de son père, soit au château de Brucourt. Dans l'un ou l'autre de ces lieux, il était certain de la surprendre. Il résolut alors de frapper un coup violent. Pour qu'elle fût à lui sans retour, il fallait la déshonorer. Flétrie par ses caresses, elle ne voudrait plus être à Daniel et il la garderait, assuré qu'elle n'oserait jamais dévoiler sa flétrissure. En agissant ainsi, il aurait à la fois l'impunité et la femme. Il reprendrait sur elle toute sa puissance, et s'il s'aliénait à jamais son cœur, du moins il donnerait à ses appétits la pâture qu'ils réclamaient. Ces pensées l'exaltèrent peu à peu. Dans l'après-midi, il sortit à pied, enveloppé dans un manteau dont le large collet, relevé sur son visage, ne permettait pas de le reconnaître. Il remonta l'avenue d'Eylau jusqu'à l'hôtel du baron de Brucourt, où il était allé naguère bien

des fois, et dont il connaissait parfaitement les êtres.
Les croisées de l'hôtel étaient ouvertes. On remarquait
dans le jardin cette animation particulière aux maisons habitées. Des gens passaient et repassaient.
Parmi eux, il reconnut Jabin.

— Elle est là ! se dit-il.

Il revint chez lui, attendit la nuit et ressortit vers
cinq heures, armé d'un revolver et d'un poignard.
Ces armes étaient destinées à épouvanter Renée et à
la réduire à l'impuissance. On a déjà remarqué que
ce qui faisait surtout réussir les plans du prince Bedleben, c'était leur audace même. Son audace seule
lui avait permis d'enlever une première fois Renée,
de réduire à néant la volonté de M. de Brucourt et de
l'empêcher de secourir sa fille. La même audace le
servit une fois encore. A la faveur de la nuit, de la
solitude qui entourait la maison, il entra sans être vu
et parvint jusqu'à la chambre de Renée. Il s'y glissa
discrètement, se cacha derrière la porte et attendit,
pour se montrer à la jeune fille, qu'elle fût en son
pouvoir et séparée de ceux qui auraient pu, dans ce
péril, la protéger. Un cri étouffé traduisit d'abord la
terreur de Renée. Mais, presque aussitôt, un geste
énergique exprima son courage et sa volonté. Elle
regarda autour d'elle. Le prince se tenait devant la
porte principale de sa chambre. Mais, non loin de cette
porte, il en était une autre, à côté de la cheminée,
cachée sous des tentures. Par là, elle pouvait fuir.
Puis, il y avait la croisée, et par là, elle pouvait

appeler du secours. Elle fit deux pas en avant. Bedleben comprit sans doute ses intentions, car il lui
dit :

— Je vous jure qu'au moindre mouvement que
vous allez faire pour fuir ou pour appeler, je vous
frappe de ce poignard.

— Eh ! tuez-moi donc ! s'écria vivement Renée. La
mort est préférable au sort qui serait le mien, si de
nouveau, je tombais en votre pouvoir.

— Vous êtes une mauvaise tête, reprit ironiquement le prince. Mais vous allez écouter ce que je
vais vous dire, et je suis certain que mon langage
vous ramènera à la raison.

— Je ne veux rien entendre.

Et Renée, ayant prononcé fiévreusement ces paroles, éleva la voix, et de sa bouche commença à
sortir un cri de détresse. Mais ce cri fut arrêté par
cette simple phrase du prince :

— Il dépend de moi que votre père soit arrêté dans
deux heures d'ici.

Renée demeura clouée sur place, immobile, tremblante. Puis, feignant de ne pas ajouter foi à l'assertion du prince, elle dit :

— Vous voulez m'effrayer. Mon père a quitté la
France.

— Votre père est au Havre, attendant le prochain
paquebot en destination des États-Unis. Un homme
sûr, payé par moi, le surveille, me tient au courant
de ses faits et gestes et a ordre de faire manquer son

21.

départ jusqu'à ce que je l'aie autorisé. Il faut m'entendre, vous le voyez, et maintenant que vous voilà convaincue de cette nécessité que je vous impose, je retire la menace de mort que je vous ai faite tout à l'heure. Non, je ne veux pas vous tuer. Votre vie est trop nécessaire à la mienne ; car je vous aime, vous ne l'ignorez pas. Et voyez ce que peut un amour tel que le mien ! Vous êtes partie de chez moi hier soir, après avoir séduit celui de mes serviteurs que je croyais le plus fidèle, en emmenant avec vous la folle qui est la preuve vivante des crimes de votre père, assurée que pour jamais, vous étiez à l'abri de mes poursuites. Savez-vous ce que vous avez fait, quel est le résultat le plus clair de votre folle équipée ? C'est que vous m'avez exaspéré. Vous voyez ce que j'ai pu. En quelques heures, j'ai su où vous étiez et m'y voici.

Il y eut un silence. Renée écoutait, avec un sourire dédaigneux sous lequel elle s'efforçait de dissimuler ses terreurs, ce langage qui déchirait son cœur. Bedleben la regarda avec attention. Puis il reprit :

— Je suis décidé à en finir avec une situation ridicule pour moi, délicate pour vous. Je vous ai gardée plusieurs semaines chez moi. Je pouvais, là, n'écouter que mes désirs. J'ai écouté vos supplications, et sous mon toit, je vous ai respectée. Mais cette contrainte me pèse et je ne sortirai pas d'ici, je vous le déclare, sans avoir obtenu ce que je veux obtenir, ce qu'une femme telle que vous ne peut donner qu'à son mari.

Renée eut un geste d'indignation.

— Vous appellerez du secours ? D'abord il est très-possible qu'on ne vous entende pas.

Renée secoua la tête.

— Soit ! J'admets qu'on vienne. Alors, je m'enfuis. En sortant d'ici, je cours au télégraphe, j'expédie une dépêche au Havre, et, dans une heure, votre père peut être arrêté, sous la prévention de crimes prévus par le code pénal et entraînant la peine capitale. Cette fois, Renée ne put dissimuler ses angoisses.

— Croyez-vous que je ne sais pas jouer aussi bien que vous ? demanda Bedleben avec flegme. Vous placer entre ces deux résolutions : ou me céder ou faire monter votre père sur l'échafaud, n'est-ce pas très-habile ?

— C'est infâme ! murmura Renée. Si le ciel était juste, vous mourriez là, sur place. Ne craignez-vous pas sa colère ?

— En effet, s'il était... mais il n'est pas...

— Allons donc ! s'écria Renée. Il l'est encore assez pour m'inspirer un moyen de salut.

— Lequel, je vous prie ?

— Vous me croyez réduite à adopter l'un ou l'autre de deux partis également horribles, livrer mon père ou être à vous ! Il en est un que vous avez oublié. J'affirme sur mon honneur que je défends, monsieur, qu'au premier pas que vous faites de mon côté, je me tue !

— Pour se tuer, il faut une arme.

Disant ces mots, Bedleben se rapprocha prudemment du pistolet et du poignard qu'il avait déposés sur une table, comme s'il eût voulu les défendre contre Renée.

— Dussé-je me briser le front contre ces murailles, je saurai vous échapper.

Et Renée parlait avec un calme tel, qu'à son tour Bedleben commença à perdre quelque peu de son assurance. Peu à peu, tout en causant, il avait calculé qu'avant qu'on pût venir au secours de Renée il aurait eu raison d'elle. Mais, dans ses calculs, il n'avait pas prévu qu'elle pouvait aller jusqu'au suicide et lui échapper ainsi. Alors une idée plus horrible encore traversa son cerveau. Bedleben arracha vivement les embrasses de soie qui retenaient les rideaux et les portières, dont les plis se défirent lourdement, comme pour mieux cacher, mieux étouffer entre les quatre murs de cette chambre l'horrible scène qui se préparait.

— Je vais vous mettre dans l'impossibilité de me résister, s'écria-t-il.

Et, semblable à un sauvage, n'écoutant que les coupables désirs qui l'obsédaient, il bondit sur Renée, qui n'avait pas prévu cette inqualifiable agression, prit dans ses mains robustes les mains de la jeune fille et lui dit:

— Vous serez à moi avant de vous tuer. Surtout ne criez pas ; ne m'obligez pas à quitter cette chambre ; sinon, dans deux heures, votre père sera mis en état d'arrestation.

— Infâme ! murmura Renée.

Elle tenta un suprême effort : il fut vain. Comme un lis brisé, son front se courba et tout son corps se plia sur le bras de Bedleben. Il n'avait pas prévu cet évanouissement. Il se roidit sous le fardeau qui pesait sur ses bras, et, faisant quelques pas, atteignit un fauteuil où il posa Renée sans connaissance. Il respira, essuya son front, jeta un regard autour de soi. Il était bien seul, seul avec cette enfant chaste, dont la résistance l'eût lassé, si ses forces n'eussent été soudain trahies. Elle était pâle, mais combien adorable et séduisante la rendait cette pâleur ! Aux soubresauts de la poitrine, on devinait la vie. Mais, aux yeux fermés, on devinait l'impuissance. Les bras étaient étendus au long du corps, et au bout des bras les mains mignonnes, glacées, roidies dans une crispation involontaire. Que se passa-t-il dans la cervelle de cet homme ? Il était rouge. Le sang montait à ses yeux. Ses tempes avaient des battements irréguliers, mais violents. Soudain il s'agenouilla, et ses lèvres brûlantes s'approchèrent des mains froides de Renée. Il n'eut pas le temps d'y déposer un baiser. Un bruit se fit. Il se retourna et soudain se leva brusquement. Ce qu'il voyait était épouvantable. La folle, madame Sophie, se tenait devant lui. Sa main droite brandis-

sait le pistolet du prince, sa main gauche le poignard.
Tandis qu'il violentait Renée, la folle était entrée par
la petite porte, placée près de la cheminée. Sur une
table, elle avait vu le pistolet, le poignard que Bedleben venait d'y déposer. Elle s'en était emparée, et
maintenant cette femme privée de sa raison, apparaissait terrible au misérable, grandie de cent cou-
dées, implacable vengeresse...

Un homme possédant son sang-froid eût levé les
épaules et se fût joué de ce danger. Pour le conjurer,
il suffisait de s'accroupir brusquement, de saisir la
folle par les jambes, de la renverser et de lui arracher les armes qui la rendaient redoutable. Mais le
sang-froid manquait à Bedleben. Il ne sut rien faire
que reculer. La folle avança sur lui. Avec le pistolet,
elle le visait, le doigt sur la détente. Il voulut crier ;
sa voix expira dans sa gorge. Il voulut agiter les bras ;
ses bras semblaient paralysés. Il tomba sur ses genoux, aveuglé par la peur immense qui venait de
s'emparer de lui, de telle sorte que, sans rencontrer
de résistance, la folle, avec une perspicacité inouïe,
combinant dans ce suprême effort les rancunes, les
rages, les haines amassées depuis dix ans dans son
cœur contre celui qui l'avait tant fait souffrir, posa
le canon du pistolet sur le front du prince. Il sentit
le froid de l'acier, frissonna, ferma les yeux. Une dé-
tonation se fit entendre. Il roula sur le sol, tandis que
la folle, poussant un formidable éclat de rire, se
mettait à danser, à jongler avec les armes dont elle

venait de se servir. Bedleben se releva, le front en-
sanglanté, n'y voyant plus, mais sentant dans son
cerveau broyé d'intolérables douleurs. Un cri se fit
entendre. C'était Renée. Elle reprenait connaissance,
et le premier spectacle qui frappait ses yeux, était ce
personnage sanglant qui tournait sur lui-même, qui
hurlait de rage et de douleur. La porte s'ouvrit.
Alexis entra suivi de Lisbeth. Ils avaient entendu du
bruit, des cris. Ils étaient accourus. Bedleben eut le
courage d'aller à eux, et désignant la folle :

— Elle m'a tué ! s'écria-t-il.

— Elle m'a sauvée ! répondit faiblement Renée. Il
fallait un miracle. Dieu vient de l'accomplir.

Puis, toujours compatissante, elle s'avança vers
Bedleben qui tombait dans un fauteuil. Lisbeth s'empressa, avec sa maîtresse, autour de lui, tandis que
le moujik, enlevant la folle dans ses bras vigoureux,
l'entraînait dans son appartement, où il l'enferma,
après l'avoir désarmée, pour revenir dans la chambre
où le drame venait de s'accomplir. La vie tenait durement dans le corps de Bedleben. Non-seulement
elle ne l'abandonnait pas, mais encore il conservait
la force de parler. Obéissant à un sentiment de compassion presque héroïque, Renée et Lisbeth lui pro-
diguaient des soins. En attendant un médecin mandé
en toute hâte, elles avaient, à l'aide d'une compresse,
fermé la plaie béante au front du misérable, et arrêté de la sorte le sang qui en coulait. Il gémissait,
car, quelle que fût son énergie, la souffrance qu'il

subissait, était plus forte encore. De temps en temps, il ouvrait les yeux ; mais il ne pouvait supporter la lumière des bougies qui éclairaient la chambre et ses paupières se fermaient presque aussitôt. Il voyait cependant Renée et Lisbeth ; il les sentait à ses côtés.

— Malgré le mal que je vous ai fait, vous me donnez des soins ? fit-il tout à coup en s'adressant à la jeune fille.

Elle ne répondit pas.

— Je ne vous en ai aucune reconnaissance, reprit-il, car je devine sous l'empire de quels sentiments vous agissez.

— Mademoiselle Renée n'obéit qu'à la pitié que vous lui inspirez, s'écria Lisbeth.

— Paix, la vieille ! répliqua brusquement le blessé, je parle à votre maîtresse, et non à vous, et je dis qu'elle cherche à m'amadouer.

— Dans quel but ? demanda vivement Renée.

— Je n'ai plus que quelques heures à vivre et vous vous en réjouissez. Seulement, vous comprenez que je peux mordre encore avant de mourir et cela vous effraye.

— Je ne vous comprends pas, monsieur !

— Allons donc ! à d'autres ! vous me comprenez fort bien, et vous vous dites que ce serait bien dommage pour vous si, au moment où je vais vous débarrasser de moi, je détruisais tout le bonheur que vous attendez maintenant. Si je me trouvais en présence de votre beau Daniel, si je lui disais tout ce que je sais...

Renée pâlit. Le prince ne se trompait pas. En ce moment, ce qu'elle redoutait surtout, c'était que Daniel entrât, et que le prince, afin de se venger avant d'expirer et de creuser un abîme entre les jeunes fiancés, racontât au fils du comte de Maldrée, la part que M. de Brucourt avait eue dans la mort de son père.

— Vous ne ferez pas cela, dit-elle avec une assurance qui cachait mal son trouble.

— Je le ferai, au contraire, si je le peux. Pour qui me prenez-vous donc? Vous avez donc pensé que, frappé à mort, par votre faute, je passerais tout simplement de vie à trépas en vous laissant la place libre! Ah! vraiment! Mais la pensée que vous pouvez être à cet homme me désespère, m'enrage au point de me faire regretter de n'avoir plus la force de vous tuer ou de le tuer, lui.

Disant ces mots, le prince se souleva sur son fauteuil. Renée recula épouvantée.

— Oh! je ne vous frapperai pas! reprit Bedleben, dont la tête retomba lourdement contre le dossier du fauteuil. L'envie ne me manque pas... mais le courage. Et puis, je ne veux pas dissiper mes dernières forces, afin de pouvoir parler à M. de Maldrée.

— Mais il n'est pas ici!

— Il va venir. Seriez-vous aussi troublée si vous ne redoutiez pas de le voir apparaître?

Comme il terminait sa phrase, la porte s'ouvrit. Renée fut saisie d'un frisson d'effroi, tandis qu'un sourire apparaissait sur la face blême de Bedleben.

Daniel entrait suivi de Jabin. Renée regarda son fiancé, le blessé, puis demeura un instant irrésolue, ne sachant en ce péril extrême, à quel parti s'arrêter. Tout à coup, elle s'élança vers Daniel, qui venait d'apprendre de la bouche d'Alexis, le drame dont la maison était le théâtre.

— Daniel! dit-elle, protégez-moi contre cet homme. Entraînez-moi loin d'ici. Il va paraître devant Dieu dont la main l'a frappé pour me sauver, et cependant il a la menace sur les lèvres. Il veut, avant de mourir, jeter la défiance entre nous, vous irriter contre moi, en répétant je ne sais quelle odieuse calomnie.

Bedleben n'avait pas prévu que Renée s'y prendrait de la sorte pour rendre vaines ses révélations. La rage mordit son cœur.

— Soyez sans crainte, amie, dit tendrement Daniel à sa fiancée, je n'entendrai pas cet homme, et si ses paroles arrivaient jusqu'à moi, je refuserais d'y croire.

— Quoi! s'écria Bedleben, même si je vous disais...

Mais il ne put achever. L'effort qu'il venait de faire était trop violent. Ses yeux se fermèrent et sa langue demeura paralysée dans sa bouche.

— Ah! Dieu me sauve! murmura Renée.

Elle s'agenouilla et pria silencieusement pour celui qui lui avait fait tant de mal. Bedleben ne reprit pas connaissance. Lorsque le médecin arriva, celui qui de son vrai nom s'appelait Ivan Goubine, était mort. Alors Renée raconta à Daniel la tentative criminelle dont elle avait été l'objet. Au récit des

dangers qu'elle venait de courir, Daniel la pressa
entre ses bras, et cette étreinte, la première dont
ils pouvaient goûter la douceur sans crainte, apaisa
leur émotion. Le même soir, un commissaire de
police se présenta. Prévenu de ce qui s'était passé,
il venait procéder à une enquête. Renée ne cacha
rien de la vérité, en ce qui touchait les événements
de la soirée. Mais elle se tut sur son séjour dans la
maison du prince. Elle craignait que la justice ne
s'étonnât de l'impuissance de son père à la délivrer et
en conçût des soupçons. La réputation du prince Bedleben était telle, que le commissaire n'éleva aucun
doute à l'encontre du récit de Renée, et dès le lendemain, elle fut libre de quitter Paris. Elle ne voulait
pas y demeurer un jour de plus, et elle partit pour
Brucourt, accompagnée de Daniel, de Jabin et de Lisbeth. Alexis resta à Paris, préposé à la garde de l'hôtel.

Tandis que ces événements se passaient, le baron
de Brucourt, après un séjour d'une semaine au Havre,
se préparait à s'embarquer pour les Etats-Unis. Il
avait longtemps hésité. Quelque terreur que lui inspirât la menace proférée contre lui par le prince, il
n'osait prendre la mer. N'était-ce pas aux flots de
l'Océan qu'il avait confié le soin de cacher son crime ?
Le corps du matelot Bucaille, celui du notaire Rubentel, l'un et l'autre assassinés par lui, ne repo-
saient-ils pas au fond de cet abîme qu'il fallait traverser pour arriver au terme du voyage qu'il voulait entreprendre ? Cette pensée l'épouvantait, le

retenait, le clouait au rivage. La ville du Havre, théâtre de ses forfaits, cette ville où, dix années auparavant, il avait conspiré contre des innocents, lui était odieuse, et cependant, il redoutait de s'en éloigner, de peur de tomber dans les piéges de Bedleben. En un mot, nulle irrésolution ne saurait se comparer à celle sous l'empire de laquelle il agissait. Il est d'ailleurs probable qu'à cette époque, il était déjà frappé d'un commencement de folie. On l'a déjà vu subissant des hallucinations inquiétantes. Avec le temps et les circonstances que l'on connaît, elles n'avaient fait que s'accroître. L'enlèvement de sa fille, la connaissance qu'elle avait de ses crimes, l'impossibilité dans laquelle il était de la défendre contre Bedleben, toutes ces choses avaient peu à peu exercé sur sa raison une influence désastreuse. Jadis armé de sang-froid, il ne savait plus se conduire. Tout l'effrayait, et les moindres périls le trouvaient impuissant à les conjurer. C'est ainsi que, depuis huit jours, il se trouvait au Havre dans la position que nous venons d'indiquer, ne se décidant pas à partir, inquiet sur le sort de sa fille, inquiet sur le sien, toujours en présence des menaces de Bedleben. Une circonstance vint ajouter à ses craintes. Il se crut poursuivi. Il habitait un hôtel rue de Paris. Un jour, il remarqua un individu qui semblait s'être attaché à ses pas. Il le revit le lendemain, puis le surlendemain. Il se figura que c'était un émissaire du prince Bedleben, chargé de veiller sur lui. Cette pensée prit dans son esprit une consistance telle qu'il résolut soudain de fouler aux pieds ses répugnances. Il valait encore mieux s'exposer aux périls de la mer, au fond de laquelle étaient ensevelies ses victimes, que d'attendre l'accomplissement possible des menaces de son ennemi. Un matin donc, vers cinq heures, il prenait place sur un steamer en partance pour les États-Unis et qui devait quitter le port à la marée pleine. Depuis la veille, sa cabine était retenue. Il y déposa ses bagages et remonta sur le pont, où il s'installa à l'arrière, au moment où le steamer se mettait en mouvement. On sortit heureusement des bassins et bientôt on était en rade. Accoudé contre le parapet, Brucourt suivait de l'œil le sillage tracé par le navire et regardait l'eau filer sous la coque peinte en noir. On touchait à la fin de l'hiver, et, malgré l'heure matinale, le ciel sans brume s'étendait comme un vaste parasol dans l'eau qui le reflétait. La brise était fraîche et des vagues tranquilles glissaient à la surface de l'Océan. Au milieu du tumulte qui suit un embarquement, Brucourt s'était absorbé dans la contemplation de ce spectacle. Que se passa-t-il en lui? Peut-être la longue contemplation du gouffre lui donna-t-elle le vertige? Peut-être fut-il pris d'une hallucination semblable à celles qu'il avait éprouvées déjà, et ses yeux, pénétrant la profondeur des eaux, découvrirent-ils, couchés sur le galet, le matelot Bucaille un poignard dans le sein, et le notaire Rubentel. On peut tout croire, car l'âme

des criminels, devenue le théâtre où s'élèvent les remords puissants, est accessible à toutes les terreurs,
capable de toutes les folies. Une vision rapide ressuscita tout le passé. Il vit son existence, à dater du
jour du crime, le conduisant par des enchaînements
successifs jusqu'à cette heure où son forfait, que les
hommes n'avaient pu châtier, ne l'ayant pas connu,
l'écrasait. Peut-être se révolta-t-il contre les pensées
qui l'obsédaient ? Peut-être, ayant vu par la pensée
le visage de ses victimes, se figura-t-il qu'elles l'at-
tiraient, sans qu'il pût leur échapper ? Toujours est-il
qu'il franchit soudain le parapet, s'élança et disparut.

— Un homme à la mer ! cria le pilote.

Le navire s'arrêta presque aussitôt. Une chaloupe
fut détachée. Deux hommes y sautèrent. Un troisième plongea même, à diverses reprises, pour sauver Brucourt. Ce ne fut qu'après dix minutes de recherches que le corps fut enfin ramené sur le pont.
Le chirurgien du bord s'empressa de donner les premiers soins. Ils furent vains. L'asphyxie était complète. Brucourt avait trouvé la mort dans les flots, à
la place même où il avait assassiné Bucaille et Rubentel. En fouillant dans ses malles, on put constater son identité, et le bateau-pilote qui avait aidé le
steamer à sortir du port fut chargé de ramener le
corps au Havre.

.   .   .   .

Lorsque Renée apprit la mort de son père, elle
était sur le point d'épouser Daniel de Maldrée. Le ma-

riage subit de ce fait un retard de quelques semaines, que la jeune fille passa dans la solitude, pleurant son père et priant pour le repos de son âme. Bien qu'elle eût vu sa tendresse pour lui recevoir une atteinte terrible le jour où elle avait appris le crime, elle eut le cœur déchiré par cet horrible trépas, qui n'avait pas laissé au coupable le temps de se repentir. A ce moment, elle se demanda si elle devait épouser Daniel, si le sang versé n'était pas entre eux comme un abîme, et s'il ne convenait pas mieux de consacrer sa vie à soigner madame Sophie, victime des ambitions criminelles de M. de Brucourt. Mais réaliser un tel projet, c'eût été briser la vie de Daniel. Elle l'épousa donc, non pour assurer son bonheur à elle, mais pour travailler au sien. En devenant sa femme, elle le rendait heureux, riche, car l'énorme fortune du capitaine Malory devint, par l'une des clauses du contrat du mariage, la propriété de Daniel. Renée le voulut ainsi. Daniel ne sut jamais qu'il avait épousé la fille d'un assassin. Il l'eût su, d'ailleurs, que son amour n'eût pas été altéré, car elle fut pour lui comme un ange chargé de lui verser le bonheur dans une tendresse infinie.

FIN

F. Aureau. — Imprimerie de Lagny

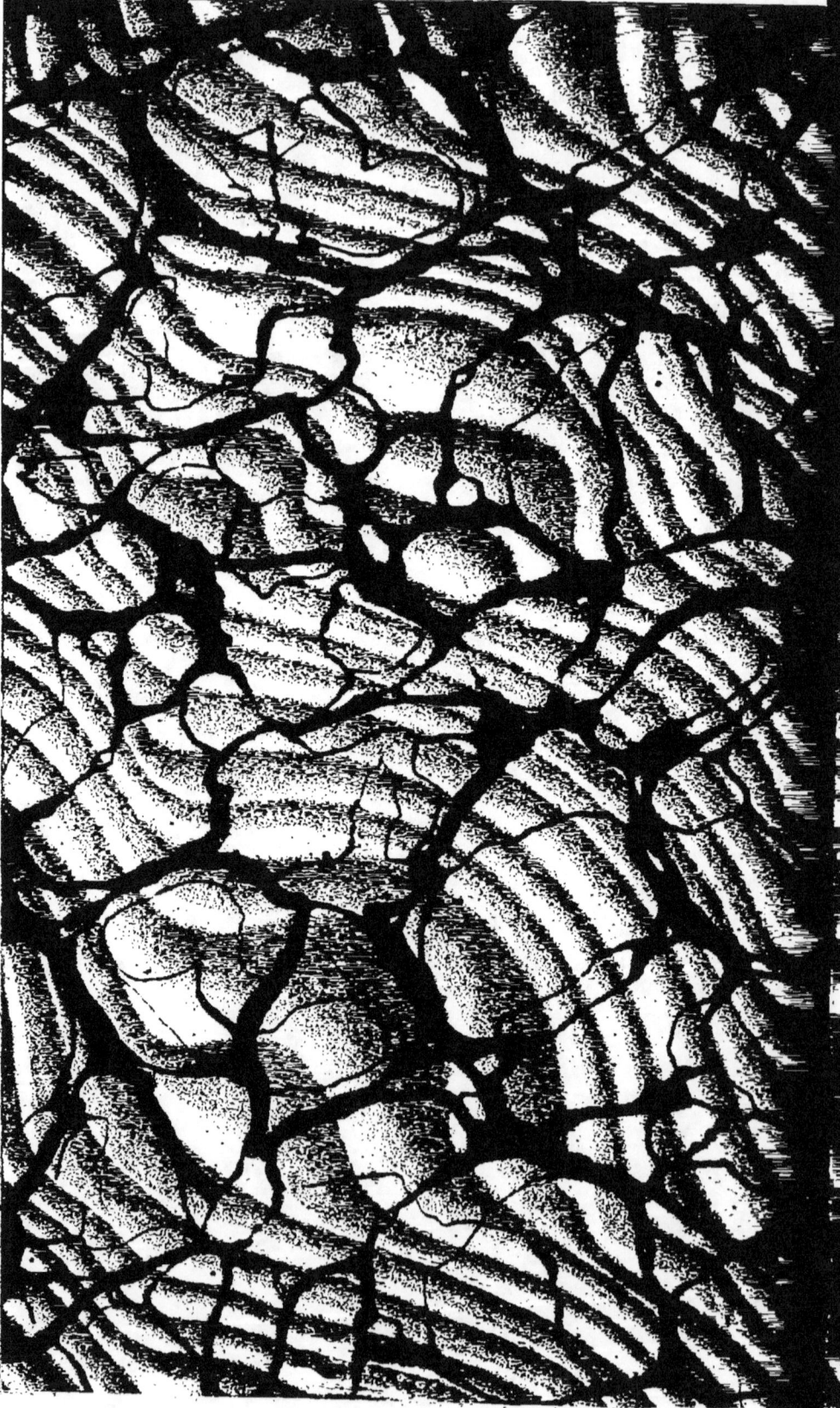

www.ingramcontent.com/pod-product-compliance
Lightning Source LLC
Chambersburg PA
CBHW050303030726
47505CB00003B/555